dtv

»Afrika ist ein schwarzer Mann, der im Dunkeln vorüberhuscht. Die Nacht scheint sein Eigentum zu sein. Er trägt einen Mantel aus heimatlosen Winden.« Felisberto, ein alter Schwarzer, sitzt am Feuer und erzählt von seiner weitverzweigten Familie: von der über dreihundert Jahre alten Stammesmutter Samima, die zwar tot ist, aber als lebender Geist bei ihren Nachfahren äußerst gegenwärtig. Von Zeca, dem Hinkenden, der einen Pfeil zu schmieden vermag, mit dem man sogar den Teufel töten kann. Aber Felisberto erzählt auch von weißen Menschen. Von Dom Estefano und Dona Elvira zum Beispiel, deren Diener er war, und von dem Klavier, das verlassen am Hafen stand und eines Nachts von ganz allein zu spielen begann …

Henning Mankell, geboren 1948 in Härjedalen, ist einer der angesehensten und meistgelesenen schwedischen Schriftsteller, vor allem bekannt durch seine Wallander-Krimis. 1973 reiste er zum ersten Mal nach Afrika. Seitdem lebt er – »mit einem Fuß im Sand, mit dem anderen im Schnee« – abwechselnd in Schweden und in Maputo/Mosambik. Neben seiner Tätigkeit als Autor und Theaterregisseur unterstützt Henning Mankell mehrere humanitäre Hilfsprojekte, darunter Plan International und SOS-Kinderdörfer auf der ganzen Welt.

HENNING MANKELL

DIE FLÜSTERNDEN SEELEN

ROMAN

Aus dem Schwedischen
von Verena Reichel

Deutscher Taschenbuch Verlag

Außerdem sind in dieser Reihe erschienen:
Der Chronist der Winde (21544)
Die rote Antilope (21545)
Das Auge des Leoparden (21546)
Ich sterbe, aber die Erinnerung lebt (21547)
Tea-Bag (21548)

Für jedes verkaufte Buch wird ein Euro für das SOS-Kinderdorf Chimoio in Mosambik gespendet.

Ausführliche Informationen über unsere Autoren und Bücher finden Sie auf unserer Website www.dtv.de

FSC www.fsc.org MIX Papier aus verantwortungsvollen Quellen FSC® C019821

Neuausgabe 2014
Erstmals veröffentlicht 2009 im
Deutschen Taschenbuch Verlag GmbH & Co. KG, München
Lizenzausgabe mit Genehmigung des Paul Zsolnay Verlags

Titel der schwedischen Originalausgabe:
›Berättelse på tidens strand‹ (Ordfront Förlag, Stockholm)

Umschlaggestaltung: FAVORITBUERO, München
Gesamtherstellung: Druckerei C.H.Beck, Nördlingen
Gedruckt auf säurefreiem, chlorfrei gebleichtem Papier
Printed in Germany · ISBN 978-3-423-21549-7

Für Eva

»Ich wurde unter lebenden Menschen geboren.
Ich bin ein Mensch. Ich habe geliebt.
Ich bin geliebt worden.«

BERNADETTE NTAKIRUTINKA, 60 JAHRE.

Die Antwort einer Hutu-Frau auf die Frage, warum sie während des Völkermords in Ruanda Nachbarn versteckte, die Tutsis waren.

VORBEMERKUNG

An diesem Text habe ich bald fünfundzwanzig Jahre gearbeitet. Jetzt mache ich den Punkt, der immer provisorisch ist. Und ich begreife, daß die lange Zeit eine Erklärung dafür ist, warum das Buch schließlich so kurz werden konnte.

PROLOG

Der Quälgeist und der Zauberer

1.

In Afrika habe ich etwas entdeckt, das eigentlich keine Entdeckung sein sollte. Etwas, das die größte aller Selbstverständlichkeiten sein sollte.

Aber trotzdem bedurfte es einer immer besser gerüsteten geistigen und körperlichen Expedition, die periodisch während mehr als fünfundzwanzig Jahren stattgefunden hat, um mich im Ernst begreifen zu lassen, daß alle Menschen tatsächlich miteinander verwandt sind.

Die Hautfarbe, die Sprachen, die Art, wie wir Götter anbeten oder unser Frühstück machen, Dummheiten betrachten oder Kunst schaffen, unsere Kleider waschen und unsere Toten beerdigen, sind Grenzen, die genau diese Tatsache nicht überschatten können.

Alle Menschen sind verwandt.
Wir gehören zur selben Familie.

2.

Afrika ist ein schwarzer Mann, der im Dunkel vorüberhuscht. Die Nacht scheint sein Eigentum zu sein. Er trägt einen Mantel aus heimatlosen Winden.

Irgendwohin ist er unterwegs. Er birgt ein Geheimnis.

So bin ich Afrika begegnet, einmal vor fünfundzwanzig Jahren. Es war das erste Signal, welches das afrikanische Echolot an mein Bewußtsein zurücksendete. Der erste Versuch, einen Abdruck von der Begegnung mit dem schwarzen Kontinent herzustellen.

Nach all meinen Erlebnissen, die sich im Laufe der Jahre angesammelt haben, wie ein Fluß, ohne Kanten oder Kapitelüberschriften. Die Erlebnisse erscheinen mir oft wie poetische Instrumente. Das eine geht gleitend in das andere über.

Aber es gab auch einen Anfang.

1955. Bei Anbruch des Frühlings, beim Eisgang, stand ich am nördlichen Ufer des Ljusnan. Ich war sechs oder sieben Jahre alt. Die Baumstämme, die vorbeiglitten, unterwegs von den Abholzungsstellen im Norden, auf ihrer langen Reise zum Meer, verwandelten sich vor meinen Augen in Krokodile. Der Ljusnan wurde zum Kongofluß, der durch meine Kindheit strömt. Die Phantasie war ein entscheidendes Mittel, um Hütten zu bauen. Aber auch dazu, Strategien zu entwickeln, bei denen es ums Überleben ging.

Dann dauerte es in Wirklichkeit noch siebzehn Jahre, ehe ich zum erstenmal nach Afrika kam.

1972. Ich stieg aus dem Flugzeug. Die Morgendämmerung schaukelte auf den unsichtbaren Wellenkämmen des Ozeans. Eine lange Reise lag hinter mir. Das Flugzeug floß aus meinen Poren. Unterhalb der Treppe warteten die Wärme und die Stille.

Jetzt, fünfundzwanzig Jahre später, habe ich dazugelernt. In Afrika gibt es immer diese Stille, in der Tiefe des Lärms, der zum Leben gehört. Die Flugzeugtreppe hinunterzugehen, das war, als steige man in einen Vulkan hinunter, ohne Sicherungsseil, ohne Wiederkehr. Es war, wie nach Hause an einen Ort zu kommen, an dem ich noch nie gewesen war. Ich erinnere mich an meine Ankunft, als sei sie noch immer eine Fata Morgana. Etwas, was vielleicht noch nicht geschehen ist.

Und das erste, was ich sehe, ist genau dies:

Afrika ist ein schwarzer Mann. Er lächelt, und sein Mantel scheint von den Winden über dem Ozean gewebt zu sein.

Die zweite Erinnerung ist die an einen Geier, der kopfüber in einem Baum hängt. Kinder, die ihn peitschen, und rote Erde, die aufwirbelt. Der Geier lebt noch, seine Flügel flattern in einem Krampf. Ein letzter Gruß, ein verzweifeltes Flehen um Gnade.

Der Geier kennt die Menschen.

Kinder, die einen sterbenden Vogel peitschen, die rote Erde, die aufwirbelt.

Kinder, die sich selber peitschen.

In einem Notizbuch, das jetzt sehr zerfleddert ist, sehe ich, daß ich folgendes geschrieben habe:

»In der afrikanischen Nacht ist der Tag immer anwesend. Wie der Geruch von Holzkohlefeuern und Armut.

Wer sagt, daß Armut einen Geruch hat?

Meist ist es der Reichtum, der stinkt.

In der Ohnmacht, der Kränkung, dem Hunger ist meistens trotzdem ein Lichtstrahl anwesend. Weiße Asche, die nach Würde riecht.«

»Weiße Asche, die nach Würde riecht.« Das Bild erscheint heute undeutlich und schwebend. Aber ich verstehe, was ich damit meinte.

Ich meine das heute noch.

Einmal, auf einer meiner ersten Reisen nach Afrika, in ein ostafrikanisches Land, erzählte mir jemand folgende Geschichte: Lange stand ein Klavier verlassen am Hafen, wo man hin und wieder eine Haifischflosse in dem trüben Wasser sehen konnte. Ein Mann war geflüchtet. Einer der früheren europäischen Kolonialisten. Und er hatte das Klavier hinterlassen.

Eines Nachts begann das Klavier zu spielen. Die Nachtwächter kauerten sich vor Entsetzen zusammen.

In der Morgendämmerung, als sie sich endlich hinwagten, fanden sie eine erschreckte Ratte zwischen den Saiten.

In der nächsten Nacht verbrannten sie das Klavier. Die Nachtwächter wollten nicht erinnert werden.

Einst hatte ein weißer Mann mit fetten Fingern an dem Klavier gesessen. Tagsüber hatte er die gequält, die seinen Tee pflückten. Abends hatte er Musik gespielt, die verzaubern konnte.

Daran wollten sie nicht mehr erinnert werden. An diesen unfaßbaren Menschen, der teils ein Quälgeist, teils ein musikalischer Zauberer war. Also verbrannten sie das verlassene Klavier.

Am folgenden Tag fiel Regen. Die Asche war bald verschwunden. Aber die Erinnerung an die Teeblätter, die in den Handflächen brannten, war noch da.

Und die Musik schwebte weiterhin über ihren Köpfen wie ein Schwarm spielender Nachtvögel.

Auf diesen ersten Reisen begann ich auch zu verstehen, was Freiheit war. Freiheit war, eine Erinnerung zu befreien. Freiheit war, seinen eigenen Traum zu befreien. Freiheit, als sie schließlich kam, bestand aus marschierenden Guerillasoldaten in verschlissenen Uniformen, die sich plötzlich kurz vor den Toren der Stadt befanden. Sie öffneten alle inneren Gefängnisse, die verschlossenen Räume in den Menschen, die jetzt ihre Ankunft erwarteten. Heraus wankten aufgestaute Träume, mager und bleich, gequält und stumm. Alle diese Erinnerungen, die plötzlich die Sonne erblickten, Erinnerungen, die die Luft in die Lungen zogen, all diese unterernährten Gedanken, die sich wie verlassene Nestlinge benahmen. Die aber noch immer am Leben waren.

Als die Freiheit kam, war es, als hätte man ein Leintuch zur Seite gezogen. Dort war die Erde. Jedes Ackerstück war ein befreiter Traum.

Und die Europäer?

Sie verschwanden über die Meere.

Oder blieben da mit ihren rostigen Rosenscheren und begannen vielleicht zu ahnen, daß ihr Leben ein Gefängniswärterleben gewesen war.

Sie waren mit heiligen Aufträgen oder blutiger Verachtung gekommen. Im Angesicht der Freiheit sahen sie jetzt sich selbst.

Das Gesicht des Kolonialisten.
Ein Gesicht aus Gift. Mit einem unheilbaren Riß.
Das Gesicht Europas.
Der Quälgeist und der Zauberer.

3.

Der europäische Kolonialismus in Afrika kann mit einem zusammengesetzten Begriff beschrieben werden: Ausübung von Macht.

Diese Machtausübung hat viele Namen. Der geläufigste Deckmantel war, daß man Zivilisation und Christentum unter den Heiden verbreiten wolle. Dies sollte dadurch geschehen, daß Afrika in die kapitalistische Ökonomie eingebunden wurde. In die Gemeinschaft der Raubtiere. Aber nie durfte es die Bedingungen selbst bestimmen.

Die Instrumente waren die üblichen. Schwert, Bibel, das lügnerische Traktat.

Im Lauf der Jahre verwandelte sich das Schwert in ein Maschinengewehr. Die Bibel blieb die Bibel, bekam aber einen Anhang von Geboten, welche der Internationale Währungsfond und die Weltbank an die Tore der armen Welt nagelten. Das lügnerische Traktat blieb, was es war. Verräterisch. Zu nichts verpflichtend.

Der Sklavenhandel hörte auf. Es gab bessere Möglichkeiten, sich an Menschen zu vergreifen und sie auszuplündern, als sie mit Ketten und Halseisen zu versehen.

Doch was die Heerführer, die Gouverneure und die lokalen Beamten nicht begriffen, oder jedenfalls viel zu spät, war, daß die ganze Zeit eine schleichende Verwandlung vor sich ging.

Die Geschichte der Befreiung Afrikas handelt davon, wie diese Macht sich langsam in Ohnmacht verwandelte.

Aus der Ohnmacht gab es dann nur einen einzigen Weg hinaus.

Er war lang.

Aber er führte zu jener ersten Befreiung. Bei der es sich darum handelte, das Recht, selbstandig zu denken, zuruckzuerobern.

Von diesem Punkt an führte ein anderer Weg hinaus.
Sein Ende hat noch niemand gesehen.

4.

Die Macht hat viele Gesichter. Hier sind zwei davon.
Zwei Fotografien.

Das erste Bild:
Elf Missionare irgendwo in Westafrika.
1860er Jahre.

Die Missionare.
Sieben Männer und vier Frauen
vor ihrem Haus.
Die Frauen sitzen,
die Männer stehen.

Alle sind ernst.
Oder sind ihre Gesichter Zeichen?
Für eine schleichende Unsicherheit?

Das Bild redet und schweigt zugleich.

Die Landschaft parkartig,
das Bild hätte irgendwo in England aufgenommen sein
können.

Im Hintergrund,
vor dem Haus auf einem hohen Altan
befinden sich die Dienstboten.
Sie nehmen an dem Bild teil.

Langsam bewegen sie sich auf den Betrachter zu.
Ihre Gesichter damals,
als das Bild in den 1860er Jahren aufgenommen wurde,
sind noch unscharf.

Sie nehmen am Hintergrund des Bildes teil.

Es dauert hundert Jahre, bis sie in den Vordergrund des
Bildes kommen.

Irgendwie passen die beiden Gruppen zueinander.
Die ernsten Gesichter der Missionare,
dieser Ernst, der schon ihre Unsicherheit ahnen läßt,
die Ohnmacht des Auftrags,
verblaßt langsam.

Das Bild redet und schweigt zugleich.

Irgendwo ist da auch ein Fotograf.
Er steht dicht neben mir.

Das Bild zeigt eine Macht, die auf dem Weg ist,
aufgegeben zu werden.

Einer der schwarzen Diener im Hintergrund steht
breitbeinig da.
Die Füße lachen.

Im Obergeschoß steht ein Fenster offen.

Plötzlich, als ich das Bild betrachte,
ist es, als würde eine unsichtbare Hand das Fenster
schließen.

Das Bild erlischt langsam.

Und ist weg.

Das zweite Bild der Macht:

Cecil Rhodes
an den Matapos Hills.

Er sitzt mitten in der Wildnis an einem Tisch.
Neben ihm steht ein junger Sekretär.
Im Hintergrund ein Wagen.
Vor dem Wagen ein schwarzer Diener.
Er hält ein Tablett
und trägt eine weiße Serviette über dem rechten Arm.

Das Bild muß spät am Nachmittag aufgenommen worden sein.
Direkt vor der kurzen afrikanischen Dämmerung.

Cecil Rhodes hat sein Lager aufgeschlagen.
Obwohl sie sich weit draußen in der Wildnis befinden,
hat er sich schon zum Essen umgezogen.

Jeden Abend wird in der Wildnis das Ritz Hotel aufgebaut.

Cecil Rhodes macht den Eindruck großer Müdigkeit.
Es sind die 1890er Jahre.
In wenigen Jahren wird er genau an dieser Stelle beerdigt werden.
Vielleicht wurde das Bild deshalb aufgenommen?

Cecil Rhodes hat sich entschieden:
Hier will ich mein Grab haben.

Der Sekretär ist sehr jung.
Einer von Cecil Rhodes jungen Männern.
Er sieht aus, als wäre er am liebsten nicht dabei.
Das Gesicht aufgedunsen, der Schnurrbart wirkt angeklebt.

Cecil Rhodes wollte eine Straße vom Kap bis nach Kairo erschaffen.
In seinem Testament träumte er von einer englischen Weltherrschaft.

Darüber wird er beim Essen mit dem Sekretär reden.

Der Diener serviert.

Das Bild sagt:
Die Macht ist noch immer unbesiegbar.

Dann kommt die Nacht.
Rasch.

Erzählung am Strand der Zeit

5.

In einer Nacht außerhalb von Umbeluzi bot ein Mann den Vorübergehenden seine Augen dar. Er hieß Felisberto, und sein Lächeln glänzte in der tropischen Dunkelheit.

Er streckte seine Hände aus, aber nicht, um zu bekommen, sondern um zu geben. Ein Mann, der die ganze Zeit unerreichbar schien, aber trotzdem ganz nah.

So empfing er mich und ließ mich sein Gesicht sehen.

In einem Märchen ganz ohne Worte erzählte dieser Mann, der so alt war, daß er vielleicht schon tot war, die Geschichte, von der ich erst im nachhinein begriff, daß es meine eigene war, das Märchen von mir selbst.

Vielleicht ist Afrika das Ich aller, ein Ursprung und ein Traum?

In Afrika sah ich nie jemanden auf einen Bus warten, von dem keiner wußte, ob er kommen würde. Die Reise unternahm man trotzdem, entlang unsichtbarer innerer Wege, in Fahrzeugen, die an bunte Insekten erinnerten.

Als der Bus schließlich doch kam, war man wieder da und machte entzückt diese Reise aufs neue, in einer Wirklichkeit, in der auch ich existierte.

In Afrika sah ich nie jemanden aus Trauer weinen, ohne daß da auch ein Haß glühte.

Ein Lächeln war immer zu haben, kostete nichts, wurde mit einer Großzügigkeit verschenkt, die ich nicht für möglich gehalten hätte.

In Afrika lernte ich, daß man eine Heimkehr an einen Ort erleben kann, an dem man nie zuvor gewesen ist.

Neben den großen Flüssen, Sambesi, Kongo und Rovuma, sah ich auch immer das dunkle Wasser des Ljusnan.

Flüsse sind wie Geschwister, getrennt, aber doch aus derselben Quelle geboren.

In Afrika findet man schließlich seine eigene Identität, wenn man zu der heimlichen Unterströmung vorgedrungen ist, die alle Quellen verbindet.

In Afrika wandte sich das Leben zur Erde, zu den schon Toten, damit die Zukunft sichtbar wurde.

Die Menschen ritzten Karten und Erinnerungen in ihre Haut, und sie lächelten, als wüßten sie, daß Blicke die eigentliche Sprache sind.

In Afrika sah man verwundert diese Weißen an, die Angst vor der Angst selbst zu haben schienen.

Diese ernsten Männer, die in endlosen Karawanen hinauszogen und bereit waren, Menschen zu unterwerfen, die nicht einmal wußten, daß es zur Freiheit ein Gegenteil gibt.

Die Weißen schleppten ihre Teegeschirre in den Dschungel hinaus, und in der Dämmerung nahmen sie ein Bad, zogen sich um und ließen sich dann an gedeckten Tischen nieder.

Die Träger hockten in einigem Abstand an ihren Feuern.

Jenseits der bevorstehenden Zeitalter.

In Afrika begegnete ich Menschen, die mich an die Alten erinnerten. Diejenigen, die in einem norrländischen Marktflecken im Altersheim wohnten. Diejenigen, die längst tot waren, die ich aber als Kind gesehen hatte.

Sie spielten leichthin mit ihren letzten Atemzügen, wie Federn auf einem unsichtbaren Wind treibend.

Zu sterben, das war, als kehre man nach einem Ausflug zurück. Zu dem Leben, das es da gab, dem Leben unter den schon Toten.

In Afrika hörte man immer Gelächter, das in der Nacht abhob und den Himmel mit flatternden Flügeln erfüllte.

In Afrika war der Mensch plötzlich da, ausgebrochen aus den kalten Zeiten der Ideologie, genau wie er gemeint war.

In Afrika ist das Leben noch möglich.

Der alte Mann in der Dunkelheit außerhalb von Umbeluzi erzählte das mit seinem Schweigen. Indem ich sein Gesicht sah, konnte ich die flüsternde Stimme des Kontinents hören. Eine rauhe Stimme, aber auch das Wimmern eines Neugeborenen und der lockende Laut einer jungen Frau.

Dies war die Geschichte, die Felisberto erzählte:

– Als vernünftige Menschen, die wir sind, haben ich und meine Verwandtschaft immer gewußt, daß wir unseren Ursprung mit allen anderen teilen. Wir stammen aus einem eigentümlichen Wald, in dem die Bäume die Wurzeln nach oben reckten, das Gras Stimmen hatte und die Wellen Falten auf der schönen Haut des Meeres waren. Aber dieser Ursprung liegt weit zurück, so weit, daß wir, die wir heute leben, diese Landschaft in unseren Träumen nur mit größter Anstrengung heraufbeschwören können. Daß Gott, nachdem er viel Mühe darauf verwendet hatte, gelbe und rote oder braune Menschen zu erschaffen, nur noch schwarz und weiß übrig und außerdem vermutlich die ganze Arbeit satt hatte, ist ein anderes dieser uralten Geheimnisse, die von Generation zu Generation gewandert sind.

Die älteste Verwandte, die wir noch gekannt haben, war eine Frau namens Samima. Sie lebte, bis sie 312 Jahre alt war, aß nur einmal im Monat und starb, als sie in einem plötzlich aufflammenden Wutanfall auf einen Baum kletterte, um dem Himmel näher zu kommen und von dort aus ihre schweigenden Götter anzurufen und zu fragen, warum gerade sie so unsinnig lange leben mußte. Die Anstrengung war zu groß. Sie fiel vom Baum und sagte nie mehr etwas.

Von Samima stammen alle ab, die jetzt leben oder tot oder noch nicht geboren sind, diejenigen, die meine Familie bilden. Von Samima wird erzählt, daß sie einen weißen Streifen auf ihrer Haut hatte, der sich von einer Fessel bis hinauf zum Haaransatz zog. Viele ihrer Nachkommen haben den gleichen weißen Streifen mitbekommen. Anfangs wurde er als Samimas spezielle Gabe betrachtet. Wer mit dem weißen Streifen geboren wurde, sollte aufbrechen und die Familie über Berge und Flußläufe führen, zu Böden, die fruchtbarer waren und von saftigerem Gras bedeckt für unser Vieh. Aber irgendwann in den Zeitläuften wurde ein Junge geboren, an dessen Namen ich mich gerade nicht erinnere. Mag sein, er hieß Monasse. Er vergriff sich in seiner Jugend an einer Frau, die einem anderen Mann versprochen war, und wurde getötet, was nicht mehr als recht und billig war. Von da an haben wir den weißen Streifen so gedeutet, daß Samima von Fall zu Fall entscheidet, ob er Glück verheißt oder eine Warnung ist, daß wir ihrer und all der anderen, die vor uns diese Welt verlassen haben, nicht oft genug gedenken.

Heute besteht die Familie aus Menschen aller Altersstufen. Aber gerade in diesem Zweig gibt es keinen, der den weißen Streifen hat. Jedesmal, wenn ein neues Kind geboren wird, beugen sich alle über die gebärende Frau, um zu sehen, ob der weiße Streifen wiedergekehrt ist. Da es jetzt schon lange her ist, daß jemand Samimas Zeichen trug, gebären die Frauen in einem so rasenden Tempo – wir haben noch nie etwas Derartiges erlebt. Aber noch immer warten wir darauf, daß Samima wieder zu uns spricht. Die Familie ist heute sehr groß.

Da wir immer für Eindrücke von außerhalb empfänglich waren, habe ich Brüder, Schwestern, Cousinen und Onkel, die braun, weiß, schwarz sind wie ich, oder in anderen eigentümlichen Farbkombinationen. Ein Cousin meines ältesten Onkels Teofilio hat einen Sohn, dessen zweite Tochter eine grünliche Haut besitzt und Augen, die in allen Farben des Regenbogens schimmern. Ich selbst habe einen Halbbruder, der mit einer Frau zusammenlebt, deren Vater Chinese war und deren Mutter von einem finnischen Schiff kam, das hier an der Küste gestrandet ist. Sie hat erzählt, daß ihr Vater ursprünglich aus einem Gebirge stammte, das sie Kaukasus nannte. Und ihre Mutter soll aus Indien gewesen sein, aber von einer griechischen Mutter geboren, die in der Türkei einen argentinischen Archäologen getroffen hatte. Wir sind, kurz gesagt, eine buntgemischte Familie. Unter ihnen, kann ich dir erzählen, ist auch die arme Peina, meine Cousine. Sie wurde mit gelähmten Beinen geboren, hat aber trotzdem in ihrem Leben erstaunliche Entdeckungsreisen gemacht. Dann gibt es noch Belina, die eine schöne Frau ist, aber leider in der Stadt auf Abwege geraten. Wir sprechen nicht laut darüber, was sie eigentlich macht. Aber sie ist trotz allem eine Tochter der Cousine meiner zweiten Frau.

Einer der Söhne meines jüngeren Bruders heißt Lukas. Er ist nach Europa ausgewandert, und leider hat man nie mehr etwas von ihm gehört. Doch geschieht es dann und wann, daß ein Vogel vor der Hütte meines Bruders eine Goldmünze fallen laßt. Er behauptet, der Vogel sei von Lukas geschickt. Für die Goldmünze kauft er dann Wein, den er mit uns allen teilt. Wir trinken auf Samima und auf Lukas und auf das Mädchen, dessen Augen schimmern wie ein Regenbogen.

Die Älteste in der Familie ist Sakina. Wenn man meiner Frau Deolinda glauben darf, die immer spürt, wenn jemand sterben wird, ist jetzt Sakina an der Reihe. Sie wird bald sterben, da ihr Mann, der schon tot ist, ständig immer ungeduldiger nach ihr ruft. Und da bin auch ich, Felisberto, der also mit Deolinda verheiratet ist und erst als fünftes Kind, nach dem vierten Jungen Roberto, eine Tochter bekam, die wir nie anders als Be nennen, obwohl sie Lucy heißt. Aber da gibt es noch andere. Nicht zuletzt meinen Cousin Mulalene, der bei Pater Raul gearbeitet hat, welcher von seinem ständigen Streit mit seinen Nachbarn und mit Gott verrückt geworden ist. Mit wem oder welchen er am meisten Probleme hatte, weiß ich nicht, das hat Mulalene nie erklären können.

Das also ist meine Familie. Viele Geschwister zu haben, viele Brüder, viele Schwestern, viele Vorfahren, das heißt, viele Geschichten zu erzählen zu haben, viele Geschichten zum Zuhören. Viele Erinnerungen zu teilen, viele, die dich eines Tages am Grab beweinen werden, viele, mit denen du lachen kannst, wenn es dir im Leben gut ergangen ist. Und abgesehen von Mulalene, der nervös davon geworden ist, bei Pater Raul zu arbeiten, sind wir alle guten Muts, obwohl die meisten von uns arm sind, vielleicht mit Ausnahme von Lukas, der dann und wann seinen Vogel mit Geld schickt. Samima schläft mit offenen Augen in der Erde. Sie wacht über uns, manchmal mit einem Lächeln, manchmal mit Wut. Und ich habe dir dies erzählt, aus keinem anderen Grund, als daß du dir die Zeit genommen hast zuzuhören …

6.

Aus dem Nichts der Nacht kam plötzlich ein Falter und setzte sich auf die Schulter des Alten. Er saugte sich dort fest, wo die Tätowierung ihre geheimnisvolle Kerbe hinterlassen hatte, und war auf seiner Haut kaum zu sehen. Als das Feuer aufflackerte, sah ich etwas Weißes auf der Rückseite der aufgeklappten, noch zitternden Flügel. Es erinnerte mich an etwas, doch ich kam nicht gleich darauf, an was.

Dann sah ich, daß es eine Margerite war.

Der Alte, der schon jetzt, obwohl die Nacht noch jung war, meinen Gedanken folgen zu können schien, kratzte sich an der Stirn. Dann nieste er. Plötzlich und kräftig. Der Falter verschwand in der Dunkelheit.

Aber hin und wieder, obwohl es lange her ist, seit ich mit dem Alten am Feuer saß, kann ich noch das ferne Rauschen von Flügeln hören.

Der Alte schnaubte und schlug mit der Hand auf die Erde, wütend, als gäbe es dort einen unsichtbaren Feind.

Dann erzählte er von Pater Raul. Über das, was Mulalene gesagt hatte:

– Und all diese Priester, die herkamen und an unseren Stränden an Land gingen. Bleich und besessen, mit wäßrigen Augen und schlechten Zähnen. Diese Männer, die so stark in ihrem Glauben brannten, daß sie sich selbst zu verzehren schienen. Sie gingen an unseren Stränden an Land, weil sie unsere Dämonen vertreiben, unsere Götter vernichten, unsere Tänze verbieten, die Freude hemmen und unsere Füße in Schuhe stecken wollten. All diese Männer, die Bleichen und Besessenen, die im Namen ihres guten Willens hergekommen waren, um uns von dem Bösen zu erlösen, das offenbar wir selber waren. Ich habe sie gesehen, habe gesehen, wie ihre bleichen Gesichter uns mit der verächtlichen Liebe betrachtet haben, die böse Menschen manchmal ihren Kindern erweisen.

Ich habe sie gesehen, gehört. Aber haben sie uns gehört? Sie haben auf den Geistern unserer Ahnen herumgetrampelt und sie Dämonen genannt. Außerdem behaupteten sie, es gebe sie gar nicht. Sie selbst aber kamen mit einem bärtigen Mann hierher, der offenbar zu wenig zu essen bekommen hatte, da er sehr mager war. Und er war an zwei gekreuzte Bretter genagelt. Wie kann man seine Götter so behandeln? So dachten wir. Nur grausame Menschen nageln ihre Götter an Holzlatten. Daß man manchmal hart gegen seine Feinde vorgehen muß, kann man ja verstehen. Aber gegen seine Götter?

Sie kamen mit ihren bleichen Worten daher und ermahnten uns zu glauben. Sie beschrieben ein Paradies, das in etwa an das Leben erinnerte, das wir führten. Weshalb sie, als sie verstanden, wie wir dachten, dieses Paradies sofort woandershin verlegten. In eine andere Welt.

Darauf dachten wir, das Paradies sei also dasselbe wie die Welt unserer Ahnen. Aber da hatten wir schon gelernt, nichts zu sagen. Sonst würden sie das Paradies vielleicht wieder woandershin verlegen? Auf einen fernen Stern oder hinter die hohen Berge, von denen wir bisweilen gehört hatten, monatelange Wanderungen von dem Ort entfernt, an dem wir lebten.

Außerdem hatten wir gelernt, daß der Glaube belohnt wurde. Wenn man sich gut verhielt, zur Kirche ging, sich nur eine Ehefrau hielt, sich nie an dem Branntwein berauschte, den wir aus Wurzeln und auserwählten Blättern gewannen, wurde man zuweilen sogar mit einem Fahrrad belohnt.

Wir lernten zu schweigen.

Unsere Götter behielten wir für uns und beteten nur insgeheim zu ihnen, wenn die bleichen Männer mit ihren noch bleicheren Frauen, die das Harmonium traten wie Soldaten marschieren, unter den weißen Netzen schliefen, welche das Fieber der Mücken fernhielten.

Es waren meist keine bösen Menschen. Wir wunderten uns nur über all das, woran sie selber glaubten. Wir dachten, sie hätten anders werden können, wären sie nicht in Ländern geboren, in denen die Blässe verwurzelt war. Diese Blässe, welche die Angst färbt, sie deutlich macht, obwohl sie von dicken Schichten des Glaubens verborgen ist.

Sie kamen mit ihren Bibeln und sagten, wir sollten jubeln. Sie ließen uns Kirchen bauen, erzählten von eigentümlichen Wundern, von Babylon und Abraham. Aber nie etwas von Samima. Und wir saßen die ganze Zeit da und betrachteten den angenagelten Mann. Den Gott der gekreuzten Bretter.

Wie konnte man einen Gott so schlecht behandeln?

Sie kamen und wollten uns etwas geben, indem sie uns etwas nahmen. Dahinter standen die unsichtbaren Kanonen, die von tausend fremden Schiffen auf unseren Kontinent gerichtet waren.

Wir lernten als erstes, nichts zu sagen. Wir lernten, daß Weiße Geheimnissen mißtrauten. Wir lernten zu warten und leisteten erst Widerstand, als die Zeit reif war.

Unter diesen Priestern befand sich auch Pater Raul, bei dem Mulalene viele lange Jahre gedient hat. Er wohnte in einer Stadt, die in einem Tal zwischen hohen Bergen lag, die in den Himmel aufragen.

Ich selbst habe die Stadt einmal besucht, vor sehr langer Zeit.

Ich war spätabends angekommen, als sich die Dunkelheit schon herabgesenkt hatte. Was ich dort tun wollte, außer meinen Cousin zu treffen, weiß ich nicht mehr. Vermutlich gab es dort eine Frau, die ich einmal gesehen und zu begehren begonnen hatte. Das war also, bevor ich Deolinda getroffen und bei Dom Estefano und seiner Frau Elvira zu arbeiten begonnen habe. Damals bestand die Stadt kaum aus mehr als einem Haufen Schuppen entlang einem staubigen Weg, ein Pfad, der scheinbar ohne Sinn und Ziel getrampelt worden war. Aber dort verliefen die Wege der alten Karawanen, dort seufzten noch Sklaven, die tief in den Bergen geholt und zu den wartenden Schiffen gebracht wurden, die alle den Namen »Untergang« trugen.

Ich kam in die Stadt, um nach dieser Frau zu suchen, die, wie ich hoffte, ein Teil unserer Familie werden würde. Da ich nicht wußte, wo mein Cousin wohnte, legte ich mich an der Hauswand schlafen, wo ich durch die Wand andere Schlafende hören konnte. Auf diese Weise war ich nicht allein, obwohl ich im Rinnstein schlief.

In der Morgendämmerung erwachte ich, weil ein Mann schrie. Ich wußte, schon bevor ich die Augen aufschlug, daß es ein Verrückter war, einer, der seine inneren Geister nicht zu beherrschen vermochte. Oder war er vielleicht den bösen Absichten von jemand anderem ausgeliefert?

Ich schlug die Augen auf. Ohne es zu merken, war ich an einem Ort eingeschlafen, wo schwarze Männer tagsüber Autos reparierten. Sie schlugen mit schweren Schlägen auf heißes Blech, und das Dröhnen stieg zum Himmel auf.

Gegenüber lag eine Kirche, ein kleines, unbedeutendes Gebäude, kaum größer als ein indisches Handelshaus. Und dort an der Tür sah ich Pater Raul, einen kleinen, kahlen

Mann, der gegen alle und alles schrie und fuchtelte. Die Männer mit ihren Hämmern hörten auf, ihre Bleche zu schlagen, und verzogen sich unter einen schattigen Baum. Ich folgte ihnen und erfuhr, daß der Mann, der schrie, Pater Raul war. Er war immer dagewesen, seit tausend Jahren oder zehn. Manchmal schien er den Lärm nicht mehr zu ertragen, der unvermeidlich ist, wenn man auf Blech klopft. Dann konnte ihn ein plötzlicher Wahnsinn überfallen. Aber es ging vorüber. Diejenigen, die arbeiteten, machten nur eine Pause im Schatten, während sie darauf warteten, daß Pater Raul sich mit seinen Dämonen versöhnte. Wenn Pater Raul wieder in seine Kirche verschwunden war, nahmen sie das Hämmern wieder auf, bis der Wahnsinn wieder ausbrach.

Sie wußten auch zu erzählen, daß er dann und wann bei besonders schweren Anfällen die Kirchenbänke in den Staub der Straße warf. Dann mußten sie ihre Hämmer nehmen und alles reparieren, was kaputtgegangen war, und die Bänke wieder hineintragen.

Ich blieb eine Zeitlang, ohne je die Frau zu finden, die ich suchte. Allein sah ich zu den merkwürdigen Bergen hin, die die Stadt umgaben, die sich noch nicht entschieden zu haben schien, ob sie wachsen oder im Staub versinken wollte. Ich saß im Schatten, aß Mangos mit faserigem Fleisch und fragte mich, was die Form der Berge zu erzählen hatte.

Einer der Männer, die in der Autowerkstatt arbeiteten, sein Name war José, glaubte felsenfest, daß diese Berge von einem Volk aus dem Stein gehauen worden seien, das vor langer Zeit hier gelebt hatte, lange noch bevor die Karawanen der Sklaven durch diese Gegend zu ziehen begonnen hatten. Er meinte einen höheren Zweck der Berge zu erahnen, eine Botschaft, die wir noch nicht hatten deuten können. Für mich gab es keinen Grund, nicht an das zu glauben, was er sagte.

Aber mein Cousin, der gute Mulalene, hatte jeden Tag die Aufgabe, Wasser, Holz und zwei frisch geschlachtete Hühner zu Pater Rauls einfacher Wohnung hinter dem Gotteshaus zu tragen. Ich begleitete ihn oft dorthin und lernte auf diese Weise den Mann kennen, der an dem Morgen, an dem ich in der Stadt angekommen war, so laut geschrien hatte.

Er war übers Meer gekommen, jung und glühend, von seiner Kirche zum Missionieren ausgesandt. Sein Auftrag war es, sich zu Fuß zu fernen Außenposten zu begeben, denen noch die Worte und die Auslegung der Bibel fehlten. Er war ganz jung und mit brennendem Geist übers Meer gekommen. Schon am dritten Tag war er schwer erkrankt, an Fiebern, die verheerend rasten, mit triefenden Beulen, die in Mund und Augen explodierten. Man hielt ihn für tot, als plötzlich etwas geschah. Er hatte sich vom Bett erhoben, Gott gedankt und die lange Reise fortgesetzt. Er war zu dem Dorf gekommen, das damals die Stadt war, und hatte sich über die lustig tanzende Sittenlosigkeit entsetzt, die er jetzt vertreiben würde. Lange war das Feuer, das er in sich trug, am Leben gehalten worden.

Aber etwas hatte langsam an ihm zu nagen begonnen, ein Zweifel, wie eine Gewitterfront in weiter Ferne, von der man bis zuletzt glaubt, daß sie nicht ankommen wird. Viele Jahre lang war er jeden Morgen aufgewacht und hatte gesehen, daß die Front sich näherte. Der Zweifel, erst nur eine Luftspiegelung, die man leicht übersehen konnte, war gewachsen und größer geworden.

Er hatte ganz einfach angefangen zu glauben, daß alles falsch war. Nicht nur, daß er ausgesandt war, um die Lehre des fremden Gottes zu verbreiten. Sondern der Glauben an sich. Denn jeden Tag schien er ein Leben zu sehen, das überhaupt nichts von dem brauchte, was er zu bieten hatte. Er sah diese Menschen an, die ihm in all ihrer einfachen Freude mit Respekt begegneten, seinen Worten lauschten und seine Choräle sangen. Und sich vor allem freuten, wenn sie ein Fahrrad oder ein altes Paar Stiefel bekamen.

Pater Raul fühlte, wie ein Schweigen sich in ihm ausbreitete, so wie das Meer sich in Erwartung der Gewitterfront beruhigt hatte, die früher oder später auch ihn erreichen würde. Da hatte ihn ein Schwindel übermannt, ein Gefühl, daß alles verloren war, die Hoffnung, die letzte, alles. Ein Schwindel, der machte, daß er einem bodenlosen Abgrund in sich selbst entgegensank. Ein Schwindel, als wisse er nicht, wo er war, oder ob alles ein Versehen war, ein ausgebrannter Motor in einem verlassenen Traktor, eine Haut ohne Körper. Er sah, wie die Kinder die trockene Erde peitschten, als bestraften sie sie dafür, daß sie ihnen in den Jahren, in denen der Regen ausblieb, nicht genug Nahrung gab.

Nach neunundzwanzig Jahren und zehn Monaten bekam er seinen ersten Anfall.

Eines Morgens lief er nach einer schlaflosen Nacht aus seiner Kirche und verschwand in Richtung der Berge. Er suchte einen Gipfel, auf dem er alle Zweifel herausschreien konnte, die er mit sich trug. Still, in einiger Entfernung folgte man ihm und trug ihn zurück, nachdem er von Dornengestrüpp und Verzweiflung zerrissen worden war. Auf einer Bahre aus Blättern trug man ihn zurück, wie eine abgenommene Jesusgestalt, die von einem inneren Kreuz befreit worden war.

Nach diesem Ereignis hatte er genauso weitergemacht wie bisher. Aber der Glauben war fort. Alles, was er jetzt begehrte, war ein wenig Stille, wenn das Gehämmer auf dem

Blech ihn zum Wahnsinn trieb. Einen Gott gab es nicht mehr.

Hingegen hatte er begonnen, die Geister zu spüren, die ihn umschwebten. Er hatte langsam seinem Zweifel den Rücken gekehrt und sich dem Alltag genähert, den er so lange verleugnet hatte.

Mein Cousin sagte einmal, als wir aus der Kirche gingen:

– Er hätte ein guter Medizinmann werden können, vielleicht sogar ein Zauberer. Aber leider fehlt ihm der rechte Glaube. Niemand, der übers Meer hierhergekommen ist, versteht, wie die Welt eigentlich beschaffen ist.

Der Alte verstummte und nieste wieder, als müsse er sich selbst von Dämonen in seinem Inneren befreien.

– Er war nicht der Schlimmste. Ob er noch lebt, weiß ich nicht. Aber ich erinnere mich an sein Lachen, seine Einsamkeit. Ich erinnere mich an seine erhobenen Arme zu einem Himmel, der keine Antwort gab. Und ich erinnere mich, wie die Männer die Hämmer fallen ließen und sich zum Warten in den Schatten setzten.

Der Alte stocherte nachdenklich in der Glut.

– Er war der einsamste Mensch, der mir je begegnet ist, sagte er schließlich. Er war so ohne Götter, daß er sich selbst verloren hatte.

Irgendwo in der Ferne ertönten Trommeln und das trokkene Geräusch von einem Ast, der zertreten wurde. Der Alte schien in ein heimliches Gebet zu versinken, als meinte er, Pater Raul bräuchte seinen Trost.

Gerade seinen, keines anderen Trost.

7.

Der Alte schlief ein. Die lange Nacht schien kein Ende zu finden.

Aus den Schatten tauchte plötzlich ein anderer Mann auf und ging mit leisen Schritten zum Feuer.

Sein Lächeln war groß, seine Augen blitzten. Er gab mir die Hand und sagte:

– Ich bin der vierte Sohn des Alten, Roberto.

Er deutete auf den Mann, der sein Vater war, und setzte sich ans Feuer. Ich sah, daß es eine Ähnlichkeit zwischen den beiden gab.

Dann erzählte er mir von seinem Vater. Er sagte:

– Einmal arbeitete er als Diener bei dem Portugiesen Estefano. Es war zu der Zeit, als der Kolonialismus schwer und drückend wie Schlamm auf unserem Land und unserem Leben lastete. Um zu verstehen, wer Felisberto damals war, als ich noch nicht geboren war, muß man auch verstehen, wer Estefano war und Elvira, seine Frau. Wie sie hierherkamen und nicht zuletzt, wie ihre letzten Tage aussahen, kurz vor der Flucht, das Ende der Kolonialzeit. Laß mich erzählen, wie sie ihre letzten Tage in einem Hotel verbrachten, kurz vor dem Zusammenbruch. Viele von den Weißen flüchteten. In den Häfen stapelten sich ihre Möbel. Aber Estefano konnte nicht abreisen, weil seine Frau Elvira auf den Tod krank war. Stell dir einen frühen Morgen vor, wenn die Sonne rasch am Horizont aufsteigt …

8.

Dom Estefano hatte zu der Zeit, als er sich auf der letzten und endgültigen Flucht befand, so lange gelebt, daß er nicht sicher war, ob er nicht in Wirklichkeit schon tot war. Jeden Morgen erwachte er mit einem Gefühl unerträglichen Grauens im Herzen. Um sich aus dem Chaos herauszuziehen, das die unruhigen Träume, alle eigenartigen Geräusche der Nacht und nicht zuletzt sein eigenes, unregelmäßiges Herzklopfen hinterlassen hatten, mußte er all seine Kräfte aufbieten. Und dazu noch den Mut, von dem er immer weniger ahnte, daß er ihn noch hatte. Wenn es ihm gelungen war, sich durch die dünne Schicht hindurchzustrampeln, die Grenze, welche den Schlaf vom wachen Leben trennte, lag er lange regungslos da und fühlte die Kühle der verschwitzten Laken durch die Haut dringen. Von der Straße konnte er die üblichen Bruchstücke von Geräuschen hören; schreiende Kinder, Autos mit defektem Auspuff, Menschen die lachten oder einander mit Flüchen überschütteten.

In seinem ganzen Leben hatte er mit einer Ausdauer, die eigentlich nichts anderes als Ohnmacht war, auf einen Morgen gewartet, an dem plötzlich alles still sein würde. Wenn die Welt endlich seiner tiefen Furcht durch einen Augenblick vollkommener Stille ihren Respekt erweisen würde.

Langsam drehte er den Kopf und betrachtete mit Widerwillen den altmodischen Wecker, der auf dem Nachttisch stand. Oft war er nachts stehengeblieben, zu einer Zeit, die ihm völlig sinnlos erschien. An manchem Morgen, an dem seine Furcht schlimmer war als üblich, dachte er, die stehengebliebenen Zeiger wären Vorboten des Zeitpunkts, an dem sein Tod eintreten würde. Besonders wenn die ausgedehnten Regenfälle in ihn einzudringen und sein Inneres in eine überschwemmte, düstere Landschaft zu verwandeln schienen, hatte er sich einen Zeitpunkt tags oder nachts vorzustellen versucht, an dem ein Mensch mit Würde sterben konnte.

Aber alle Stunden und Minuten, in welcher Kombination er sie sich auch vorstellte, erschienen ihm sinnlos.

Nachdem er auf die Uhr geschaut hatte, die ihn manchmal damit überraschte, immer noch zu gehen, und die dann meistens zwischen halb fünf und fünf zeigte, versuchte er, wieder einzuschlafen.

Aber er wußte, daß es sinnlos war.

Eine leere Geste, als schlage sich ein Nicht-Gläubiger ein Kreuz vor seinem Gesicht.

Er erhob sich aus dem Bett, schwer wie ein unförmiges Tier, und ging mit unentschlossenen Schritten ins Bad.

Als er sein Gesicht in dem gesprungenen Rasierspiegel sah, begann seine Furcht endlich nachzulassen. Obwohl er mehr als siebzig Jahre alt war, hatte sein Gesicht noch Leuchtkraft. Sein struppiger Schnurrbart war ergraut, aber es gab noch einige schwarze Haare darin, die bedrohlich neben den Nasenflügeln lauerten.

Er strich sich eine dünne Schicht Öl über das Haar, so daß es zum Nacken hin glatt anlag. Dann sperrte er den Mund auf und betrachtete seine Zähne.

Fast jede Nacht träumte er, daß er sie verlor, daß sie ihm aus dem Mund fielen, wenn er ein Gespräch mit einer jungen und unbekannten, aber immer gleich schönen Frau anfangen wollte.

Als er jetzt sah, daß seine Zähne noch da waren, genauso

stark und weiß, als steckten sie im Maul eines jungen und hungrigen Raubtiers, wurde er zuversichtlich, daß er die Kraft hatte, noch einen Tag zu leben. Noch einen Tag von jenem Leben, das ihm so lange völlig unbegreiflich erschienen war.

Er lächelte über sein eigenes Lächeln, zog die Falten an den Augen mit Daumen und Zeigefinger einer Hand glatt und sagte seinen Namen, *Dom Estefano*, zu seinem Spiegelbild.

Dann verließ er das Badezimmer, jetzt mit entschlossenen Schritten, und öffnete die Tür zum Flur.

Er rief nach Felisberto.

Bestimmt saß er schon da und spielte Karten mit all den Rezeptionisten und Trägern, die ihre untätigen Tage im Erdgeschoß verbrachten, in dem Foyer, das Dom Estefano nur mit Widerwillen betrat. Er ertrug es nicht, die geschmacklosen und schlecht ausgeführten Wanddekorationen zu sehen, die betagten Seejungfrauen glichen.

Dann schloß er die Tür und stellte sich ans Fenster, um zu warten.

Jeden Morgen, wenn er durch das schmutzige Fenster hinausschaute, staunte er darüber, daß er immer noch erwartete, es hätte sich etwas verändert.

Er hatte jetzt über einen Monat im Hotel gewohnt, in diesem Zimmer, das auf den Platz ging, wo ein seit langem versiegter Springbrunnen in einem geborstenen Bassin ruhte. Hinter den Hausdächern lagen das Meer, die Flußmündung, die Wracks der ausgeblichenen Lastkähne, die in dem unsichtbaren Sandboden auf dem Kopf zu stehen schienen. Manchmal bildete er sich sogar ein, weit draußen im schmutzigen Wasser des Hafenbeckens Haifischflossen zu sehen. Er dachte zornig an den Feldstecher, den er von seinem Vater geerbt hatte, den ihm aber in den ersten

Tagen seines Aufenthalts in diesem Zimmer jemand gestohlen hatte. Abgesehen davon, daß er sofort Felisberto verdächtigte, ihn als Einsatz in dem Kartenspiel zu benutzen, das unten in der Rezeption vor sich ging, hatte der Verlust des Feldstechers für ihn bedeutet, daß eine alte Zeit gerade abgewickelt wurde und etwas Neues und Unbekanntes unterwegs war.

In einem Gefühl äußerster Einsamkeit hatte er geglaubt, zu einer Gruppe von Menschen zu gehören, die übriggeblieben waren, gezwungen, in einer gewichtslosen Leere zu leben, weil sie weder vernünftig genug gewesen waren, mit der alten Zeit zu sterben, noch in der neuen chaotischen Gesellschaft willkommen waren, die da allmählich heranwuchs.

An solchen Morgen, wenn er am Fenster des Hotelzimmers stand, das er verabscheute, und darauf wartete, daß Felisberto ihm seinen Kaffee brachte, füllte sich sein Kopf mit düsteren Bildern. Seine Erinnerungen und Gedanken waren eine Galerie, die niemand außer ihm selbst betrat. Solange er noch jung war, hatte er es geschafft zu widerstehen. Solange er nicht jeden Morgen mit der Angst erwacht war, daß ihm in der vergangenen Nacht die Zähne aus dem Mund gefallen waren, hatte er sich mit gewaltiger Energie auf die unmögliche Aufgabe gestürzt, trotz allem zu verstehen, warum er lebte. Damals hatte er sich auch nicht mit einem Badezimmer begnügen müssen, wo tückische Kakerlaken zwischen den geborstenen Kacheln verschwanden, wo die Hähne tropften und ein gesprungener Rasierspiegel sein Gesicht reflektierte. Wenn er sich mit den Fingern in die schlaffe Gesichtshaut kniff, war es, als prüfe er, ob sich der Tod schon in den Poren verbarg. Und von irgendwoher hatte er dann auch das ferne Rauschen des Meeres zu ahnen geglaubt.

Diese Fähigkeit war ihm noch nicht abhanden gekommen.

Noch konnte er die Segel für seine Träume hissen und auf dem rätselhaften Meer der Zeit zurückkehren.

Auf einmal war er wieder neun Jahre alt gewesen und hatte an der Seite seines Vaters an der Reling des Schiffs gestanden, das nach Süden steuerte, entlang der langgezogenen und verlockenden afrikanischen Küste, die im Sonnendunst hin und wieder wie eine flüchtige Fata Morgana auftauchte. Er konnte sich noch an den sinnlichen Genuß erinnern, den es bedeutete, jeden Morgen in der Kajüte mit den runden, in blankes Messing gefaßten Bullaugen aufzuwachen, und zu spüren, daß es wärmer geworden war als am Abend, bevor er einschlief.

Später, als Jahre vergangen waren und die Hitze ihn allmählich in den Wahnsinn trieb, die ständig verschwitzten Hemden und Socken ihm juckenden Ausschlag beschert hatten und hartnäckiger Pilzbefall zwischen den Zehen ihn plagte, war ihm die Erinnerung an die Morgen, die er auf dem Schiff erlebt hatte, ganz unbegreiflich erschienen. Es war, als seien sie von einem Fälscher gemacht.

Und doch war dies der Ausgangspunkt für das, was aus seinem Leben geworden war, ob er wollte oder nicht. Von dem Augenblick an, in dem sein Vater den Entschluß gefaßt hatte, wie üblich ohne jemanden um Rat zu fragen, am wenigsten seine Frau, und in das palastartige Gebäude der kolonialen Behörden in dem vornehmeren Teil des Hafenviertels gegangen war und seine Bereitschaft erklärt hatte, die Reise zu unternehmen, hatte es kein Zurück gegeben. Sein Vater hatte sich einen weißen Tropenanzug zugelegt und den entscheidenden Schritt getan, der auch ihn selbst einschließen sollte. Die Schritte führten über die Laufplanke zu dem rostigen Schiff, von dem er noch wußte, daß es »Coimbra« geheißen hatte. Schritte, von denen er später in seiner äußersten Einsamkeit träumte, daß sie ungetan geblieben wären.

Aber damals, als die Laufplanke keine Erinnerung war, sondern der vorgegaukelte Eintritt zu einem großen Abenteuer, hatte er es genau umgekehrt erlebt.

Er war seinem Vater bis ans Ende der Welt gefolgt, in die ferne afrikanische Provinz, und er hatte eine jubelnde Dankbarkeit empfunden.

Es kam vor, schon während der langen Schiffsreise, daß er seine Mutter vermißte, die bis auf weiteres mit seinen Geschwistern in der Heimat blieb, in der Erwartung, daß der Vater einen Brief schicken und sagen würde, es sei alles für ihren Empfang bereit. Ein großes Haus, ein Garten mit Jakarandabäumen und Diener in sauber gebügelten Schürzen würden sie unter Verbeugungen erwarten.

Aber er war mit seinem Vater gefahren und hatte ein Leben vor sich gesehen, in dem er sich seiner würdig erweisen würde, in dem er in ihm aufgehen, sein Abbild werden würde, mit dem gleichen Leinenanzug, dem gleichen, auf dem Kopf leicht zurückgeschobenen Hut. Daß sein Vater ein Nichtsnutz war, ein Betrüger und gegenüber seiner Frau ein notorisch treuloser Ehemann, hatte er damals nicht einmal ahnen können. Daß sie es in den ersten Jahren schwer hatten, hielt er außerdem für ganz natürlich. Sie waren schlecht vorbereitet in eine unbegreifliche Welt gekommen, in der es schwarzen Menschen allzulange erlaubt gewesen war, in chaotischem Müßiggang zu leben, in der Erwartung, daß die Weißen mit ihren Schwertern, ihren Kanonen und ihrer Bürokratie kommen würden, um alle Schattierungen des Lebens in die richtige Spalte einzuordnen, zu registrieren und regelmäßig zu kontrollieren. Die

Weißen waren mit dem Gebot angekommen, ein würdiges Leben bedeute, die Handlungen eines jeden fortlaufenden Prüfungen zu unterwerfen.

Ohne Kassenbücher war keine Zivilisation möglich.

Da dies für Afrikaner eine vollkommen unbegreifliche Haltung gegenüber dem Leben war, dem von Anfang an vorbestimmten Raum zwischen Leben und Tod, zwischen Geburt und Wiederkehr in die Geisterwelt, hatten die Weißen und die Afrikaner einander von vornherein gegenseitig als Narren betrachtet.

Die erste Zeit konnte er jetzt nur wie einen eigentümlichen Nebel heraufbeschwören. Allmählich hatte er jedoch begriffen, daß sein Vater in der festen Überzeugung nach Afrika gekommen war, in seinem Leben nie mehr arbeiten zu müssen. Die Afrikaner würden an seiner Statt arbeiten. In rascher Folge war es ihm mißlungen, eine Zitronenpflanzung zu betreiben, nach Edelsteinen zu schürfen und eine Bar im Hafenviertel aufzuziehen. Bei jedem neuen Projekt war sein Enthusiasmus grenzenlos gewesen. Während dieser ganzen Zeit waren sie ununterbrochen von einer Wohnung in die andere gezogen. Es hatte immer etwas gegeben, was seinem Vater nicht gefiel. Die Lage des Hauses, die Nachbarn, die Aussicht, was auch immer. Aber er konnte sich erinnern, wie sein Vater in Zeiten des Enthusiasmus nächtelang dagesessen und phantastische Kalkulationen erstellt hatte, welche ungeheuren Reichtümer die Afrikaner unter seiner Leitung für ihn erwirtschaften sollten.

Jedesmal hatte er gedacht, seine Mutter und die drei Schwestern, die noch in Europa waren, jetzt endlich nachkommen zu sehen, sie eines Tages über die Laufplanke eines der Schiffe kommen zu sehen, die auf Reede lagen und aufs Hochwasser warteten. Er hatte seinen Vater gefragt und seine Gedanken immer bestätigt gefunden.

Sie würden bald kommen, nicht sofort, aber bald, ganz bald. Wenn erst die Zitronenpflanzung Gewinne abzuwerfen begann, wenn erst die Schürfung nach Edelsteinen in den fernen Gebirgen in Gang gekommen wäre, wenn erst die Seeleute eingesehen hätten, daß die Bar seines Vaters die beste Fischsuppe und die schönsten schwarzen Huren hatte, würde er telegrafisch das Geld für die Fahrkarten überweisen.

Nach ungefähr drei Jahren sah er ein, daß nichts von alledem stimmte.

Eines Abends, sie wohnten zur Miete im Obergeschoß eines Geschäfts, das Damenwäsche und außerdem Feuerlöscher verkaufte, da der Besitzer zufällig an einen Konkursposten gekommen war, den die koloniale Armee übriggelassen hatte, war er allein zu Hause gewesen. Sein Vater war, wie so oft, abends in geheimnisvollen Besorgungen unterwegs. Er hatte wie üblich an diesem Abend im Badezimmer gestanden und Parfum über seinen weißen Anzug gesprüht, ehe er in die tropische Nacht hinaus entschwunden war. Was sein Vater während dieser geheimnisvollen Abwesenheit tat, wußte er nicht. Hingegen war er manchmal in der frühen Morgendämmerung davon erwacht, daß sein Vater betrunken herumschwankte und Krach machte, wenn er nach Hause kam. Oft hatten dann seine sonst sorgfältig frisierten Haare abgestanden, und die Krawatte war nicht mehr um den Hals gebunden, sondern hing wie ein einsamer Stoffstreifen aus der Jackentasche.

An dem Abend, als die Wahrheit über ihre Reise schließlich zutage trat, hatte er nach einem Stift gesucht, da er plötzlich Lust bekam, eine schöne blaue Spinne zu zeichnen, die ihr Netz an einem der in Blei gefaßten Fensterscheiben aufspannte. Er hatte ein Kästchen geöffnet, das unter dem Bett des Vaters stand. Seine Absicht war ganz rein gewesen, er suchte in aller Unschuld nach einem Stift und war nicht darauf aus, die Geheimnisse seines Vaters zu enthüllen. In dem Kästchen hatte er tatsächlich einen Stift gefunden. Aber da lag auch ein Bündel mit angefangenen und nicht abgeschlossenen Briefen. Sie waren alle an seine Mutter gerichtet, und er hatte sofort das Gefühl, sie lägen da und warteten auf eine passende Gelegenheit, um fertig geschrieben und abgeschickt zu werden. Er war neben dem Bett auf dem Boden sitzen geblieben und hatte die Briefe gelesen, wozu er den größten Teil der Nacht brauchte. Mit immer größerem Erstaunen hatte er die Beschreibung seines Vaters von ihrem Leben in der Kolonie gelesen. Er hatte nichts wiedererkennen können, obwohl oft behauptet wurde, daß er an den geschilderten Ereignissen beteiligt oder wenigstens dabei anwesend gewesen sei.

In einem der Briefe wurde die äußerst komplizierte und gefährliche Jagd auf einen menschenfressenden Leoparden geschildert, der in der Plantage herumstrich, deren Verwaltung sein Vater vorübergehend übernommen hatte, da der Besitzer, ein pensionierter Admiral der kolonialen Flotte, eine eilige und geheime Reise in ein Land unternommen hatte, dessen Namen er leider nicht verraten durfte. Sie hatten nie auf einer Plantage gewohnt, außer ein paar Wochen in einem kleinen, termitenbefallenen Holzhaus, das zu der Anlage gehörte, die als gewinnbringende Zitronenpflanzung gedacht war. Er hatte noch nie von Leoparden in der Nähe der Stadt gehört, sein Vater war nie auf der Jagd gewesen, da er Angst vor lauten Geräuschen hatte und sich niemals dazu hätte überwinden können, einen Schuß aus einem Gewehr abzufeuern. Wer der pensionierte Admiral war, wußte er auch nicht.

In einem anderen Brief las er zu seinem Erstaunen, daß er sich ein Bein gebrochen hatte, als er aus Ungehorsam den

Stamm einer Kokospalme hochgeklettert war. In dem Brief versicherte sein Vater jedoch, daß er bald wieder gesund werden würde, da er sofort in der exklusivsten Klinik aufgenommen worden war, die es in dem Land gab.

Immerzu auf Geräusche von der Treppe horchend, saß er die ganze Nacht hindurch und las die Geschichte, die sein Vater über ihr Leben in Afrika erdichtet hatte. Wiesehr er auch unter den Worten suchte, fand er doch nichts, was wahr war. Alles war Lüge, alles erfunden, die Poesie eines Schwindlers. Jeder Brief endete damit, daß es zu gefährlich für die anderen sei, nach Afrika nachzukommen. Er begriff, daß die Briefe des Vaters diese einzige, durchgängige Botschaft hatten, die er mit scheinbar unerschöpflicher Phantasie variierte; zu erklären, warum der Rest der Familie notgedrungen noch eine Weile in Europa bleiben müsse.

Er brauchte dann noch ein weiteres Jahr, um zu verstehen, warum sein Vater seine Familie von sich fernhalten wollte. Da hatten sie das Haus mit der Damenwäsche und den Feuerlöschern verlassen und wohnten vorübergehend zur Miete in ein paar engen Zimmern im Obergeschoß eines kleinen Restaurants neben dem Botanischen Museum. Er war gerade vierzehn Jahre alt geworden, und sie hatten mehr als fünf Jahre in dem kolonialen Außenposten gewohnt. Alle großen Pläne seines Vaters waren gescheitert und in immer hektischerem Tempo erneuert worden, und er hatte angefangen sich zu fragen, ob die wahre Bedeutung der ständig wiederholten Beschwörung seines Vaters: »Es ist nur eine Frage der Zeit« nur ein leeres Echo war. Er hatte eine Schule besucht, die den Weißen vorbehalten war, abgesehen von ein paar Kindern von Assimilados, die immer ganz hinten im Klassenzimmer saßen und sich entweder schämten oder über die herablassende Behandlung empörten. Er hatte sich gefragt, wie sein Vater es sich leisten konnte, das hohe Schulgeld zu bezahlen, nachdem das große Schürfprojekt nach Edelsteinen kürzlich gescheitert war und der Vater sich ständig auf der Jagd nach neuen Krediten für ihr Überleben und die Verwirklichung der jüngsten seiner großartigen Ideen befand.

Hin und wieder kam es vor, daß weiße Polizisten mit ihren schwarzen Untergebenen an die wechselnden Türen klopften, hinter denen sie wohnten, und Fragen an den Vater zu stellen hatten. Manchmal forderten sie ihn auch auf, ihnen aufs Polizeirevier zu folgen. Der Vater war jedesmal gleichermaßen empört und erregt, wenn sie ankamen und Antworten auf ihre Fragen verlangten. Hinterher, wenn der Vater von den oft langwierigen Verhören auf dem Polizeirevier heimkam, schenkte er sich ein großes Glas Kognak ein und stieß auf die Einfalt der Polizisten und sein eigenes Genie an. Dann teilte er in einer Mischung aus sentimentaler Empörung und arrogantem Hochmut mit, daß er an all den eigentümlichen, gegen ihn gerichteten Anklagen unschuldig sei. Seine Verstrickung in verschiedene lichtscheue Geschäfte entbehre jeder Grundlage. Doch konnte er sich manchmal nicht verkneifen, hinzuzufügen, daß der Polizist, der ihn entlarven könnte, noch nicht geboren sei, am allerwenigsten auf dem afrikanischen Kontinent.

An einem Tag, an dem der Vater vom frühen Morgen bis zum Abend auf dem Revier gesessen hatte, kam er jedoch sehr nervös nach Hause. Er fing sofort an, seine Reisetaschen und den großen Koffer mit Eisenbeschlägen zu pakken, die er immer mitschleppte, und forderte seinen Sohn auf, sich zum Aufbruch bereit zu machen. Da der an solche plötzlichen und scheinbar unerklärlichen Umzüge gewöhnt war, stellte er keine Fragen, sondern raffte nur die Sachen zusammen, die er in seinen zwei Koffern hatte. In den einen legte er zuoberst seinen kostbarsten Besitz, eine Schmetterlingssammlung, die er während der Jahre zusammengetragen hatte.

Dann waren sie aufgebrochen.

Er hatte das Gepäck bewacht, während sein Vater ein paar willige Träger in einer der Bars für Schwarze gesucht hatte, die bis um neun Uhr abends offen haben durften, dem Zeitpunkt, nach dem es keinem Schwarzen erlaubt war, sich ohne Sondererlaubnis auf den Straßen der Stadt aufzuhalten, wobei sie sofort verhaftet wurden, wenn sie gegen das Verbot verstießen.

Er hatte keine Ahnung, wohin sie unterwegs waren, als er als letzter der schwankenden Karawane folgte, die von seinem Vater angeführt wurde, besorgt den Koffer bewachend, der jetzt unsicher auf einem schwarzen Kopf balancierte.

Sie kamen zu einer der schlecht beleuchteten Straßen, an denen die afrikanischen Stadtteile lagen.

Vor einem kleinen, flachen Zementhaus machten sie halt. Der Vater bezahlte die Träger, die sofort ihr Ungenügen an den Scheinen bekundeten, die der Vater ihnen gab. Mit Gebrüll erklärte er dann, sie hätten keine Zeit, sich zu beschweren, da es kurz vor neun Uhr sei und er nicht zögern würde, sofort die Polizei zu rufen und dafür zu sorgen, daß sie verhaftet wurden, weil sie gegen das Ausgehverbot verstießen. Als sie dann allein zurückgeblieben waren, hatte ihm der Vater eine Hand auf die Schulter gelegt und ihm ernst in die Augen geblickt.

– Das Leben ist ein sonderbarer Wirrwarr von Zufällen, sagte er. Vergiß das nicht. Unsere Leben sind wie kreiselnde Kompaßnadeln, die sich nur selten von den Magnetfeldern lenken lassen, die vielleicht, aber auch nur vielleicht, den Erdball umgeben.

In diesem Augenblick hatte er gedacht, der Moment sei gekommen, seinen Vater für all die unwahren Briefe zur Rede zu stellen. Sein Vater hatte ein elftes Gebot ausgesprochen, oder vielleicht das einzige, das für ihn Gültigkeit besaß, daß nämlich das Leben nichts anderes sei als ein sonderbares Bündel von Zufällen.

Aber es war, als hätte der Vater den gefährlichen Funken des nahenden Aufruhrs geahnt und zurückgeschlagen, indem er seine Hand in einer abwehrenden Geste hob und dann selbst zu reden fortfuhr.

Es war eine wirre Geschichte von Sehnsucht und Schwäche gewesen, von vergeudetem Willen und widersprüchlichem religiösen Verlangen. Er hatte geahnt, daß sein Vater versuchte, eine Beschreibung von sich selbst und seinem chaotischen Inneren zu geben, einem Charakter, der aus unvereinbaren Bestandteilen zusammengewürfelt war, aber er merkte, daß die Worte nur eine Verlängerung der Briefe waren, und versuchte, nicht zuzuhören. Gegen Ende der langen und unzusammenhängenden Wortflut hatte er indessen wieder angefangen zuzuhören. Plötzlich hatte es da den unverkennbaren Tonfall einer nahenden Wahrheit gegeben, wie ein ersehntes Regenwetter nach einer langen Dürre. Es war, als hätte der Vater sich schließlich überwunden, sich in die Verkrustungen hineinzubohren, die in ihm selbst lagen. Das, was er sagte, schien nicht nur wahr zu sein, sondern auch noch erstaunlicher als die phantastischen Einbildungen, mit denen er seine Briefe gefüllt hatte. Auf einmal verstand er, daß sein Vater auf der Flucht war, nicht vor eingebildeten und ungerechtfertigten Anklagen der Polizei, sondern wegen einer Anzahl von teuer erkauften Fehlern, die dieser gemacht hatte. Er verstand nicht im einzelnen, worum es ging, nur daß die wertlosen Schürfrechte mit falschen Zeugnissen von geglückten Probebohrungen erkauft gewesen waren, daß von ihnen behauptet worden war, sie seien voll von reichen Adern aus wertvollen Metallen, daß sie in einem chaotischen Wirrwarr hin und her verkauft worden waren und daß eine Anzahl von Käufern Anklage wegen Betrugs erhoben hatte. Was aber schließlich noch erstaunlicher war und ihm von diesem Abend, an dem sie vor dem kleinen Zementhaus standen, in Erinnerung bleiben sollte, war, daß da drinnen eine Frau wohnte, welche die afrikanische Ehefrau seines Vaters war. Dort sollte es auch drei Geschwister geben, drei Töchter, und mit einem Schwindelgefühl erfuhr er, daß sie dieselben Namen trugen wie die Geschwister, die er in dem Land hatte, aus dem sie gekommen waren.

In diesem Augenblick, während um ihn die Zikaden zirpten, als würden sie ununterbrochen ihre unwilligen Instrumente stimmen, war er mit voller Kraft durch die unsichtbare Mauer von Schmerz und Angst geschleudert worden, welche die Kindheit von der verbleibenden Lebensmühe trennt, die es bedeutet, erwachsen zu sein.

Alles war durchsichtig gewesen, es hatte keine Möglichkeit zur Flucht gegeben, und er verstand jetzt, daß der Vater seit fünf Jahren alles getan hatte, um seine erste Frau im Heimatland festzuhalten. Er hatte seine Briefe mit Liebe erfüllt und zugleich davor gewarnt, daß das Leben in der Kolonie gefährlich war. Sie lebten ständig umgeben von Raubtieren und eigentümlichen tropischen Krankheiten, die Hitze glühte in ihren Gehirnen und drohte heftige Anfälle von Verwirrung und Wahnsinn auszulösen. In seinen Briefen hatte er nie versäumt zu unterstreichen, daß Frauen, Frauen im selben Alter wie sie, die wartete, besonders gefährdet waren. Die Friedhöfe waren alle voll von weißen Gipskreuzen und zersprungenen porzellanemaillierten Fotografien von all den toten Frauen, die nicht auf ihre Männer gehört hatten, daß die Zeit noch nicht reif sei, und die lange Reise unternommen hatten und nachgekommen waren. Während dieser ganzen Zeit hatte er eine neue Ehe aufgebaut, eine heftige Leidenschaft, die ihren Anfang genommen hatte, kurz nachdem sie die Laufplanke hinuntergegangen waren. Es war eine schwarze Frau, begriff er, und seine neuen Geschwister waren nach der alten Bezeichnung Mulatten, sowohl schwarz wie weiß. Wie sein Vater diese Frau damals kennengelernt hatte, war ihm nicht klar, als sie mit ihren Taschen und Koffern draußen auf der Straße im Dunkeln standen, das würde er erst später erfahren. Aber soviel erkannte er, daß sein Vater seine Unwahrheiten mit derselben Kraft in alle Richtungen verbreitet hatte. Die Frau in dem Haus wußte nichts von der, die jenseits des Meeres wartete, da gab es keine Geschwister, da gab es nur ihn. Eine Frage aber war zuletzt geblieben, die Frage, die unmöglich zu umgehen war:

– Wer bin ich?

– Das Leben ist ein sonderbarer Wirrwarr von Zufällen, wiederholte sein Vater. »Für einen Menschen kann nur das, was möglich ist, die Aussicht bekommen, heilig zu sein. Deshalb ist es manchmal notwendig, daß man auch seine eigene Geschichte umschreibt. Wenn du das auch jetzt nicht verstehst, wirst du es verstehen, wenn du erst erwachsen bist.«

Der Vater hatte erklärt, daß er im Bewußtsein der schwarzen Frau existierte. Er war der Grund dafür, daß der Vater einmal aufgebrochen war und die lange Reise übers Meer gemacht hatte. Da hatte er mit äußerster Anstrengung, um nicht die Beherrschung zu verlieren, gefragt, wer denn dann seine Mutter sei, ob es nun so sei, daß es seine wirkliche Mutter nicht gab. Sein Vater hatte nervös seine Taschen durchsucht, bis er seine Zigaretten einer brasilianischen

Marke und das stark zerbissene Mundstück aus Elfenbein fand. Als er die Zigarette angezündet hatte und ihre Glut wie ein böses Auge in der Dunkelheit leuchtete, hatte er geantwortet.

– Deine Mutter starb bei deiner Geburt.

Dom Estefano stand am Fenster seines Hotelzimmers. Widerstandslos überfiel ihn die Erinnerung, jeden Morgen, ohne ihn jemals in Ruhe zu lassen. Als Dom Estefano in Gedanken bei dem Augenblick ankam, in dem sein Vater dagestanden hatte, die Zigarettenspitze im Mundwinkel balancierend, dachte er, daß er gerade da, in einer schwindelerregenden Sekunde, als das Universum zu einem einsamen Partikel geschrumpft war, erkannt hatte, die Welt war eine Fälschung. Das Leben, die Geschichte, die Menschen und ihre Träume, ihre Liebesprobleme, ihre ständigen Versuche, aus ihrem Chaos so etwas wie Philosophie und Wissenschaft zu entwickeln, beruhten alle auf demselben Gebot, daß nichts wahr war, nichts so heilig war, daß es sich nicht mit dem Instrument der Lüge verändern ließ.

Das Leben unterschied sich nicht wesentlich von dem Kartenspiel, das da unten im Foyer stattfand. Dom Estefano hatte in jüngeren Jahren Kartenspiele geschätzt, besonders die äußerst komplizierten Varianten, bei denen man erst nach vielen Stunden, manchmal erst nach einigen Tagen wußte, ob man gewonnen oder aber große Summen verloren hatte. Wenn er gelegentlich das Foyer aufsuchte, in dem die abscheulichen Seejungfrauen aus Gips an den Wänden hingen, war er stehengeblieben und hatte die kartenspielenden Rezeptionisten und Träger betrachtet. Er hatte sofort erkannt, daß alle falsch spielten. Der Betrug war die eigentliche Voraussetzung des Spiels. Einige Wochen zuvor, als er in einer schlaflosen Nacht vergeblich nach

Felisberto oder jemand anderem fahndete, der ihm eine Flasche Mineralwasser verschaffen konnte, hatte er das Kartenspiel untersucht, das gerade ungenutzt auf dem alten Mahagonitisch lag. Es hattte aus 65 Karten bestanden und sieben Asse, nicht weniger als neun Könige, hingegen keine Dreier oder Neuner enthalten.

In einem Augenblick schwermütigen Zorns hatte er gedacht, er sollte dieses Kartenspiel verbrennen. Er sollte es auf dieselbe Art verbrennen, wie er die verlogenen Seejungfrauen zerschlagen sollte, und am Ende ein Brecheisen unter die tragenden Wände des ganzen verdammten Hotels schieben. Aber er hatte sich selbstverständlich beherrscht, ebenso wie er es getan hatte, als sein Vater ihm gesagt hatte, daß seine Mutter bei seiner Geburt gestorben war. Sich zu beherrschen war die einzige Verteidigung, die ein Mensch gegen jenen verwirrenden Betrug hatte, der das innerste Geheimnis des Lebens war.

Er wurde in seinen Gedanken unterbrochen, als Felisberto an die Tür klopfte und den Morgenkaffee brachte. Dom Estefano hatte genau gemerkt, daß es länger und länger dauerte und der Kaffee zugleich immer schwächer wurde und außerdem kaum noch lau war. Gerade an diesem Morgen hatte Dom Estefano wie in einem plötzlich aufflammenden Bedürfnis beschlossen, gegen seine eigene Resignation und Langeweile zu rebellieren, Felisberto wegen des sich ständig verschlechternden Morgenkaffees zur Rede zu stellen. Es kümmerte ihn nicht, daß er Felisberto seit über einem Jahr seinen kläglichen Lohn nicht bezahlt hatte, und es kümmerte ihn erst recht nicht, daß die Schwarzen, Felisbertos Brüder, gerade im Begriff waren, die Macht im Land zu übernehmen. Es hatte Gerüchte gegeben, daß alle Weißen, vor allem diejenigen, welche die Reste der alten Kolonialfamilien ausmachten, so schnell wie möglich hingerichtet werden sollten, möglicherweise vor dem Springbrunnen, der auf dem Platz vor seinem Fenster stand. Aber er war nicht um seine eigene Sicherheit besorgt. Während seines ganzen Lebens hatte er die Kunst verfeinert, sich aus schwierigen Situationen herauszureden. Das war, abgesehen von dem Feldstecher, den vermutlich Felisberto gestohlen und verspielt hatte, das einzige, was sein Vater ihm vermacht hatte.

Die Kunst zu entkommen, hatte er oft gedacht, ist das Erbe, das ich von meinem Vater habe.

Doch an diesem Morgen machte er seine private Gegenrevolution. Als Felisberto das schmutzige Tablett mit der Tasse, der Wasserkaraffe und der Dose mit Streuzucker, die voll von kleinen, fast unsichtbaren Ameisen war, abgesetzt hatte, nahm Dom Estefano mit einer raschen Bewegung vor der Tür Aufstellung. Er betrachtete seinen seit siebenunddreißig Jahren treuen Diener und seufzte laut und demonstrativ. Er musterte ihn mit Abscheu von oben bis unten. Jeden Morgen zeigte sich Felisberto in anderen Kleidern, je nachdem, ob er in der vergangenen Nacht gewonnen oder verloren hatte. Gelegentlich war es sogar vorgekommen, daß Felisberto nur in Zeitungspapier, das er mit Schnurstücken um die Taille geknotet hatte, den Morgenkaffee servierte. Bei anderen Gelegenheiten, wenn das launische Falschspiel zu Felisbertos Gunsten ausgefallen war, konnte er sich morgens in einem rosa Morgenmantel und einer Bademütze auf dem Kopf einfinden; Dinge, die früher vermutlich der Frau eines Rezeptionisten gehört hatten und ohne ihr Wissen als Einsatz in dem ständig stattfindenden Spiel gelandet waren, bei dem zum Schluß alle verlieren mußten. Jeden Morgen bekam Dom Estefano eine neue Bestätigung dafür, daß die Mischung aus Wehmut und Verachtung, die er meinte angesichts Felisbertos trauriger Persönlichkeit und der Rasse, der er angehörte, ständig empfinden zu müssen, eine neue, deprimierende Rechtfertigung erhalten hatte.

Dom Estefano war immer Rassist gewesen, daraus hatte er nie ein Geheimnis gemacht. Er hatte sich als Repräsentant seiner ganz eigenen Rasse gefühlt, und seine Verachtung hatte nicht nur die Schwarzen wie Felisberto oder die Revolutionäre betroffen, die gerade im Begriff waren, die Stadt einzukesseln; sie galt in gleichem Maße den indischen Geschäftsleuten, die während all seiner Jahre in der Kolonie nur immer zahlreicher geworden waren. Bei vereinzelten Gelegenheiten hatte er es auch mit Chinesen zu tun gehabt, und er hatte sie sofort in seine Verachtung eingeschlossen. Aber er kam auch nicht umhin, einen immer stärkeren Widerwillen gegen seine eigene Rasse, die weiße, zu empfinden. Dieser hatte eines Abends begonnen, als er vor dem Haus der afrikanischen Frau seines Vaters gestanden hatte und erkennen mußte, daß mit einem einzigen, brutalen Schlag alle Bande zu seiner Kindheit abgeschnitten worden waren. Von diesem Tag an hatten seine rassistischen Vorurteile nach und nach verwirrende und widersprüchliche Positionen angenommen. Mit der Zeit hatten seine Erlebnisse ihn jedoch dazu gebracht, die weiße wie die schwarze Rasse als ihm unterlegen zu betrachten. Er verachtete alle, wie er Felisberto und sich selbst verachtete, mit einer Wehmut, die zu verstehen ihm nie ganz gelungen war. Es war eine unfaßlich schwere Bürde, die er während seines ganzen Lebens mitgeschleppt hatte, und wenn er jeden Morgen Felisberto mit dem Kaffeetablett kommen sah, wurde er erneut daran erinnert, daß nichts von all dem, was er ihm hatte beibringen wollen, Spuren hinterlassen hatte. Es war vielleicht die größte all der unzähligen Niederlagen, die seinen Lebensweg säumten, und er ahnte, weit jenseits seiner Vernunft, daß das der Grund dafür war, warum er jeden Morgen mit unerträglichem Entsetzen im Herzen erwachte.

In diesem Augenblick hatte er jedoch all seine Niederlagen vergessen. Er hatte sich vor die Tür gestellt, um zu verhindern, daß Felisberto ihm entschlüpfte. An diesem Morgen steckte er in einem Unterhemd, das für ein kleineres Kind bestimmt war. Es reichte ihm nur halb über die Rippen. An den Füßen trug er Militärstiefel, denen die Schnürsenkel fehlten, und über den Schenkeln ein Paar abgeschnittene Frackhosen. Jetzt standen sie da und sahen einander an, und Dom Estefano hatte eines der Déjà-vu-Erlebnisse, die ihn ständig plagten. Tausend Jahre lang hatte er vor dieser Tür gestanden, auf exakt dieselbe Weise, mit dem gleichen Lärm vor dem Fenster, und er würde Felisberto dieselben Dinge sagen, die er ihm schon eine unendliche Anzahl von Malen gesagt hatte.

An diesem Morgen kam er jedoch aus dem Konzept, weil ihm plötzlich ein Gedanke durch den Kopf ging, der ihm neu und fremd war. Dom Estefano hatte es in den letzten dreißig Jahren zu vermeiden versucht, von unerwarteten Gedanken überfallen zu werden. Sie schufen Unordnung und konnten in schwerwiegenden Fällen ausgedehnte Probleme mit dem Stuhlgang bescheren. Aber der Gedanke war da, er ließ sich nicht verscheuchen wie ein Straßenköter, der einem zu nahe kam. Der Gedanke war nicht nur unerwartet, wie die Ankunft eines Fremden, sondern geradezu eine Herausforderung.

Was dachte Felisberto?

Er hatte in all den Jahren, die er in Afrika verbracht hatte, ständig darüber nachgegrübelt, warum die Schwarzen nicht denken lernen konnten. Mit einem untrüglichen Gefühl von Verachtung hatte er sich Felisbertos Bewußtsein wie einen vernachlässigten Hinterhof vorgestellt, wo Abfälle, Hühner und unruhige Geister umeinanderwirbelten, zum unaufhörlichen Klopfen unsichtbarer Trommeln. Jetzt stellte er sich zum erstenmal die Frage, ob es nicht sein könnte, daß Felisberto trotz allem dachte, in diesem Fall aber an was? Es war, als betrachte er Felisberto zum erstenmal als einen Menschen, der von irgendwoher kam und der vielleicht auch irgendwohin unterwegs war. Dom Estefano wußte, daß alle Reisen mit unruhigen und rastlosen Träumen beginnen. Es ist unmöglich, zu flüchten oder einen unbekannten Kontinent zu besuchen, ohne zuerst den Gedanken zu fassen. Es ist einem Menschen nicht einmal möglich, einen kurzen Morgenspaziergang zu machen, ohne daß die Gedanken sich erst ihre unsichtbaren Schuhe angezogen haben.

Dom Estefano versuchte also, sich Felisbertos Gedanken vorzustellen. Er starrte ihn an, als hätte er ein Gespenst entdeckt, das den Sonnenaufgang überlebt hatte und nicht von den Schatten der Nacht aufgelöst worden war. Aber als er merkte, daß seine aufgerissenen Augen Felisberto allmählich beunruhigten, kehrte er rasch wieder in die Wirklichkeit zurück.

Dom Estefano wußte, daß Felisberto sofort auf der Hut war, wenn er eines seiner unregelmäßig wiederkehrenden, aber immer überraschenden Verhöre anstellte. Er wußte auch, daß er gezwungen sein würde, sich auf vielen Umwegen voranzutasten, um Felisberto zu verlocken, andere Anworten zu geben als die, von denen er glaubte, daß sie von ihm erwartet wurden. Der Weg zum Kern des Gesprächs, dem immer mehr verspäteten und kälteren Morgenkaffee, war das Endziel einer langen und ungewissen Reise, auf einer schlecht erhaltenen Straße in einer unbekannten Landschaft.

– Was ist los? fragte Dom Estefano.

Das war eine passende Frage für den Anfang, da Felisberto ohne Risiko alles mögliche würde antworten können.

– Nichts ist los, erwiderte Felisberto abwartend.

– Irgendwas ist immer los, fuhr Dom Estefano fort und begann schon, die Erschöpfung durch den Körper schleichen zu fühlen.

Er deutete aufs Fenster.

– Mit der Revolution, sagte er. Wenn ich es recht verstanden habe, seid ihr im Begriff, die Macht zu übernehmen?

– Es geht sehr gut, erwiderte Felisberto, überraschend bestimmt. Die koloniale Armee ist zersplittert. Unsere Soldaten im Befreiungsheer sind gerade mit komplizierten strategischen Umzügen vor der großen Schlußschlacht beschäftigt.

Dom Estefano begriff, daß Felisberto eine der pausenlosen Rundfunksendungen von der scheppernden Rundfunkstation der Revolutionäre gehört hatte.

– Kannst du mir erklären, was ein strategischer Umzug ist, fragte Dom Estefano und versuchte nicht einmal, seine Verachtung zu verbergen.

– Nein, erwiderte Felisberto. Aber Oberst Nquila weiß es. Und darauf kommt es an.

Dom Estefano wußte, daß Oberst Nquila der Anführer des südlichen Frontabschnitts der Revolutionäre war. Vor mehr als fünfzehn Jahren war er Oberst Nquila auch begegnet, der damals immer nur bei seinem Vornamen, Matteus, genannt wurde und als Koch beim Sicherheitschef der Kolonialverwaltung arbeitete. Dann war er eines Tages plötzlich verschwunden, ohne daß jemand genauer darüber nachgedacht hatte. Als der Krieg ausgebrochen war, kamen eigentümliche Gerüchte auf, ein ehemaliger Koch namens Matteus spiele eine immer wichtigere Rolle als rasch aufsteigender Stern unter den revolutionären Befehlshabern. Aber niemandem kam auch nur der Gedanke, es könnte derselbe rücksichtsvolle Mann sein, der in der Küche des kolonialen Sicherheitschefs gestanden und *baccalau* zubereitet hatte. Dom Estefano weigerte sich immer noch zu akzeptieren, daß Matteus sich in Oberst Nquila verwandelt hatte. Aber es bestand kein Zweifel, es war derselbe Mann. Der koloniale Sicherheitschef hatte das Land rasch verlassen, als er begriffen hatte, daß Oberst Nquila der Koch war, dem er sich bei mehreren Gelegenheiten veranlaßt gesehen hatte eine Tracht Prügel zu verpassen. Aus Angst vor der Rache, die ihn eines Tages ereilen würde, hatte er Alpträume bekommen und sehr schnell, unter strenger Geheimhaltung, um Asyl in einem Nachbarland ersucht. Dies hatte seinerseits den Ruf Oberst Nquilas gestärkt, daß er über große Entfernungen den verhaßten Sicherheitschef in die Flucht treiben konnte.

Dom Estefano betrachtete Felisberto und dachte, er könnte sich ihn unmöglich als etwas anderes vorstellen als den *empregado*, der er immer gewesen war.

Oberst Felisberto? Dom Estefano verscheuchte irritiert diesen Gedanken.

– Es heißt, Oberst Nquila habe gedroht, alle Weißen zu töten, die nicht freiwillig das Land verlassen oder sich der revolutionären Bewegung anschließen, sagte er. Felisberto nickte fröhlich, als hätte Dom Estefano einen Scherz gemacht. Dom Estefano dachte, früher hätte er Felisberto für diese offenkundige Dreistigkeit und mangelnden Respekt eine Ohrfeige gegeben. Warum tat er es jetzt nicht? Woher kam diese Kraftlosigkeit? War die Macht schon seinen Händen entglitten?

– Könntest du einen weißen Mann oder eine weiße Frau töten? fragte Dom Estefano.

– Ja, antwortete Felisberto aufrichtig.

– Könntest du mich töten? Mich, der ich mich immer um dich gekümmert habe?

Plötzlich wurde Felisberto ernst. Vielleicht hatte er den leichten Hauch von Furcht gespürt, der sich in Dom Estefanos Frage verbarg.

– Nein, sagte er. Ich könnte niemals *o patraõ* töten. Ich würde einen meiner Freunde bitten, es an meiner Stelle zu tun.

Dom Estefano starrte ungläubig den Mann an, der in dem geschrumpften Hemd ein paar Meter von ihm entfernt dastand. Er wußte, daß er richtig gehört hatte. Er sah auch ein, daß Felisberto etwas zum Ausdruck gebracht hatte, was seine ehrliche Meinung war. Vielleicht waren es die ersten ehrlichen Worte, die er von Felisberto während der siebenunddreißig Jahre gehört hatte, die sie gezwungenermaßen zusammen verbracht hatten?

In diesem Augenblick durchlief Dom Estefano ein Schütteln, als drohe ein ganz privates Erdbeben ihn umzustürzen wie die alte, verhaßte Statue eines Diktators. Er konnte schon Oberst Nquilas Strick um seinen Hals fühlen, die Risse in dem Leben, das jetzt im Begriff war einzustürzen. Er betrachtete Felisberto mit Verwunderung. Jetzt erkannte er, daß nicht er die selbstverständliche Kontrolle über den schwarzen Mann gehabt hatte, der ein Menschenalter lang sein Diener gewesen war. Es war genau umgekehrt gewesen. Es war Felisberto, der immer direkt durch ihn hindurchgesehen, seine Gedanken gelesen, seine Absichten vorhergesehen und die Antworten gegeben hatte, von denen er ahnte, daß Dom Estefano sie hören wollte. Während all dieser Jahre waren sie in einem unsichtbaren Kartenspiel miteinander begriffen gewesen. Der Gewinn, den Dom Estefano immer für selbstverständlich gehalten hatte, war in Wirklichkeit ein ständig wiederholter und wachsender Verlust gewesen.

In der Stille vor der Tür kehrte sich die Welt um. Dom Estefano dachte, daß Oberst Nquila vielleicht schon da draußen wartete.

Er starrte Felisberto an und begriff, daß er doch nicht das aufgeben konnte, was das Fundament seines Lebens gewesen war, zu befehlen, sein Recht zu behaupten.

– Ich bin unzufrieden, sagte er und fühlte plötzlich Tränen seine Wangen herunterlaufen. Ich bin unzufrieden, weil du mit meinem Morgenkaffee immer später, immer schlampiger gekleidet kommst. Außerdem ist er nie warm. Ab morgen möchte ich eine Besserung sehen. Sonst werde ich dich entlassen. Hast du verstanden?

– Ja, *patraõ*, sagte Felisberto.

Dom Estefano trat zur Seite.

– Du kannst jetzt gehen, sagte er. Und zieh diese gräßlichen Kleider aus.

– Ja, *patraõ*.

– Schlag die Tür nicht zu, wenn du gehst. Schließe sie vorsichtig. Ich hasse jeden Lärm.

– Ja, *patraõ*.

Felisberto ging. Die Tür schloß sich mit einem Knall hinter ihm. Dom Estefano fühlte, wie die große und endgültige Einsamkeit mit ihren kalten Händen sein Herz umschloß.

Er trank den schlechtschmeckenden Kaffee stehend, mit der Tasse in der Hand, und schaute abwesend aus dem Fenster. Nichts hatte sich verändert. Die dicke Mulattin saß wie üblich im Schatten der abgeblühten Jakaranda und verkaufte das Eis, das sie mit einem kleinen Beil in Stücke schlug. Jeder Schlag traf Dom Estefano direkt in die morsche Schale, die als einziges von seinem Herzen übrig war.

Dann zwang er sich wieder in die Wirklichkeit zurück, die Wirklichkeit, die ihn in diesem schmutzigen Hotelzimmer umgab, der er entkommen wollte, aber nicht konnte. Er kleidete sich sorgfältig in den weißen Anzug, bürstete das Revers ab und setzte schließlich den weißen Hut mit dem schwarzen Band auf. Er betrachtete sein Gesicht in dem gesprungenen Badezimmerspiegel.

In seinen Augen ahnte er seinen eigenen Untergang.

Obwohl er den Hut auf dem Kopf hatte, verließ er das Hotel nicht, sondern ging nur hinaus auf den Gang. Er folgte dem roten Teppich, auf dem die eingetretenen Flekken längst die Macht übernommen hatten, und blieb stehen, als er vor der Tür mit der Nummer 312 stand.

Es war zehn Minuten vor sechs. Er klopfte vorsichtig an die Tür und ging dann hinein zu seiner Frau, während er ein stilles und inniges Gebet sprach, daß sie diese Nacht für immer eingeschlafen und den Parasiten des Leidens entkommen sein möge, die sie von innen aufgezehrt hatten.

9.

Kurz vor der Dämmerung war Dona Elvira von dem Alptraum heimgesucht worden, der regelmäßig in ihren Nächten wiederkehrte. Sie hatte ihren Vater unter den wildwachsenden Rosenbüschen in dem Garten des Sommerhauses gesehen, das hoch oben zwischen den steilen Bergen versteckt lag, welche die Grenze zu dem unerreichbaren und rätselhaften Inland bildeten. Sie war wieder ein Kind gewesen und erfüllt von den beunruhigenden Düften, die sie mittlerweile nur noch in ihren Träumen einfangen und wieder erleben konnte. Sie hatte ihn über die Rosenbüsche gebeugt gesehen, mit dem löchrigen Strohhut, alten, abgeschnittenen Leinenhosen, den sonnverbrannten und sehnigen Körper nackt. Sie war ihm entgegengelaufen und hatte gedacht, er würde wie üblich mit seinem traurigen Lächeln im Gesicht eine Rose mit der rostigen Schere abschneiden.

Eine Rose, die er ihr dann geben würde, während er einen seiner verbrauchten und zerstreuten Segenswünsche murmelte; daß ihr Leben nicht allzulang währen möge und nicht allzusehr heimgesucht wäre von Chaos und Verwirrung, Überdruß und Verstopfung. Er würde ihr die Gnade wünschen, eines Tages einen Mann kennenzulernen, der sie nicht zu häufig schlug. Und nicht so viele Kinder zu bekommen, daß sie sich nicht mehr an alle ihre Namen erinnerte. Aber als sie ihm schließlich nahe gekommen war, hatte sie entdeckt, daß es nicht die Rosen waren, die er beschnitt und pflegte. Er schnitt seine Finger ab, einen nach dem anderen, und das Blut spritzte in pumpenden Stößen auf die trockene Erde.

In diesem Augenblick hatte sie nicht nur im Traum kehrtgemacht und war davongerannt. Sie war auch aufgewacht, und ein einsamer Schrei, der ihr eigener war, hallte im Zimmer wider, als sie die Augen aufschlug.

Sie lag ganz still da, die Hände krampfhaft geballt. Die Decke, die viel zu warm war und außerdem einen ekelhaften Geruch von dem Waschmittel ausströmte, das Felisberto benutzte, hatte sie abgeworfen. In ihrem weißen Nachthemd und auf den weißen Laken hatte sie das Gefühl, schon von unbekannten Händen in ein Leichentuch gehüllt worden zu sein.

Sie merkte, daß sie an einem Oberarm einen Biß oder Stich von einem Insekt bekommen hatte. Das verschlissene Moskitonetz, das über ihrem Bett hing, war voller Löcher. Vielleicht war es die Malaria, die sie schließlich töten würde. Ihr die Ruhe geben, die sie ebenso fürchtete wie ersehnte.

Die schweren Vorhänge aus altmodischem Samt waren zugezogen. In den Ritzen erschien kein Licht. Also war es noch vor der Morgendämmerung. Die Morgendämmerung, die immer zu schnell kam, die sie immer überrumpelte. Oft hatte sie gedacht, das sei das einzige, was ihr eigentlich aus den frühesten Jahren ihres Lebens fehle, als sie sich noch nicht auf die lange Reise zum afrikanischen Kontinent begeben hatte. Die Morgendämmerung, die langsam und würdig kam, und nicht wie hier, eine raubgierige Sonne, die sich auf die Welt stürzte, um sie mit ihrer unerträglichen Hitze zu vernichten.

Sie schloß die Augen und kratzte abwesend an dem Mal, das das unbekannte Insekt hinterlassen hatte. Aus ihrem Körper kam ein Strom von pulsierenden, aber nicht besonders starken Schmerzen. Solange sie still dalag und langsam atmete, als würde sie noch schlafen, konnte sie ihn beherrschen. Aber sobald sie anfing, sich zu bewegen, mußte sie eine der rosa Tabletten schlucken, die auf der gesprungenen Schale neben dem Nachtlicht lagen. Die Tabletten dämpften die Schmerzen, machten sie aber gleichzeitig schläfrig und weinerlich. Es war, als würde sie dann die Selbstkontrolle verlieren, die ihr Leben von jeher geprägt hatte. Und das wollte sie nicht. Es war, als müßte sie sich vor einer Schar unbekannter Menschen, die unterhalb ihres Balkons warteten, bis auf die Haut ausziehen.

Vorsichtig, um so lange wie möglich die Schmerzen zu vermeiden, streckte sie eine Hand aus und machte die Lampe auf dem Nachttisch an. Dann griff sie nach dem Handspiegel mit dem von Perlmutt eingefaßten Griff, der neben der Schale mit den rosa Tabletten lag.

Sie betrachtete ihr Gesicht. Sie sah sich besorgt in die Augen. Schweißtropfen glänzten auf ihrer Stirn. Im Spiegel begegnete sie ihrem Alter. Es war ein Gesicht, das nicht zu ihr gehörte. Während ihres ganzen Lebens, seit sie sehr klein war, hatte sie unzählige Stunden vor verschiedenen Spiegeln verbracht. Sie hatte sich zu Spiegeln hingezogen gefühlt wie ein Nachtfalter zum Licht. Aber das Gesicht, das ihr jetzt entgegenblickte, war ihr fremd. Das Alter hatte ihr ein Gesicht gegeben, von dem sie nichts wissen wollte. Die Zeit, als Spiegel sie anlockten, war jetzt unwiederbringlich vorbei. Nur einen kurzen Moment am Morgen und bevor sie abends das Licht löschte und einschlafen wollte, faßte sie Mut und betrachtete dieses fremde, gealterte und abgezehrte Gesicht, das sie nicht erkannte, das aber doch ihres sein mußte. Für einen kurzen Moment hielt sie sich den Spiegel dicht vor die Augen. Sie versuchte nicht zu atmen, damit das Glas nicht beschlug. Sie suchte nach Anzeichen dafür, daß ihre Haut jetzt schwarz werden würde. Einmal hatte sie in ihrer Jugend einen alten Zauberer, der das Vertrauen ihrer Mutter gewonnen hatte, eine Prophezeiung aussprechen hören. Bevor sie starb, würde Elvira ihre weiße Haut verwandelt sehen, sie würde schwarz und glänzend werden wie die einer afrikanischen Frau. Doch sie fand dafür keine Anzeichen. Noch immer war ihre Haut genauso weiß wie damals, als sie auf dem Kontinent an Land gegangen war, den sie jetzt zu verlassen im Begriff war.

Sie ließ den Spiegel auf die Brust sinken und schloß die Augen. Draußen aus dem Dunkel ertönte plötzlich das Gebell von einsamen Hunden. Irgendwo in der Ferne hatte auch ein Hahn angefangen zu krähen. Bald würde die Morgendämmerung über sie hereinbrechen. Wie ein Dieb ohne Vorwarnung eine Tür eintrat. Und das diskrete, aber bestimmte Klopfen an ihrer Tür würde verkünden, daß Estefano da draußen stand und daß ein neuer Tag angebrochen war.

Sie lag regungslos da, um die Schmerzen fernzuhalten. Die Gedanken wanderten durch ihren Kopf und erfüllten sie mit einem Gefühl, als würde sie langsam von einer Dünung getragen. Von einer Welle, die sie vom Strand wegtrieb, jenseits aller Schmerzen, jenseits dieses Hotelzimmers und des Bettes, von dem ihr bewußt war, daß es ihr Sterbebett war.

Schon seit sie sehr klein war, hatte sie sich hingebungsvoll der Planung und Vorbereitung ihres Hinscheidens gewidmet. Bereits im Alter von fünf oder vielleicht sechs Jahren war sie zu allen Begräbnissen gegangen, die sich ihr boten. Wo dieser Trieb oder Wille seinen Ursprung hatte, wußte sie nicht. Doch er war vom ersten Moment an ganz selbstverständlich und unbezwinglich gewesen. Die Mutter hatte ihre Tochter anfangs mit Verwunderung betrachtet.

Vielleicht hatte sie sogar einen gewissen Stolz auf dieses Interesse für das Leben nach dem Tod empfunden. Aber es hatte nicht lange gedauert, da wurde sie erst bekümmert und dann von einer erschreckten Sorge über das erfüllt, was offenbar eine krankhafte Besessenheit bei ihrer Tochter war. Sie hatte Elvira zu verschiedenen Ärzten geschleppt, erst zu solchen, die aus Europa gekommen waren und eine Praxis eröffnet hatten, dann in Verzweiflung und unter größter Geheimhaltung zu einheimischen Zauberern. Von den europäischen Ärzten hatte sie verschiedene Medikamente bekommen, die das beruhigen sollten, was man als schlechte Nerven des jungen Mädchens und eine traumatische Todessehnsucht unbekannten Ursprungs bezeichnete. Von den Zauberern, die Elvira mit Blut bemalt und ihr Schicksal ausgeforscht hatten, indem sie verschiedene Formationen von Hühnerknochen deuteten, war sie als von einem bösen Geist besessen erklärt worden, der sie bis zu dem Punkt treiben würde, an dem sie nichts anderes mehr wünschte, als tot und begraben zu sein. Man hatte sie gereinigt, indem man sie abbürstete und um ihr Gesicht herumblies. Aber weder den europäischen Ärzten noch den schwarzen Zauberern war es gelungen, sie davon abzuhalten, in allen Leichenzügen mitzuschleichen, die in ihrer Nähe vorüberzogen. Ihre Mutter hatte eine gewaltige Energie entfaltet, um ihre Tochter zu heilen. Als trotzdem nichts zu helfen schien, wurde sie in ein Nonnenkloster tief drinnen zwischen den Bergen geschickt. Die Äbtissin hatte strenge Anweisungen erhalten, sie nicht aus den Augen zu lassen, wenn ein Begräbnis stattfinden sollte. Aber Elvira riß aus, sobald die Glocken läuteten. Sie kletterte durch ein Fenster und kroch über die steilen Klosterdächer, und irgendwie schaffte sie es immer, in der Kirche zu sein, wenn der Sarg hereingetragen wurde. Erst als man sie in der weißgekalkten Klosterzelle am Bett festband, gelang es den Nonnen, ihr Verschwinden zu verhindern. Aber nun hörte sie auf zu essen und zu reden, und die Ärzte meinten, daß sie jeden Lebenswillen verloren hätte. Da schickte man sie rasch wieder nach Hause, und von da an begann ihre Mutter in ihrer Verzwiflung, sie nachts zu den Zauberern zu bringen. Schließlich hatte sie resigniert. Nichts schien zu helfen, weder Drohungen noch verlockende Belohnungen.

Während dieser ganzen Zeit hatte Elviras Vater, ein dünner, weltabgewandter und nicht besonders erfolgreicher Vertreter von Zentrifugen, sich abwartend verhalten. Schon seit der Stunde ihrer Geburt, als sie ihren ersten Schrei ausstieß, hatte er in seiner Tochter einen leidenschaftlichen Willen geahnt, der sich nie von jemand anderem würde lenken lassen. Er hatte etwas gesehen, das ihm selbst schon längst abhanden gekommen war. Einen gewaltigen Willen, dem Leben Widerstand zu leisten. Seine eigene Jugend war ein einziger langer und zäher chaotischer Seelenkampf gewesen. Schon als er sechs Jahre alt war und gesehen hatte, wie sich sein Vater, in einem plötzlich aufflammenden Anfall von Wahnsinn, selbst auf einem Scheiterhaufen aus benzingetränkten Büchern verbrannte, hatte er geahnt, daß die einzige und eigentliche Voraussetzung des Lebens tragisch war. Das Leben war ein Trauerspiel, das sich vor dem Hintergrund eines kalten und gleichgültigen Universums vollzog. Der Vater hatte sich, umgeben von philosophischen Lehrbüchern aus allen Kulturen der Welt, zu Tode gebracht. In den verkohlten Resten hatten sie später Gedichtbände und religionsgeschichtliche Lehrbücher gefunden, Erzählungen der klassischen Meister und uralte Hefte mit Zauberformeln, die jahrhundertelang in den Bücherschränken der Mönchskloster eingeschlossen gewesen waren, wo die ketzerische Literatur aufbewahrt wurde. Obwohl er noch sehr klein war, hatte er zu verstehen gemeint, daß sein Vater den Brennstoff für seinen Scheiterhaufen ganz bewußt gewählt hatte. Es war ein letzter Ausdruck seines Protests dagegen, daß er nirgends eine Erklärung dafür hatte finden können, daß er lebte. Jetzt meinte er zu ahnen, daß etwas von seinem Vater durch ihn hindurch zu der jüngsten Tochter Elvira gewandert war. In ihm selbst hatte die Frage geschlummert, mit Ausnahme einiger gewaltsamer Ausbrüche in der Jugend. Jetzt waren sie in der jüngsten Tochter wieder zum Leben erwacht. Er hatte versucht, seiner Frau das alles zu erklären. Aber sie hatte sich geweigert, ihm zuzuhören. Gewiß konnten dunkle und unruhige Leidenschaften durch mehrere Generationen wandern. Aber das Leben war nichts, was von vornherein entschieden war. Es galt nur die richtige Formel zu finden, dann würde Elvira von ihrer Manie geheilt werden.

All das hatte tatsächlich aufgehört, als Elvira sechzehn wurde. Eines Tages, die Jakaranda hatte gerade zu blühen angefangen, war Elvira nicht von ihrem Stuhl aufgesprungen, als die Begräbnisglocken nach ihr riefen. Es war, als bräuchte sie das nicht mehr. Sie konnte alles sehen, was vorging, ohne sich in der Kirche zu befinden. Sie meinte sogar, sie könnte das Gesicht des Toten unter dem Sargdeckel sehen. Das Begräbnis, das gerade stattfand, konnte sie in ihrem eigenen Kopf verfolgen. Ihre Mutter, die damals vorzeitig zu altern begonnen hatte, war über dieses Wunder erstaunt. Und sie hatte es nur so deuten können, daß Elvira jetzt endgültig von ihren Dämonen befreit sei. Sofort hatte sie einen ihrer treuesten Diener gerufen, einen alten Mann namens Nihiro. Sie hatte ihn instruiert, sich zu allen Zauberern der Gegend zu begeben, ihnen zu erzählen, was geschehen war, und ihnen Geld zu geben. Das Gerücht verbreitete sich, daß sich Elvira jetzt im Alter von sechzehn Jahren vom

Tod abgewandt hatte. Jetzt würde sie endlich anfangen, sich für das Leben zu interessieren, das so lange vergeblich nach ihr gerufen hatte.

Kurze Zeit darauf starb ihre Mutter, noch jung, aber ermattet von den Sorgen, die sie sich so lange um ihre Tochter gemacht hatte. Schon ein paar Monate nach dem Begräbnis hatte Elviras Vater, der seine tote Frau in undurchdringlichem Schweigen betrauerte, beschlossen, daß sie aufbrechen sollten. Sie würden alles hinter sich lassen, das Haus verkaufen und auch die Sommervilla, die versteckt oben in den Bergen lag. Sie würden aufbrechen, und sie würden sich zur Hauptstadt am Meer begeben. So zog die Karawane eines Tages los, nachdem die Dienstboten, die nicht mitkommen würden, alte Kleider als Abschiedsgabe erhalten hatten. Sie kamen an einem Nachmittag, als die Hitze erstickend war, in der Hauptstadt an. Elvira hatte die wimmelnde Stadt mit Entsetzen betrachtet. Sie hätte ihr Gepäck wegwerfen und fliehen mögen. Aber ihr Vater hatte einigen ihrer älteren Brüder befohlen, sie unter strenger Aufsicht zu halten. Als sie anfing, ihr Gepäck wegzuwerfen, hatten sie sie unter die Arme gefaßt, und Elvira war von ihren Brüdern in die Stadt geschleppt worden. Sie waren in ein weißgekalktes Haus gezogen, das abseits auf einem der Hügel lag, die die höchsten Punkte der wimmelnden Stadt bildeten. Das Haus hatte zuvor einem Schiffsmakler gehört, der, nachdem er von der Syphilis befallen war, Selbstmord begangen hatte, indem er sich mit einer Ankertrosse um den Hals aus einem Fenster im Obergeschoß gestürzt hatte. Niemand hatte danach dort wohnen wollen. Der Garten war zugewuchert, und Diebe hatten nachts das Haus Stück für Stück zu demontieren begonnen, um es auf einem der Märkte in der Stadt zu verkaufen. Doch Elviras Vater hatte nicht gezögert. In jedem Haus gab es schlimme Erinnerungen. Die einzige Möglichkeit, sie zu vermeiden, war, ein neues Haus zu bauen. Obwohl er immer sehr sparsam gewesen war, hatten die Geschäfte mit den Zentrifugen nie dazu geführt, daß er ein Vermögen hätte machen können. Sie zogen also in das große Haus auf dem Hügel, für das sie den Erben eine unbedeutende Miete bezahlten. Elvira bekam ein Zimmer ganz oben unter dem Dachfirst, wo die Tauben ihre Nester hatten. Durch ihr Fenster konnte sie auf die Stadt und das glitzernde Meer hinuntersehen, das in dem gleißenden Sonnendunst wie eine Luftspiegelung verschwamm. Durch dieses Fenster betrachtete sie die Stadt. Erst nach über einem Jahr fühlte sie sich bereit, sich unter die Menschenmenge auf den Straßen zu mischen. Und bei diesem ersten Spaziergang, an ihren Vater geklammert, begegnete sie dem Mann namens Dom Estefano, der sie später heiraten würde.

Es war auf einem der größten Plätze der Stadt. Elviras Vater hatte sie für einen kurzen Augenblick neben einem Laternenpfahl allein gelassen, während er in ein Café ging, um ein Glas Wasser zu trinken. Und als sie da stand, in der gleißenden Sonne, mit all den unbekannten Menschen um sie herum, wurde sie plötzlich von einem Schwindel ergriffen. Sie klammerte sich an dem Laternenpfahl fest und spürte plötzlich eine Hand unter ihrem Arm. Sie zuckte zusammen und erhob den anderen Arm, um sich zu wehren. Aber der Mann, der sie mit bekümmerter Miene ansah, hatte so viel Ehrlichkeit ausgestrahlt, daß sie den Arm sofort wieder fallen ließ.

Als sie in ihren Gedanken so weit gekommen war, zuckte sie im Bett zusammen. Das Zucken pflanzte sich in ihr fort, von damals vor so vielen Jahren am Laternenpfahl bis zu ihrem alten Körper, der jetzt in dem Bett lag, das ihr Sterbebett sein würde. Es weckte in ihrem Körper sofort wieder die Schmerzen. Sie biß die Zähne zusammen und drehte sich zur Seite, um die Schale mit den rosa Tabletten zu erreichen. Das Wasserglas war beinahe leer. Aber es gelang ihr, die Pillen zu schlucken, bevor sie wieder in die Kissen zurücksank.

Im selben Augenblick meinte sie ein schwaches Trommeln vom Balkon draußen zu vernehmen. Jeden Abend, bevor sie das Licht zum Schlafen löschte, ging sie mit mühsamen Schritten hinaus auf den Altan. In der Hand hielt sie Brotkrumen von dem Abendessen, das Felisberto ihr pünktlich servierte. Die Brotkrumen legte sie auf das Fell der Trommel aus rotem Holz, die sie durch alle Jahre hindurch begleitet hatte und ein Geschenk von ihrem Vater zu ihrem fünften Geburtstag gewesen war. Wenn die Vögel in der Morgendämmerung auf dem Trommelfell herumzupicken begannen, wurde sie wieder zu einem neuen Tag geweckt.

Sie lag ganz still und lauschte auf die Geräusche der Trommel. Die Tabletten begannen langsam in ihrem Körper zu wirken. Es überkam sie ein Gefühl, wie wenn sie von einer langsam rollenden Dünung getragen würde. Doch der Tod erlaubte kein Gepäck, das wußte sie. Nicht einmal diese zärtliche Dünung würde sie mitnehmen können. Im Totenreich war kein Platz für etwas anderes als aussortierte und verstummte Seelen.

Aber hatte nicht auch eine Dünung eine Seele, fragte sie sich manchmal. Wäre ich auf diesem Kontinent Kind gewesen, hätte ich Afrika von Anfang an in mir getragen, nichts hätte mich hindern können zu glauben, daß die Dünung eine Seele hat. Wie die Bäume, die Vögel, sogar das Trommelfell, auf dem sie herumpicken.

Ich stamme von einem Kontinent, der dem Meer und den Wellen keine lebendigen Geister zugesteht. Aber trotzdem kamen wir mit unseren Taschen und Koffern voller Vorstellungen von unserer gottgegebenen Unfehlbarkeit nach Afrika. Ohne eine Spur von Demut oder auch nur ein Zögern legten wir unsere Hände auf die rote Erde, um zu herrschen …

Sie wurde in ihren Gedanken unterbrochen, als sie Schritte draußen im Gang hörte. Aber es konnte nicht Estefano sein. Es war zu früh. Bestimmt war er schon aus seinem unruhigen Schlaf erwacht. Aber noch würde es dauern, ehe er sich von seinen nächtlichen Träumen befreit und den Kaffee getrunken hatte, ohne den er nicht die Kraft fand, einen weiteren Tag zu leben.

Ein Stich schlechten Gewissens durchfuhr sie. Jetzt, da sie Felisberto nicht jeden Tag kontrollieren konnte, war er sicher nachlässig darin, Dom Estefano seinen Kaffee zu servieren. Und sie kannte dessen Unsicherheit in allen praktischen Tätigkeiten, die komplizierter waren, als sich die Schnürsenkel zu binden. Er würde es nicht fertigbringen, mit Felisberto richtig umzugehen. Er würde die Geduld verlieren und ihn mit Anklagen und Ohrfeigen traktieren.

Sie beschloß, mit ihm darüber zu reden, als er schon an die Tür klopfte und eintrat.

Es ist Zeit, daß wir ernstlich miteinander reden, dachte sie. Wir sind schon seit über einem Monat in diesem Hotel eingesperrt. Wir wollten das Land verlassen, wie alle anderen flüchten. Aber wir kamen nicht weiter als bis hierher, da ich krank bin. Er muß mich verlassen. Fortgehen. Mir kann doch nichts passieren, als daß ich etwas früher oder später sterbe, als wir alle glauben. Diejenigen, die im Land die Macht übernehmen, werden sich nicht um mich scheren.

Aber Estefano schwebt in großer Gefahr. Und ich will trotz allem in der Erde begraben werden. Nicht, mit Gewichten in eine graue Persenning eingenäht, über die Reling geschoben werden.

Vorsichtig tastete sie mit der einen Hand in der Spalte zwischen Matratze und Bettrahmen. Ihre Finger kratzten über das Holz und die Sprungfedern, ehe sie den Stoffbeutel spürte.

Ich bewache sie mit meinem Leben, dachte sie. Die wenigen Schmuckstücke, die ich noch habe.

Die plötzliche Anstrengung machte, daß die Schmerzen ihren Körper durchzuckten. Stöhnend sank sie in die Kissen zurück. Ein Gefühl der Verbitterung nahm von ihr Besitz. Warum sollte sie gerade jetzt sterben? Da sie sich auf der Flucht aus dem Land befanden, das sie nicht mehr haben wollte? Der Tod kam immer als Störenfried, das war sein inneres Wesen und das eigentliche Geheimnis hinter der Angst, die ihn umgab. Der Tod störte. Ob ein Mensch fortgerissen wurde, während er liebte, in einem duftenden Blumenzimmer nachdenklich dasaß oder darauf wartete, daß das Kaffeewasser kochte. Der Tod störte, auch wenn es im äußersten Augenblick eines Menschen war.

Aber vielleicht war es auch umgekehrt? dachte sie. Vielleicht gab es eine andere Erklärung dafür, daß sie jetzt diesen eigentümlichen Krebs bekommen hatte, der von nirgendwoher zu kommen schien und auf den sich die wenigen Ärzte, die noch im Land waren, nicht verstanden?

Vielleicht war die Erklärung, daß die afrikanische Erde nach ihr rief und sie dabehalten wollte? Die rote Erde, die sie verflucht und gepeitscht hatte, aber die dennoch ein Teil von ihr geworden war?

Ich muß mit Felisberto reden, dachte sie. Er ist der einzige, der es mir erklären kann. Ich muß mit ihm über den

Tod, meinen Tod reden, genau wie ich mit Estefano über das Leben reden muß, das mir nicht mehr gehört, sondern nur ihm.

Sie schloß die Augen und spürte, wie die Dünung sie erfaßte und forttrug. Durch die schweren Vorhänge hörte sie die Frau, die das Eis zerhackte, und sie konnte die Hacke vor sich sehen. Mit ihrer rauhen, aber doch kraftvollen Stimme sang Elvira ein Lied, das sie als Kind gehört hatte. An den lauen Abenden hatte die schwarze Sumbe, die Kammerzofe ihrer Mutter, draußen vor dem Fenster gesessen, wo die weißen Vorhänge sich in dem milden Wind bewegten, und genau dieses Lied gesungen. Sie wartete auf ihren Mann, Djapissa, der in der Küche arbeitete und derjenige von den Dienern war, der das schlafende Haus als letzter verließ. Und Sumbe saß da und sang, ein unsichtbarer Schatten in all dem Dunkel, und sie sang genau dieses Lied, um alle bösen Geister der Nacht fernzuhalten.

Ein heftiger Schmerz durchzog Elviras Körper. Aber diesmal war es nicht der Krebs, der an ihren Eingeweiden riß und zerrte, sondern eine plötzlich aufflammende Trauer.

Wir wurden zu Sklaven unserer Wehmut, dachte sie. Wir haben nie die Kunst zu leben gelernt. Den afrikanischen Kontinent durften wir nie wirklich betreten, obwohl wir hier unser ganzes Leben verbringen sollten. Unser Erbteil waren Verachtung und Angst vor all dem Fremden, über das wir herrschen sollten. Aber nie wurde uns erlaubt, uns ernstlich mit Afrika zu vermischen.

Oder Afrika mit uns.

Trotzdem war es genau das, was sie getan hatte. Sie hatte schließlich gegen alle Regeln und Verbote verstoßen. Aber sie war nicht als Eindringling auf dem verbotenen Gebiet stehengeblieben. Sie war zurückgekehrt. Und sie dachte, daß sie niemandem das große Geheimnis würde offenbaren können. Wenn sie erst tot wäre, würde es aus ihr herausströmen, aus ihrem Körper, wie ein kaum merkbarer Wind, und das Geheimnis würde in sich selbst aufgehen, zu einem willenlosen Geist werden, dem niemand je helfen würde, zur Ruhe zu kommen.

Es klopfte an die Tür. Zuerst dachte sie, es sei einer der schweren Aasvögel, der auf ihrer Trommel gelandet war und mit dem kräftigen Schnabel auf ihr herumhackte. Dann merkte sie, daß das Geräusch tatsächlich draußen vom Gang her kam. Sie rief »Herein«. Doch ihre Stimme war ihr ebenso fremd wie das Gesicht, das sie vorhin so eingehend im Spiegel betrachtet hatte.

Als die Tür aufging, entdeckte sie zu ihrem Erstaunen, daß es Pater Emilio war, der da stand. In seinem fadenscheinigen und zerknitterten Anzug, der bestimmt dreißig Jahre alt war, glitt er ins Zimmer. Es war, als hätte er sich bereits in einen Geist verwandelt, der frei über dem schmutzigen Fußboden schwebte. Er kam zum Bett hin und lächelte sein bleiches Lächeln. Elvira betrachtete ihn mit gerunzelter Stirn. Hatte er das Land nicht verlassen? Vor über einer Woche hatte sie Estefano sagen hören, daß er Pater Emilios schwarzes Klavier unter all dem Gepäck gesehen habe, das sich unten am Kai türmte. Aber er war es, der neben ihrem Bett stand, er und kein anderer, und er sah aus, wie er immer ausgesehen hatte, von dem Tag vor fast fünfzig Jahren an, als er die Trauung vollzog, die Elvira und Estefano auf ewig verbinden sollte.

– Ich bin gekommen, um Abschied zu nehmen, sagte er.

Er stand da und blickte zu Boden, als schäme er sich für das, was er gerade gesagt hatte.

– Estefano hat dein Klavier unten am Kai gesehen, erwiderte sie. Wir dachten, du seist schon abgereist.

Pater Emilio schüttelte den Kopf.

– Da wird es auch stehenbleiben, sagte er. Das Schiff, auf dem ich einen Platz bekommen habe, ist schon überfüllt. Die Besatzung hat sich geweigert, das Klavier an Bord zu nehmen. Sie sind nicht einmal bereit, Schmiergeld zu nehmen. Das Klavier lasse ich da.

– Am Kai?

Pater Emilio breitete resigniert die Arme aus.

– Was soll ich machen? Es abtransportieren? Wer sollte es tragen? Wer hat Zeit, an ein Klavier zu denken? Es wird da stehenbleiben, bis jemand es braucht. Oder bis die Ratten ihre Nester zwischen den Saiten gebaut haben.

Mit wachsendem Entsetzen hörte sie auf das, was er sagte. Die Vorstellung eines verlassenen Klaviers am Kai machte ihr plötzlich bewußt, was die große Flucht eigentlich bedeutete. Die Revolution, die im Gang war, an die zu glauben sie sich so lange geweigert hatten, gab es tatsächlich. Pater Emilio hätte niemals sein Klavier zurückgelassen, wenn er nicht dazu gezwungen gewesen wäre.

Er schaute besorgt auf seine Armbanduhr.

– Mein Abschied muß kurz sein, sagte er. Das Schiff wird bald abfahren.

– Alles zerfällt, sagte sie. Nichts bleibt übrig. Keiner weiß, was statt dessen kommen wird.

– Wir müssen alles in Gottes Hand legen. Auf die Worte des Paters folgte ein ausgedehntes Schweigen. Beide wußten, daß das, was er gesagt hatte, nicht wahr war.

– Ich glaube, daß Estefano wach ist, sagte sie schließlich, um die ohrenbetäubende Stille zu durchbrechen. Er hat das Zimmer 309.

– Ich schaffe es nicht mehr, sagte Pater Emilio nervös.

Aber wir werden uns wiedersehen, wenn all das vorüber ist.

– Dann bin ich tot, sagte sie und sah ihm starr in die Augen. Estefano wird vielleicht noch eine Weile leben. Entweder wird er wegen seines Vaters hingerichtet. Oder um seiner selbst willen. Sie werden ihn hier unten auf dem Platz erschießen. Oder er kann sich aus der Anklage herausreden. Dann wird er vielleicht abreisen. Aber vorher nicht.

Pater Emilio schien über das nachzudenken, was sie gesagt hatte, ohne eine passende Antwort zu finden. Dann schlug er rasch das Kreuz.

– Ich muß gehen, sagte er. Wir dürfen nie aufhören zu hoffen.

Sie nickte. Aber die Worte waren versiegt. Die Schmerzen schienen zum Leben erwacht zu sein, als Pater Emilio das Zimmer betrat. Sie merkte, daß ihr der Schweiß auf der Stirn stand.

– Geh jetzt, sagte sie nur. Damit du deinen Platz auf dem Schiff nicht verlierst.

– Ich habe nicht einmal eine Kabine bekommen, sagte Pater Emilio düster. Ich werde in einem der Speisesäle auf dem Boden schlafen.

– Wir sind nackt auf die Welt gekommen, sagte sie tröstend. Dann kann es auch nicht so schlimm sein, wenn wir die Welt ohne Kabinenplatz verlassen müssen.

Pater Emilio nickte und murmelte etwas, was sie nicht zu deuten vermochte.

– Und Pater Raul? fragte sie.

– Er bleibt. Wo sollte er hingehen?

Elvira dachte an den eigentümlichen Priester, der einst Emilios Lehrer gewesen war. Vor vielen Jahren war er verrückt geworden. Jetzt lebte er allein, eingeschlossen in seine Kirche.

– Er bleibt, sagte Pater Emilio noch einmal. Für ihn gibt es nichts anderes als die Kirche, in der er sich verbarrikadiert.

Dann ging er zur Tür. Jetzt bewegte er sich schwer, als ob ihn die Schuhe stark zum Boden zögen. Als die Tür zuschlug, konnte sie sich nicht mehr daran erinnern, wie er ausgesehen hatte.

Sie lag regungslos im Bett und dachte an das verlassene Klavier. Sie dachte an die Ratten, die bald zwischen den Saiten hausen würden. Es war nicht mehr das Klavier, das auf dem Kai zurückgelassen worden war. Es war all die Musik, die dort versammelt war. Die keiner mehr haben wollte.

Ungeduldig schüttelte sie den Kopf. Wieder drohte die Wehmut überhandzunehmen. Sie zwang sich dazu, Pater Emilio zu vergessen, und lauschte statt dessen all den Straßengeräuschen, die zu ihr hereindrangen. Von der Autowerkstatt, die gegenüber vom Hotel lag, wo halbnackte schwarze Arbeiter komplizierte Schweißarbeiten verrichteten, hörte man ein heftiges Pochen und Hämmern. Felisberto, der sie über das, was im Hotel und um den Platz geschah, immer gründlich auf dem laufenden hielt, hatte erzählt, daß der Nachbar der Autowerkstatt, ein älterer Mulatte, der von der Hundedressur lebte, von dem Lärm regelmäßig zum Wahnsinn getrieben wurde. Dann warf er all seine Möbel auf die Straße hinaus und fiel anschließend vor der Autowerkstatt auf die Knie und bat, mit dem Lärm aufzuhören. Die Arbeiter machten dann gewöhnlich eine Pause, die sie darauf verwendeten, seine Möbel wieder hineinzutragen. Danach fingen sie wieder an, auf dem Blech ramponierter Autos herumzuhämmern. In diesem Augenblick merkte sie nicht, daß das, woran sie sich da erinnerte, das, was Felisberto erzählt hatte, eigentlich von jemand anderem handelte, nämlich von Pater Raul, denn alles vermischte sich und bildete ein eigentümliches Kaleidoskop von zerbrochenen Erinnerungen, flüchtigen Gedanken.

Es kratzte an der Tür. Sie schaute auf ihre Armbanduhr. Wie gewöhnlich war Felisberto pünktlich. Rasch strich sie sich die Haare aus der Stirn. Die Tür ging auf. Felisberto stand mit dem Kaffeetablett da. Und er lächelte sein übliches breites Lächeln. An diesem Morgen hatte er ein allzu kleines T-Shirt und abgeschnittene Frackhosen an. An den Füßen trug er große Militärstiefel, denen die Schnürsenkel fehlten.

Vorsichtig stellte er das Tablett neben dem Bett ab. Dann ging er ins Badezimmer. Während sie den Kaffee trank, hörte sie, wie er unter der Dusche stand. Der Kaffee war warm, und er hatte genau so viel Zucker hineingetan, wie sie haben wollte. Elvira dachte, Felisberto stehe für die letzte übriggebliebene Ordnung, die in ihrem Leben existierte. Draußen vor dem Hotel spielte sich etwas ab, das sie weder verstehen konnte noch wollte. Aber der gut zubereitete Kaffee und Felisberto, der duschte, schenkten ihr etwas von der Sicherheit, die sie in der allerersten Zeit ihres Lebens verspürt hatte, und auch später, während der ersten Jahre ihrer Ehe mit Estefano.

Sie stellte die Kaffeetasse ab und wartete. Felisberto kam aus dem Badezimmer, in eins der zerschlissenen Handtücher gehüllt, die alles waren, was das Hotel noch zu bieten hatte. Sie schlug die Decke zurück, und er kroch hinein und legte sich dicht neben sie. Das Gefühl, Felisberto ganz nah bei sich zu haben, machte, daß die Schmerzen für einen Augenblick zu verschwinden schienen. Er umarmte sie, und sie spürte die Haut seiner Schulter an ihrem Gesicht. Wieder war es, als würde sie von einer Dünung vom Strand hinweggewiegt. Ohne daß sie es als Niederlage empfand, ließ sie sich von der Wehmut forttragen, die zu bekämpfen ihr gerade in diesem Augenblick nicht mehr sinnvoll erschien.

An Felisbertos Atem merkte sie, daß er gleich einschlafen würde. Das hatte sie nie erlaubt, und sie würde es auch an diesem Morgen nicht zulassen.

– Was wird mit dir geschehen, wenn wir fort sind? fragte sie mit leiser Stimme.

An der Anspannung in Felisbertos Körper spürte sie, daß er sich bemühte, eine passende Antwort zu finden.

– Es wird immer jemanden geben, dem man den Kaffee am Morgen servieren muß, antwortete er.

Mit Trauer im Herzen wurde Elvira klar, daß Felisberto wenn möglich noch weniger als sie selbst von dem verstand, was außerhalb der Hotelmauern vor sich ging.

– Wie geht es mit der Revolution? fragte sie. Wenn ich es nicht ganz falsch verstanden habe, seid ihr dabei, euch von uns zu befreien.

– Es geht gut, erwiderte Felisberto.

– Aber was wird geschehen?

Es dauerte so lange, bis die Antwort kam, daß sie wieder meinte, er sei eingeschlafen.

– Alles wird wohl so werden wie zuvor, antwortete er schließlich. Aber auf eine andere Art.

Sie ahnte, daß er versucht hatte, etwas zu sagen, das wirklich mit seiner Meinung übereinstimmte. Aber was wußte Felisberto von dem Befreiungskrieg, der im Land vor sich ging? Nichts.

Trotzdem klang er so entschlossen und voller Überzeugung, wenn er antwortete.

Eine weitere Frage konnte sie nicht stellen. Aus dem Gang hörte man, wie eine Tür geöffnet wurde und Estefano nach Felisberto rief.

– Servierst du ihm seinen Kaffee heiß? fragte sie.

– Ja, antwortete Felisberto.

Aber die Antwort kam so leicht, daß Elvira merkte, daß sie nicht wahr war. Sie seufzte und schlug das obere Laken zurück, so daß Felisberto aufstehen konnte. Sie sah seinen Körper an, den sie ebensosehr fürchtete wie begehrte. Sah, wie er das jämmerliche T-Shirt anzog, das auf dem Rücken eine Werbung für Kindernahrung trug. Dann die abgeschnittenen Hosen und die Militärstiefel. An der Tür drehte er sich um und lächelte.

In diesen Klamotten wird er Estefano seinen Kaffee servieren, dachte sie. Im Gegensatz zu meinem wird er kaum mehr lauwarm sein. Und er wird seine Schritte verlangsamen, bevor er endlich an Estefanos Tür klopft.

Sie lag ganz still im Bett und schaute zur Decke hinauf, wo die Spinnen ihre Muster webten. Die Schmerzen kamen und gingen. Von der Straße draußen drangen die Geräusche nicht mehr zu ihr vor. Die Erde zog sie hin, wie die Düfte, die sich ganz tief in ihren Träumen verbargen. Als Estefano eine halbe Stunde später an ihre Tür klopfte, befand sie sich schon in tiefem Schlaf.

Er öffnete die Tür und trat ein. Nahm seinen weißen Hut ab und verbeugte sich.

Noch war Dona Elvira am Leben. Auch wenn all die Fäden aus Erinnerungen, Schmerz und Freude bald abreißen würden.

10.

Felisberto, der ein Mensch mit tiefen und komplizierten Glaubensvorstellungen war, verbrachte einen großen Teil seiner Vormittage damit, zu entscheiden, welche Götter ihm gerade an diesem Tag wohlgesinnt wären. Nachdem er seinen Körper bei Dona Elvira gewärmt und Estefano seinen Kaffee serviert hatte, ging er hinaus und setzte sich auf die Treppe des Hotels. Das Kartenspiel im Foyer, das hinter der Trennwand neben der hohen Rezeptionstheke vor sich ging, hatte schon angefangen. Bald würde Felisberto sich auf seinen üblichen Platz zwischen den Trägern und den Rezeptionisten setzen, um seine Einsätze zu machen. Aber erst mußte er mit den Göttern zurechtkommen. Oft dachte er an sie wie an eine widerspenstige Kinderschar. Das führte ihn in seinen Gedanken zurück in die magische Zeit, als er selbst ein Kind gewesen war. Und es führte ihn zurück zu dem Kern des großen Problems, für das er meinte, nie eine Lösung finden zu können. Je älter er wurde, um so unsicherer war er, ob seine Kindheit eigentlich wirklich stattgefunden hatte oder ob sie in Wirklichkeit ein Traum gewesen war. Eine Periode in seinem Leben, die an irgendeinem Punkt abgebrochen war und ihn in die Wirklichkeit hinausgeschleudert hatte, in der er sich jetzt befand. Es war auch diese Unsicherheit, die ihn all die Jahre hatte zögern lassen, in den Teil des Landes zurückzukehren, in dem er aufgewachsen war. Irgendwo auf dem Weg gab es das Risiko, daß er eine unsichtbare Grenze überschritt und in die geträumte Zeit zurücktrat. Würde er da jemals wieder herauskommen? Er hatte von Menschen gehört, die in eine geträumte Landschaft zurückgekehrt waren und dann nicht mehr zurückkehren durften. Sie hatten als Gefangene ihres Traums weiterleben müssen, und sie konnten mit den Menschen da draußen nur in Kontakt treten, indem sie in deren Träumen auftauchten. Was er am meisten fürchtete, war, die Möglichkeit zu verlieren, an den ausgedehnten Kartenspielen teilzunehmen, die während so langer Zeit seinem Leben einen Sinn gegeben hatten. Deshalb hatte er es all die Jahre vermieden, das Dorf zu besuchen, in dem er aufgewachsen war. Er konnte sich nicht erinnern, in seiner Kindheit je ein Kartenspiel gesehen zu haben. In diese Zeit ohne Kartenspiele, die also vielleicht nur ein Gewebe von Träumen war, wagte er nicht zurückzukehren.

Er saß auf der Treppe und beobachtete das Treiben auf dem Platz, wo der geborstene Springbrunnen in seinem leeren Becken ruhte. In Gedanken versuchte er sich daran zu erinnern, was er während der Nacht geträumt hatte, als er auf seiner Bastmatte hinter einem der Sofas im Foyer geschlafen hatte. Doch die Spur der Träume war an diesem Morgen undeutlich. Er hatte sich in der Nähe eines großen Gewässers befunden. Kleinwüchsige Frauen hatten rings um ihn her Feuer angezündet und ihn in einer Sprache angesprochen, die er nicht verstand. Etwas in dem Traum hatte ihn erschreckt, und er war davongelaufen. Doch die kleinwüchsigen Frauen hatten ihn verfolgt. Sie waren vorangehopst, als wären sie kleine raubgierige Tiere mit vier Beinen, den Schwanz unter einem Lendenschurz versteckt. Als eine von ihnen ihn eingeholt und ihre Zähne in sein Bein geschlagen hatte, war er aufgewacht. Jetzt saß er auf der Hoteltreppe und untersuchte gründlich sein linkes Bein. Und er meinte, deutlich den Abdruck der Frau zu sehen, die ihn gebissen hatte. Er wußte, daß man besonders vorsichtig mit Wunden umgehen muß, die einem im Traum zugefügt wurden. Sie mußten mit Urin gewaschen werden und verheilten sehr langsam. Obwohl auf dem Platz gerade eine wütende Schlägerei zwischen einem Muschelverkäufer und zwei beschäftigungslosen Tagelöhnern ausbrach, konzentrierte sich Felisberto ganz auf seinen eigenen Körper.

Abgesehen von der Wunde, welche die Wesen des Traums ihm zugefügt hatten und die jetzt seine Aufmerksamkeit forderte, verbrachte er einen großen Teil seiner Zeit damit, sorgfältig seine Haut zu studieren. Felisberto war tiefschwarz. Man konnte nicht ahnen, daß sein Vater ein griechischer Kaufmann gewesen war, der aus unbekanntem Grund in der Nähe des kleinen Dorfs an Land getrieben war, in dem Felisbertos Mutter und ihre Familie lebten. Von den sieben Kindern, die in der turbulenten Ehe geboren wurden, waren alle außer Felisberto Mulatten. Die Farbe wechselte. Aber keins war so schwarz wie Felisberto, der zuallerletzt geboren wurde, als sein Vater schon auf Nimmerwiedersehen aus dem Dorf verschwunden war. Auf ihrem Sterbebett hatte seine Mutter ihn vor dem Tag gewarnt, an dem er Anzeichen dafür entdecken würde, daß seine Haut bleicher wurde. Dann sollte er sich sofort in die Wildnis begeben und jede Schlange opfern, die er innerhalb eines Monats totschlagen konnte. Wenn er ihrer Ermahnung folgte, würde seine Haut ihre Schwärze wiedergewinnen. Wenn er aber nicht tat, was sie sagte, würde er bald so weiß wie Kalk sein, und dann anfangen rissig zu werden und verwittern wie die Grabsteine, mit denen die Weißen ihre Friedhöfe füllten. Da seine Mutter verstorben war, kurz nachdem sie dies gesagt hatte, zweifelte Felisberto nie an der Wahrheit ihrer Worte. Aber Felisberto hatte Angst vor Schlangen. Er fürchtete den Tag, an dem er die ersten Anzeichen dafür entdecken würde, daß er jetzt gezwungen wäre, sich in die Wüste hinauszubegeben. Viele Male in seinem Leben hatte er versucht, mit Pater Emilio zu sprechen, der sich immer in der Nähe von Estefano und Elvira aufhielt. Doch Pater Emilio, und vor ihm der schwermütige und cholerische Pater Raul, waren jedesmal genauso empört gewesen und hatten seine Sorge als Ergebnis eines einfältigen Aberglaubens abgetan. Zuinnerst war Felisberto jedoch überzeugt, daß die weißen Priester die Geheimnisse nicht verstanden hatten, die sich in der Geisterwelt verbargen. Ihre Armut kam nicht zuletzt darin zum Ausdruck, daß sie nur einen Gott hatten.

Felisberto wußte nicht viel von diesem eigentümlichen und teilweise erschreckenden Phänomen, das Revolution genannt wurde. Er hatte mit Verwunderung die Träger und Kellner im Hotel von den Bergen von Möbeln, Kisten, Wagen, Fensterrahmen und Türspiegeln erzählen hören, die sich unten an den Kais häuften. Er hatte eigentlich auch nicht ernstlich verstehen können, warum Estefano und Elvira ihr Haus außerhalb der Stadt so überstürzt verlassen hatten. Die große Villa mit dem umbauten Hof und den langen Gängen, in denen dralle Kalkengel ihre Trompeten bliesen und auf die Palmenhaine hinaussahen, von denen der Garten voller Rosen umsäumt war. Einer der Rezeptionisten, ein älterer Mann, der aus den nördlichen Teilen des Landes stammte und Tchikuepé hieß, hatte Felisberto zu erklären versucht, was der Befreiungskrieg, von dem alle redeten, eigentlich bedeutete. Felisberto hatte erfahren, daß er in der denkbar größten Misere lebte, obwohl er sich eigentlich recht glücklich fühlte und froh war, daß er nicht auf dem Trottoir sitzen und halb verfaulte Tomaten verkaufen mußte. Auch wenn er seinen Lohn nur sehr selten von Estefano bekam, brauchte er doch nie zu hungern. Er wußte auch, daß Elvira und Estefano ihm ein anständiges Begräbnis ausrichten würden, bei dem hinterher starkes Bier serviert werden würde. Sie würden sich auch um seine Frau Deolinda und ihre Kinder kümmern. Seine Mutter, die in seinen Gedanken ständig Ermahnungen flüsterte, hatte ihn oft daran erinnert, daß er dankbar den Wohlstand annehmen sollte, der darin lag, daß er immer noch, nach all diesen Jahren, nicht gefeuert worden war.

Felisberto rutschte auf der Treppe in den Schatten und versuchte sich daran zu erinnern, was Estefano eigentlich gesagt hatte, als er ihm den Kaffee servierte. Es war, als ob Tchikuepé und Estefano das gleiche gesagt hätten. Nur auf ganz verschiedene Art. Daher konnte Tchikuepé nicht genug betonen, welche Verachtung er für Menschen wie Estefano und Elvira empfand. Während ihres Gesprächs hatte Felisberto sich so stark herausgefordert gefühlt, sie in Schutz zu nehmen, daß sie mehrmals in Streit geraten waren.

– Sie läßt mich unter ihrem Laken ruhen, hatte Felisberto gesagt. Dann kann sie kein schlechter Mensch sein.

– Sie saugt deine Wärme und dein Blut auf, hatte Tchikuepé wütend geantwortet. Aber du bist zu dumm, um das zu verstehen.

– Jedenfalls bin ich nicht so dumm, daß ich gezwungen wäre, mein ganzes Leben lang halb verfaulten Fisch zu verkaufen.

– Sie haben dich zum Idioten gemacht. Du würdest nicht zögern, ihre Zehennägel zu lecken, wenn sie es wünschten.

Sie hatten sich gestritten, bis ihnen die Kraft ausging. Danach war Tchikuepé, als sei nichts geschehen, umständlich in seinen Erklärungen dessen fortgefahren, was eigentlich im Land geschah.

– Wir befreien uns selbst, sagte er. Wir befreien uns von denen, die jetzt ihre Nachttöpfe und ihre Bettgestelle unten am Kai stapeln. Wir befreien uns von ihnen und damit von uns selbst.

– Wie kann man sich von sich selbst befreien?

Tchikuepé hörte Felisbertos Einwände nicht. Und Felisberto verstand immer noch nicht, was im Begriff war zu geschehen.

Es kam auch vor, daß er nachts von der Revolution träumte, wenn er zusammengerollt auf der Bastmatte lag. Diese unbegreifliche Wolkenbank, die näher zu kommen schien, und die dennoch keiner entdecken konnte. In den Träumen sah er den riesenhaften Oberst Nquila, einen Mann, der auf hohen Stelzen zu gehen schien. Und hinter ihm kam eine unendliche Reihe von jungen Männern, welche jene alten Bronzekanonen schleppten, die tagsüber auf den verschiedenen Plätzen der Stadt standen. Die ganze Zeit schienen sie in einer endlosen Moorlandschaft unterwegs. Aber wenn Felisberto kurz vor der Morgendämmerung davon aufwachte, daß die Hähne in seinem Inneren krähten, standen die Kanonen wieder auf ihren Steinsockeln, von rostigen Eisenketten umgeben. Felisberto ahnte, daß Oberst Nquila mit seinen übernatürlichen Kräften die Kanonen nachts holen und sie vor der Morgendämmerung wieder zurückbringen ließ.

Felisberto erhob sich von der Treppe und ging mit langsamen Schritten über den Platz, zu den abgeblühten Jakarandabäumen, unter denen die dicke Mulattin Eiswürfel verkaufte, die sie mit dem Beil kleinhackte. Sie lächelte ihr großes Lächeln, als sie ihn kommen sah. Felisberto entdeckte, daß sie einen weiteren Zahn im Oberkiefer verloren hatte. Da er das Bedürfnis verspürte, höflich zu sein, beschloß er, die neue Lücke zu kommentieren.

– Dein Lächeln ist heute schöner als gestern, sagte er.

– Ich träumte von einem weißen Mann, der unter meine Röcke kroch, antwortete Lekula Dorotea. Ich träumte von seinen Händen, die mich betasteten. Ich schlug nach ihm. Aber ich traf nur meinen eigenen Mund.

– Das passiert häufig, wenn man träumt, antwortete Felisberto. Aber dein Lächeln ist schöner geworden. Dein Mund ist wie eine Flußmündung. Die man von Algen und Ästen befreit hat.

Lekula Dorotea schien zuerst nicht ganz klar zu sein, ob er es ernst meinte oder ob er scherzte.

– Ich meine, was ich sage, sagte Felisberto. Dein Lächeln ist heute sehr schön.

Dann reichte er ihr die klebrigen Zuckerstücke, die er in der Hand hielt, und bekam dafür ein Stück Eis. Die Zuckerstücke stammten aus der Schale auf dem Tablett für Elviras Zimmer. Da das Küchenpersonal nicht wußte, wieviel Zucker sie nahm, hatte Felisberto einen Monat lang jeden Morgen diesen Tauschhandel vornehmen können. Lekula Dorotea, der sein Kompliment über den Einfluß des verlorenen Zahns auf ihr Lächeln gefiel, gab ihm das Eisstück, das eigentlich für den indischen Fotografen bestimmt war, der sein Atelier in der Nähe hatte. Felisberto steckte es in den Mund und machte ein paar Tanzschritte, um seine Dankbarkeit zu bezeugen.

– Die Soldaten aus dem Norden nähern sich, sagte Lekula Dorotea. Ich mache mir Sorgen darüber, wie sie zum Verkauf von Eis auf den Straßen stehen werden.

– Die Hitze werden sie nicht abschaffen können, antwortete Felisberto. Und Eis ist billig.

– Soll man jubeln oder Beschimpfungen schreien, wenn sie einmarschiert kommen? fragte Lekula und spaltete gleichzeitig ein Eisstück mit einem gezielten Hieb.

– Das beste ist vermutlich abzuwarten, was die anderen tun, antwortete Felisberto nachdenklich. Was die meisten von den anderen tun. Und es machen wie sie. Aber nicht allzu deutlich. So, daß es kaum sichtbar wird.

Lekula nickte bedächtig. Aber Felisberto konnte sehen, daß sie nicht überzeugt war. In diesem Augenblick erkannte er, daß er mit Lekula sprechen sollte, nicht mit Tchikuepé, dessen selbstsicheren Urteilen er mißtraute. Felisberto hockte sich neben sie.

– Was geht eigentlich vor? fragte er. Mein *Patraõ* wartet darauf, daß die *Signora* gesund wird. Oder daß sie stirbt. Ihr ganzes Gepäck ist schon auf einem Haufen unten am Kai gestapelt. Und dann wollen sie abreisen. Erkläre mir das, Lekula, und ich werde nie mehr Eis von jemand anderem als dir kaufen. Du sollst außerdem diese hervorragenden Stiefel von mir bekommen.

Er zog den einen aus und reichte ihn Lekula, die ihn sorgfältig prüfte. Dann nickte sie und reichte ihn ihm zurück.

– Das Ziel ist, daß wir dieses Land selbst regieren, sagte sie. Wir sollen selber denken und bestimmen. Mit einem feinen Wort wird das Freiheit genannt.

Felisberto versuchte zu verstehen, was das zu bedeuten hatte. Freiheit? All die schwierigen Entschlüsse selber fassen. Nicht wie jetzt, nur abwarten, was Estefano oder Elvira befahlen, und es dann so befriedigend wie möglich ausführen.

– Freiheit muß bedeuten, daß niemand mehr zu arbeiten braucht, sagte Felisberto.

– Möglicherweise hast du recht, erwiderte Lekula, nachdem sie eine Weile über Felisbertos Antwort nachgedacht hatte. Aber ich verstehe nicht recht, wie das zugehen soll.

– Das weiß bestimmt Oberst Nquila, sagte Felisberto aufmunternd. Er hat es vermutlich schon gelernt, als er Koch beim alten Polizeichef war.

– Für solche wie uns ist es trotz allem das wichtigste zu wissen, wann wir jubeln und wann wir nicht jubeln sollen, sagte Lekula. Das ist eine alte Wahrheit, die sich nie ändern wird.

Sie begann, ihre Eisstücke herumzuschieben, die von einem Stück grauer Persenning und einer Schicht Sägespäne bedeckt waren. Felisberto erkannte, daß ihr Gespräch für diesmal beendet war. Er stand auf und ging zurück zum Hotel. Er hielt den Atem an, als er an dem Kadaver eines überfahrenen Hundes vorbeikam, der in der Sonnenhitze gärte. Drinnen in der Rezeption herrschte Stille. Felisberto dachte rasch daran, wie es gewesen war, als sie vor einem Monat in das Hotel gekommen waren. Da war die Rezeption wie ein Schiff in höchster Seenot gewesen. Alle Zimmer waren vermietet, zusätzliche Betten standen in den Gängen, und in den Nächten hatten sich die ergrauten weißen Männer auf den zerschlissenen Sofas zusammengeschart und flüsternde Gespräche miteinander geführt. Nervöse Gerüchte verbreiteten sich und verstärkten die Unruhe, um dann zu versiegen und in ein apathisches Warten und rotäugige Schlaflosigkeit überzugehen. Es war die große Flucht, die im Gang war, fort von der drohenden Freiheit, die auf Füßen durch die Wälder und Moore anmarschiert kam. Oberst Nquilas Soldaten, die auf dem Weg waren, die Hauptstadt zu erobern und die ausländischen Ausbeuter ein für allemal zu vertreiben. Die der Stadt in einem Moment ganz nah zu sein schienen, um sich im nächsten in wochenlanger Entfernung zu befinden. Während der ersten Tage und Nächte hatte Felisberto sich sehr verwirrt gefühlt. Seine Sehnsucht nach Deolinda, die noch immer in dem Haus war, das aufzugeben Estefano und Elvira sich so rasch entschlossen hatten, war groß. In den Nächten, in den Träumen hatte er versucht, sie um Rat zu fragen. Aber sie hatte ihn nur mit stummen Augen angestarrt. Sie hatte ihm nicht helfen können. Ohne sie fühlte sich Felisberto immer verloren. Da Elvira schon am ersten Abend nach ihrer Ankunft im Hotel erkrankt war, blieb Felisberto auf sich allein gestellt. Estefano hatte nach einem Arzt gesucht, und in den Stunden, die Elvira schlief, von starken Morphiumspritzen oder rosa Tabletten in den Schlaf versenkt, hatte er bei den anderen Männern gesessen und an ihren geflüsterten und besorgten Gesprächen teilgenommen. Felisberto hatte sich den anderen Bediensteten angeschlossen, den Trägern und Rezeptionisten, die in diesen Tagen für ihren Einsatz mehr Trinkgeld erhielten, als sie in ihrem ganzen früheren Leben bekommen hatten. Sie hatten sich in verschiedene Winkel verzogen, wo sie Essen auf ihren kleinen Kohlebrennern zubereiteten, und dann angefangen Karten zu spielen. Bevor Felisberto die eigentümlichen und ständig gleich veränderlichen Regeln gelernt hatte, die dem Kartenspiel zugrunde lagen, hatte er seine wenigen Habseligkeiten und die meisten seiner Kleidungsstücke verspielt. Bei dieser Gelegenheit hatte er Estefanos Feldstecher genommen und ihn als Einsatz in einem Spiel benutzt, das er bereits fast gewonnen zu haben glaubte, schließlich aber doch verlor. Während mehr als einer Woche hatte Felisberto sich Estefano nur mit großer Furcht genähert. Er war sicher, daß man ihn beschuldigen würde, das Fernglas gestohlen zu haben. Natürlich würde er es leugnen. Es gehörte zu den Voraussetzungen für die Würde eines Menschen, immer das Verbrechen zu leugnen, das man begangen hatte. Er hatte das Fernglas seit der überstürzten Abreise aus der Villa Rosa nicht gesehen. Er hatte es nicht gesehen, und was man nicht sah, konnte man auch nicht stehlen. Natürlich würde Estefano ihn durchschauen und an seiner Anklage festhalten. Aber das Ganze würde schließlich dadurch entschieden werden, wer von den beiden am ausdauerndsten war.

Es waren jetzt mehr als zwei Wochen vergangen, seit Estefano zuletzt das verschwundene Fernglas erwähnt hatte. Jeden Morgen, wenn er den Kaffee servierte, rechnete er dennoch damit, daß Estefano ihn beschuldigen würde.

Felisberto sann über diese große Veränderung nach, als er an dem Hundekadaver vorbeiging und in die Schatten des Hotels zurückkehrte. Noch nie zuvor hatte Estefano so einfach eine ihrer wiederkehrenden Kraftproben aufgegeben. Mit ebensoviel Unbehagen wie Besorgnis ahnte Felisberto, daß nicht nur Elvira, sondern auch Estefano von jener großen Schwäche befallen war, die oft einem raschen Tod voranging. Wie gewöhnlich blieb er stehen, um die schönen Seejungfrauen zu bewundern, die eine der Wände in der Rezeption bedeckten. Danach ging er zu seiner Bastmatte, die hinter einem hohen, schmutzigen Ledersofa zusammengerollt war. Er zog sie heraus und legte sich hin. Wenn nichts Besonderes passierte, würde er jetzt bis zum Mittag schlafen können, wenn Estefano sein Mineralwasser und die drei gebratenen Eier haben wollte. Bevor er einschlief, dachte er, daß die Freiheit vielleicht schneller marschiert war als das Soldatenheer von Oberst Nquila, von dem offenbar niemand genau wußte, wo es sich befand. Vor zwölf Uhr mittags zu schlafen, hatte er früher nie getan. Etwas Neues und Entscheidendes war im Begriff, in seinem Leben zu geschehen. Und nicht nur in seinem. Denn er fragte sich, nicht ohne Besorgnis, wie Estefano reagieren würde, wenn Elvira tot wäre. Felisberto spürte, daß es nicht mehr lange dauern würde. Er fühlte es an ihrem Griff um seinen Körper, in den Minuten, die sie zusammen in der frühen Morgendämmerung ruhten.

Er legte sich auf die Seite. Das letzte, was er vor dem Einschlafen dachte, war, daß Deolinda hinter der Tür des Schlafs stand. In demselben Moment, in dem sie sie aufstieß, schloß er die Augen.

Und er war zu Hause.

11.

Deolinda hatte fast ganz die Hoffnung aufgegeben, ihren Mann Felisberto jemals wiederzusehen, als er plötzlich eines Morgens auf dem Pfad gegangen kam, der zu dem Dorf führte, in dem sie zusammen mit ihren Kindern lebte.

Gerade in dieser Nacht hatte sie einen Traum gehabt, der sie aus tiefem Schlaf weckte. Er hatte sie an etwas erinnert, was sie erlebt hatte, als sie jung war. Es war, bevor sie Felisberto kennengelernt hatte, sie war vielleicht sechzehn, siebzehn Jahre alt gewesen. Damals hatte sie daran gezweifelt, ob sie überhaupt ein Mensch war. Sie hatte zusammen mit ihren Eltern in einem Vorort der Stadt gewohnt, in der alle *colonos* in ihren weißen Villen hinter hohen Gittern lebten. Ihr Vater Tindavene hatte für die Weißen gearbeitet. Jeden Morgen, lange vor der Dämmerung, erhob er sich von der Bastmatte und machte sich auf, in seinen schwarzen Kleidern und mit der Haube auf dem Kopf und über den Schultern, um die Latrinen der Weißen zu leeren. Die Kleider stanken, wie gründlich seine Frau sie auch wusch. Deshalb zog er sich vor dem Haus an und aus, hinter einem Vorhang, der zwischen zwei Bäumen hing.

Als Deolinda ihren Vater sah und darüber nachdachte, daß sie seine Tochter war, begann sie daran zu zweifeln, ob sie wirklich ein Mensch war. Die Schwarzen, zu denen sie gehörte, trugen für die Weißen keine Namen. Sie waren Schatten, mit Nummern und eigentümlichen Spitznamen, die sich im Hintergrund bewegten und Aufgaben für diese Weißen erledigten, welche scheinbar nie ein Wort äußern oder einen Schritt tun konnten, ohne auf ihre Uhr zu sehen. Die Weißen waren Menschen, die Schwarzen waren etwas, das vielleicht einmal ein Mensch werden konnte, wenn die Haut gebleicht war und sie gelernt hatten, leise zu sprechen, sich langsam zu bewegen und ständig ihre Uhren zu betrachten.

Deolinda hatte also daran gezweifelt, ob sie überhaupt ein Mensch war. Erst als sie einmal in die Stadt ging und vergessen hatte, Schuhe anzuziehen, war sie endlich sicher. Da es den Schwarzen verboten war, die Stadt barfuß zu betreten, war sie sofort festgenommen und in ein schmutziges Kellerloch gebracht worden, in dem es nach Urin stank. In diesem Augenblick hatte sie verstanden, daß sie ein Mensch war, da sie das Recht hatte, ins Gefängnis gesteckt zu werden.

In der Nacht vor Felisbertos Rückkehr hatte sie von diesem Ereignis geträumt, das jetzt weit zurücklag. Sie wachte in dem warmen Dunkel auf ihrer Bastmatte auf und seufzte tief bei der Erinnerung. Rings um sie her schnauften und wimmerten ihre Kinder, die ihren Vater vermutlich nicht wiedersehen würden. Sie drehte sich in der Dunkelheit um und spürte, daß ihr eines Bein schmerzte. Noch war sie kaum mehr als vierzig Jahre alt. Sie hatte neun Kinder geboren, von denen vier überlebt hatten. Solange Felisberto zu Hause gewesen war und in dem großen Haus, in dem Estefano und Elvira wohnten, zur Arbeit gegangen war, wirkte das Leben im großen und ganzen ruhig und überschaubar. Aber plötzlich war etwas geschehen, das dazu geführt hatte, daß Estefano und Elvira fortgegangen waren. Sie wußte, jemand, der Oberst hieß, befand sich in der Nähe, und etwas, das Freiheit hieß, war unterwegs. Aber was genau das bedeutete, wußte sie nicht. Ihre Schwester Yolanda hatte gesagt, es bedeute vielleicht, daß die ausländischen Soldaten, denen sie hin und wieder auf dem Weg zur Quelle begegneten, sich nicht mehr damit vergnügen würden, ihre Wasserkrüge mit ihren Gewehrkolben zu zerschlagen. Wenn Yolanda recht hatte, daß das die Freiheit war, konnte sie sich vorstellen, daß die Freiheit etwas Gutes sei. Aber zugleich konnte sie nicht vergessen, daß Felisberto fort war. Bevor er überstürzt aufgebrochen war, hatte er gesagt, daß Estefano und Elvira eine Reise mit dem Schiff über ein großes Meer machen würden. Er würde ihnen an Bord helfen. Aber dann würde er heimkehren, so schnell er nur konnte.

Sie drehte sich noch einmal um und rollte sich unter dem leichten Tuch zusammen. Noch war es ganz dunkel. Aber die Dämmerung würde bald kommen, sie brauchte keine Uhr dafür, um das zu wissen. Allmählich machte sie sich Gedanken darüber, was geschehen würde, wenn Felisberto wirklich nicht zurückkehrte. Vielleicht hatte Estefano ihn mit aufs Schiff gelockt? Felisberto ließ sich leicht übertölpeln. Er träumte auch wenn er wach war, was für einen Menschen nicht gut war. Sie machte sich Sorgen, wie sie es schaffen sollte, Essen für ihre Kinder zu beschaffen. Der Schmerz in ihrem Bein erinnerte sie daran, daß sie nicht mehr jung war. Sie war auch nicht alt, bei weitem nicht so alt wie die bemerkenswerte Samima, von der Felisberto so oft gesprochen hatte. Nicht, daß sie 300 Jahre lang leben wollte. Aber sie mußte sich noch ein paar Jahre am Leben halten, wenigstens bis die Kinder so groß waren, daß sie allein zurechtkamen.

Deolinda lag wach und konnte nicht wieder einschlafen, bis sich die ersten Lichtstrahlen durch die Wände der Hütte tasteten. Da hörte sie plötzlich etwas, das draußen vor der Hütte herumraschelte. Vielleicht eine der Ziegen, die ungeduldig darauf wartete, auf die Weide gelassen zu werden. Sie stand in der Dunkelheit auf, streckte sich und merkte, daß der Schmerz im Bein vielleicht doch nicht so schlimm war. Dann zog sie die Stoffbahn weg, die vor der Türöffnung hing, und schaute direkt in Felisbertos Gesicht.

Ihr erster Gedanke war, daß er gestorben war. Es war sein Gespenst, das da stand, nicht der Felisberto, mit dem sie gelebt und ihre Kinder gezeugt hatte. Es war ein Toter, den sie vor sich hatte, ein Mann auf dem Weg in die andere Welt, der für einen kurzen Augenblick, gerade in der Stunde der Dämmerung, haltgemacht hatte, wenn das Licht so schwach war, daß man nicht sicher sein konnte, was man sah und was man sich einbildete. Aber als er ihr die Hand entgegenstreckte und dabei lächelte, wußte sie, daß er lebendig war. Kein Toter konnte lächeln wie der lebende Felisberto. Es war, als würde Musik aus seinem geöffneten Mund sickern, vielleicht von einer fernen Flöte oder Timbila, und es war eine Musik, die nur sie hören konnte.

– Ich dachte, du würdest gar nicht mehr zurückkommen, sagte sie. Und warum bist du so dumm, in der Nacht zu reisen? Der Weg ist voller Löcher, es gibt viele Schluchten. Du hättest in eine davon stürzen und tödlich verunglücken können.

– Wenn man es eilig hat, reist man auch in der Nacht.

Sie setzten sich neben die Hütte. Felisberto auf seinen gewohnten Hocker, den Rücken gegen die rauhe Hüttenwand gelehnt, Deolinda auf den Boden, dicht bei seinen Füßen. Noch immer hatte sie Angst, daß es trotz allem eine Einbildung sein könnte, daß Felisberto nur eine Luftspiegelung war. Das Licht war noch nicht so stark, daß sie sich ganz darauf verlassen konnte.

– Wie geht es den Kindern? fragte er.

– Es geht ihnen gut.

– Hast du über mich gesprochen?

– Kinder vergessen erst, wenn ihre Mutter aufhört, von dem Mann zu sprechen, der fortgegangen ist.

– Erinnern sie sich noch an mich?

– Ich glaube schon.

Er nickte und schloß die Augen. Sie konnte sehen, daß er dick geworden war. Außerdem gab es nur zwei Knöpfe an seinem Hemd. Und er hatte zwei verschiedene Schuhe an den Füßen, einen Turnschuh, der lädiert und blau war, und eine schwarze Sandale, der die Sohle fehlte.

– Was ist geschehen? fragte sie vorsichtig, unsicher, ob er vielleicht schon eingeschlafen war.

– Dom Estefano ist tot, antwortete er, ohne die Augen zu öffnen. Und Dona Elvira ist abgereist.

– Ich dachte, sie war es, die im Sterben lag?

– Frag nicht so viel, sagte er und klang plötzlich gereizt. Ich bin müde und hungrig. Ich werde später erzählen.

Das Licht war jetzt stärker geworden. So stark, daß sie es wagte, ihm zu trauen. Sie erhob sich vorsichtig und fragte nichts mehr. Felisberto war nach Hause gekommen. Bestimmt war er müde. Sie wußte, daß ein Mensch Zeit brauchte, um eine Reise zu beenden. Erst kamen die Beine an, dann das Herz und schließlich hatte auch der Kopf das letzte Wegstück geschafft und war zu Hause.

Am Abend, als die Kinder eingeschlafen waren und Felisberto seine lange Wanderung zwischen den verschiedenen Hütten abgeschlossen und alle Familienmitglieder und alle Nachbarn begrüßt und sich genau erkundigt hatte, wer noch am Leben und wer tot war, wer Kinder bekommen und wer Dummheiten begangen hatte, ließen sie sich am Feuer vor der Hütte nieder, um miteinander zu reden. Felisberto war nicht ganz nüchtern. Bei seinen Besuchen in den verschiedenen Hütten hatte er viel zuviel getrunken. Jetzt fürchtete Deolinda, er würde einschlafen, bevor er erzählen konnte, was geschehen war. Sie wollte nicht schlafen gehen, bevor sie nicht seine Geschichte zu hören bekommen hatte.

– Morgen will ich, daß du mein Hemd flickst, sagte er bestimmt, um zu betonen, daß er jetzt ernstlich seinen Platz in der Familie wieder eingenommen hatte.

– Wir wollten auch versuchen, dir ein Paar ordentliche Schuhe zu verschaffen.

Sie wartete mit Spannung auf die Antwort. Wenn es nun so war, daß Dona Elvira abgereist und Dom Estefano tot war, hätte er doch ein ordentliches Abschiedsgeschenk mit nach Hause bringen müssen. Immer wenn die Weißen plötzlich aufbrechen und sich über die Meere fortbegeben mußten, überkam sie eine große und unerwartete Großzügigkeit.

– Ich habe Geld, sagte er. Nicht viel, aber es reicht für eine Weile.

– Du mußt ein ordentliches Paar Schuhe bekommen.

– Quengel nicht. Ich werde sie mir kaufen.

Sie sagte nichts mehr. Felisberto wurde zwar selten gewalttätig, wenn er getrunken hatte, und sie zögerte auch nicht zurückzuschlagen, wenn er dumm genug war, sie anzufallen. Trotzdem entschloß sie sich zu warten. Wenn Felisberto nicht einschlief, wie er da mit dem Rücken an der Hüttenwand saß, würde er sicher erzählen, was geschehen war.

Sie war selbst beinahe eingenickt, als er sich plötzlich räusperte und mit dem Fuß, an dem er die Sandale hatte, an einem Holzscheit im Feuer herumstocherte, das zu erlöschen drohte. Irgendwo hörte man zwei Menschen sich streiten und einen Hund bellen. Im übrigen war die Nacht still, in Erwartung von Felisbertos Geschichte.

– Aus weißen Menschen wird man schwer schlau, begann er. Dona Elvira lag im Bett und sollte sterben, während Dom Estefano ihre Beerdigung plante und einen Fahrschein für ein Schiff kaufte. Trotzdem war er es, der starb, und sie, die abreiste. Aus weißen Menschen wird man schwer schlau. Diejenigen, die sterben sollen, überlegen es sich anders und begeben sich auf lebensgefährliche Schiffsreisen. Diejenigen, denen es gutgeht und die sich jeden Morgen mit Parfum vollspritzen, legen sich plötzlich hin und sterben.

Er saß eine Weile still da, als hätte die Geschichte, die er erzählen wollte, ihn überwältigt. Aber dann sah er Deolinda an und sagte ihr, wie es war, was während der letzten Tage von Dom Estefano geschehen war und wie Dona Elvira sich plötzlich aus ihrem Bett erhoben, das Leichentuch abgelegt und ihm dann von der Reling eines großen Schiffs zugewinkt hatte, das den Himmel mit schwarzem Rauch verdunkelte und mit großer Eile zum Horizont verschwand.

Während der letzten Tage, die Felisberto Dom Estefano und Elvira diente, hatte große Unordnung geherrscht. Plötzlich hatte sich das Gerücht verbreitet, Oberst Nquila befinde sich nur wenige Kilometer vor der Stadt. Dom Estefano hatte Felisberto frühmorgens zum Hafen mitgeschleppt, so früh, daß er sich nicht einmal mehr über den Kaffee beklagt hatte, den zu trinken er gar keine Zeit gefunden hatte. Sie hatten sich einen Weg gebahnt zwischen all den Bergen von Nachttöpfen, Klavieren, Reisetaschen, Koffern, verdorrten Bananenbäumen, Badewannen, herausgeschlagenen Holztüren, Fenstergriffen, Dachziegeln und nicht zuletzt Körben mit Schnecken, ganz zu schweigen von all den Säcken mit Sand von den Stränden und Tüten mit der roten Erde; sie hatten sich ihren Weg gebahnt, Felisberto ein paar Schritte vor Dom Estefano, damit dieser nicht Gefahr lief, seinen

Leinenanzug zu beschmutzen, und Dom Estefano hatte lange und erregte Gespräche mit den Fahrscheinverkäufern geführt, die in der wachsenden Panik glänzende Geschäfte machten. Gerüchte über Schiffe, die zu erwarten waren, Schiffe, die sich verspätet hatten, und Schiffe, die vielleicht nie ankommen würden, flogen hin und her. Aber es wurden auch neue Schiffe erfunden, Schiffe, die nur in der gierigen Phantasie der Fahrkartenverkäufer existierten. Dom Estefano hatte bis zuletzt seine große Fähigkeit bewiesen, Menschen geradewegs zu durchschauen, Lügen auf die gleiche Art aufzudecken, wie er die Lügen in sich selbst aufdeckte, und mit seinem untrüglichen Gespür hatte er es geschafft, sich zu einem Fahrscheinverkäufer durchzufragen, der ein paar wenige Kabinenplätze auf einem Schiff übrig hatte, das tatsächlich existierte und in wenigen Tagen auf der Reede erwartet wurde.

Dom Estefano kaufte die Fahrscheine für eine Achterkabine, steckte sie unter seinen Hut und drückte ihn fest in die Stirn. Doch die Hitze war schwer erträglich gewesen, das Gedränge groß und der Lärm ohrenbetäubend, und plötzlich hatte er Felisberto an der Schulter gepackt. Ein Schwindelanfall hatte ihn überkommen, der Boden hatte angefangen zu schwanken, der Blick sich getrübt, und es war, als treibe sein Körper in einem gewichtslosen Zustand herum. Die Geräusche rings um ihn her waren verebbt, die Menschen immer undeutlicher geworden, die Rempeleien nicht mehr so hart. Nach wenigen Minuten war der Anfall vorüber, und sie waren ins Hotel zurückgekehrt. Als sie ankamen, befahl Dom Estefano Felisberto, zu der Eisverkäuferin zu gehen und zwei große Stücke zu kaufen, die er sich dann, nachdem er sich in seinem Zimmer ins Bett gelegt hatte, auf die Stirn drückte. Felisberto hatte eigentlich im Zimmer bleiben wollen. Aber Estefano hatte sein Gleichgewicht wiedergefunden und ihn wütend hinausgeworfen. Für den Rest des Tages war Felisberto herumgehetzt, auf der vergeblichen Suche nach genau dem Parfum, das Dom Estefano gern morgens auf seine Hände und seinen Nacken spritzte.

Als es Felisberto schließlich gelungen war, in einem dunklen indischen Laden eine vergessene Flasche aufzutun, und er ins Hotel zurückkam, hatte Dom Estefano sich auf einen seiner seltenen Nachmittagsspaziergänge zu Dona Elviras Zimmer begeben. Die Tür war nicht richtig verschlossen gewesen, und Felisberto hatte ihr Gespräch belauscht. Er hatte gehört, wie Dom Estefano seine Frau angefleht hatte, ihn trotz allem zu begleiten. Dona Elvira hingegen hatte genauso kraftvoll darauf bestanden, daß sie jetzt endlich, ganz bald, sterben werde. Sie fragte, ob Dom Estefano alles für das Begräbnis vorbereitet hätte, ob er mit den Priestern gesprochen und ihnen erklärt hätte, daß sie absolut nicht links von der Kirche liegen wollte, wo die Erde schlecht war und nachmittags Ziegen zu weiden pflegten. Das Ganze war in einen Streit gemündet, bei dem keiner auf den anderen gehört hatte, zwei alte Menschen auf der Flucht, die sich um Leben und Tod zankten, als wäre das schließlich das einzige, was übrigblieb, der letzte hoffnungslose Streit, wenn alles aufgegeben und das Leben nichts anderes als eine langgezogene Qual war. Dom Estefano hatte sich von der Bettkante erhoben, zum Abschied seinen Hut gelüpft, Dona Elvira gebeten, ihre Situation noch einmal zu überdenken und sie gefragt, ob sie sich nicht trotz allem vorstellen könnte, noch ein paar Jahre zu leben. Dann hatte er den Raum verlassen. Felisberto zog sich rasch zurück, versteckte sich hinter ein paar hohen Wäscheschränken, die im Gang standen. Dom Estefano war in sein Zimmer zurückgekehrt und hatte die Tür ganz leise hinter sich geschlossen.

Felisberto ging hinunter ins Foyer, wo die Unordnung und das Chaos größer waren als je zuvor. Oberst Nquila befand sich jetzt nach den Gerüchten kurz vor der Stadt. Die letzten weißen Menschen verschwanden Richtung Hafen, und schließlich senkte sich eine eigentümliche Ruhe herab. Im Hotel befanden sich jetzt nur noch Dom Estefano und Dona Elvira. In der Abenddämmerung war Felisberto dann wie üblich mit einem Glas Kognak zu Dom Estefano hinaufgegangen. Er hatte an die Tür geklopft, ohne eine Antwort zu bekommen. Schon da begriff er, daß etwas geschehen sein mußte. Er klopfte noch einmal. Als er wieder keine Antwort bekam, wußte er, daß Dom Estefano tot war. Er stellte das Kognakglas auf dem schmutzigen roten Teppich ab und öffnete die Tür. Dom Estefano saß mit einem Spiegel in der Hand auf einem Stuhl. Der Hut balancierte auf seinen Knien. Und er war tot. Der Blick war gebrochen, als er gerade seinen Mund geöffnet hatte, um noch einmal seine Zähne zu betrachten. Felisberto hockte sich eine Weile hin und betrachtete Dom Estefano. Er versuchte sich vorzustellen, welches sein letzter Gedanke gewesen war. Welcher Gedanke jetzt für immer in Dom Estefanos Kopf eingesperrt und unerreichbar bleiben würde. Er hoffte, daß es etwas war, was er über Dona Elvira dachte. Auch wenn Dom Estefano seinen Lohn nie pünktlich gezahlt hatte, war er nicht der Schlechteste gewesen, dem er gedient hatte. Sehr selten hatte Dom Estefano Ohrfeigen verabreicht, und jedesmal, wenn Deolinda ein Kind geboren hatte, hatte er ihm auch ein paar abgelegte Kleider gegeben, die sie zu Kinderkleidern umnähen konnte.

Mit einem Seufzer erhob sich Felisberto und entdeckte zugleich, daß die Fahrscheine für die Achterkabine aus Dom Estefanos Jackentasche ragten. Er nahm sie vorsichtig an sich und durchsuchte dann rasch die anderen Taschen, um das Geld einzusammeln, das sich dort befand. Dann holte er auch das kleine magere Banknotenbündel hervor, das unter der Matratze lag, wo Dom Estefano es versteckt hatte, aber Felisberto hatte es natürlich gleich entdeckt. Während all der Jahre, die Felisberto für Dom Estefano und Dona Elvira gearbeitet hatte, hatte er gewußt, daß es das wichtigste war, ihre wechselnden Verstecke im Auge zu behalten.

Er verließ den Raum, trank den Kognak aus, der sowieso auf Dom Estefanos Rechnung stand, die jetzt unbezahlt bleiben würde, da keinerlei Geld bei dem Toten zu finden wäre. Dann ging er weiter zu Dona Elviras Zimmer. Als er eintrat, saß sie ausnahmsweise aufrecht in den Kissen, als hätte sie auf die Nachricht gewartet, die er ihr jetzt überbrachte. Sie schlug das Kreuz und vergoß zwei einzelne Tränen, eine in jedem Auge, eine aus Trauer und die andere aus Erleichterung, und bat dann Felisberto, ihr ein Glas Wasser zu holen. Nachdem sie das Glas geleert hatte, zeigte er ihr die Fahrscheine. Sie betrachtete sie lange, bevor sie ihn bat, sie ihr zu geben.

– Komm in einer Stunde wieder, sagte sie.

Felisberto verließ das Zimmer. Als er zurückkam, hatte sie ein rosa Kleid angezogen und mehrere lange Seidenschals um Schultern und Kopf drapiert.

– Ich werde Dom Estefano besuchen, sagte sie. Ein letztes Mal will ich ihn sehen. Wie sieht er aus?

– Er sitzt auf einem Stuhl, einen Spiegel in der Hand. Sein Mund steht offen.

– Hat er angefangen zu riechen?

– Ich habe nichts gemerkt.

Dona Elvira ging durch den Korridor, Felisberto im Abstand von ein paar Metern hinterher. Er wartete vor der Tür, während sie da drinnen war, und spähte nicht einmal durchs Schlüsselloch. Sie blieb die ganze Nacht. Felisberto schlief ein wie ein Hund, zusammengerollt auf dem schmutzigen Teppich. Als sie am nächsten Tag in der Morgendämmerung herauskam, saß Dom Estefano noch immer mit seinem Spiegel in der Hand auf dem Stuhl.

– Ich habe mich entschlossen abzureisen, sagte sie. In einer Stunde sollst du kommen und die einzige Tasche holen, die ich mitnehme.

Später, als sie aufbrechen wollten und das Hotelpersonal bereits den toten Dom Estefano entdeckt hatte und vergeblich in Dona Elvira gedrungen war, die Rechnung zu bezahlen, hatte er es nicht lassen können, in einem unbewachten Augenblick die Tasche aufzumachen. Sie hatte nur getrocknete Blumen enthalten. Nichts anderes, nur getrocknete Blumen in dunklen Farben.

Am selben Nachmittag hatte er sie zum Hafen begleitet. Ihre eigentümliche Kleidung hatte bewirkt, daß die Menschen auf dem Trottoir ausgewichen waren und ihr Platz gemacht hatten. Dona Elvira glitt dahin, langsam und würdevoll, als bildete sie allein eine lange Prozession, den gesammelten und letzten Auszug der Kolonialisten.

Am Landungssteg hatten sie sich verabschiedet.

– Laß ihn seinen Spiegel mit ins Grab nehmen, sagte Dona Elvira. Er war kein böser Mann. Er kann dort in der Erde liegen und sein eigenes Gesicht ansehen, ohne sich allzusehr schämen zu müssen. Er war nicht schlimmer als irgendein anderer.

Dann gab sie ihm ein Paar Seidenhandschuhe.

– Die sind für deine Frau. Wie hieß sie noch?

– Deolinda.

– Gib sie ihr. Und vergiß mich nicht.

Danach bekam sie Hilfe von einem Matrosen, den steilen Landungssteg hinaufzugehen. Felisberto blieb stehen, die Seidenhandschuhe in der Hand. Ein einziges Mal drehte sie sich an der Reling um und winkte.

Felisberto blieb unten am Hafen stehen, bis die Vertäuungen gelöst waren, das überladene Schiff mühsam in dem engen Hafenbecken gewendet hatte und zum Horizont verschwand.

An diesem Abend hatte er lange mit Lekula Dorotea gesprochen. Sie war es auch, die sich seiner Füße erbarmte, da er erzählte, welche lange Wanderung er vor sich hatte. Es war ihr gelungen, die Sandale und den Turnschuh zu ergattern, und sie hatte sie ihm zum Abschiedsgeschenk gemacht. Später, in den Stunden der Nacht, hatte er die Stadt verlassen. Einer Befreiungsarmee oder einem Oberst Nquila war er nicht begegnet.

Die Straßen waren leer gewesen, und er war schnell gegangen, obwohl der Turnschuh drückte.

Das Feuer war fast erloschen. Aber Felisberto weckte es mit Tritten wieder zum Leben. Dann holte er die Seidenhandschuhe hervor und gab sie Deolinda.

– Vielleicht kann unsere jüngste Tochter sie anziehen, sagte sie. So kleine Hände haben nur Frauen, die nicht arbeiten.

– Möglicherweise können wir sie verkaufen, schlug Felisberto vor. Oder sie gegen etwas Nützliches eintauschen.

– Vielleicht gegen ein Paar Schuhe, sagte Deolinda. Gute Schuhe sind nützlich.

Felisberto gähnte.

– Ich muß schlafen, sagte er. Ich muß alles durchgehen, was in meinen Träumen geschehen ist. Erst dann kann ich daran denken, was jetzt geschehen soll.

Er erhob sich von dem Hocker.

– Ist Belina aus der Stadt zurück? fragte er.

– Nein, antwortete Deolinda, die diese Frage erwartet hatte.

– Wenn sie jetzt nicht gekommen ist, kommt sie nie.

– Belina ist ein guter Mensch. Sie ist nur eine schlechte Frau.

Dann sagten sie nichts mehr.

Nach Felisbertos langer Erzählung mußte auch die Nacht zur Ruhe gehen.

12.

Die Nacht schlief, warf sich unruhig zwischen den Sternen hin und her. Die Träume des Universums formten sich zu Milchstraßen, und ein einsamer Hund betrachtete nachdenklich einen Nachtfalter, der vor dem runden Rahmen des Mondes flatterte. Dann stellte sich der Hund zum Pinkeln an eine Hauswand und verschwand in der Dunkelheit.

Es war ein Wellblechschuppen mit Schilfdach, an den der Hund gepinkelt hatte, außerhalb des Dorfs. Ein Haus, das vor seiner eigenen Verlassenheit kauerte, und nur ein vereinzelter Hund pinkelte dort an die Wände, wenn er vorbeistrich.

Es war Belinas Haus, das Haus Belinas der Verlorenen. Sie, die sich in die Stadt begeben hatte und eine schlechte Frau geworden war.

Hin und wieder konnte man ein einsames Wimmern oder ein Knurren von dem leeren Haus hören, als grübelten die Wände selbst über ihr Elend.

Aber von dem Schuppen schlängelte sich ein unsichtbarer Pfad in die Stadt und zu einem Zimmer über einer Bar tief drinnen im Hafenviertel, wo die Nacht immer wach war und der Tag schlief. Dort herrschte Belina über ihr Reich, das aus einer schmutzigen Matratze, einigen vergammelten Handtüchern und einem einsamen Ventilator bestand, der wie ein Cello in einer Ecke klagte.

Was hat sie erzählt? Das habe ich schon vergessen. Ihre Worte verschwanden in ihren Augen. Es war der Blick, der ihre Geschichte sich langsam vorantasten ließ. Übrig ist jetzt eine andere Spur, ein Pfad, der sich vor mir herschlängelt, ihr Leben, das sie jedem beschrieb, der es hören wollte.

Sie fragt ihre Kunden nach zwei Dingen. Ob sie krank sind? Ob sie Erinnerungen haben? Nie nach etwas anderem. Ob sie krank sind? Ob sie Erinnerungen haben?

Sie selbst erinnert sich an alles. Die Musik von damals, in der unglücklichen Zeit, als die Schwarzen noch in ihrem eigenen Land schlecht gelitten waren, als die Weißen, die übers Meer gekommen waren, noch herrschten. Die Musik damals, als sie eine Hure geworden war, die Musik, die sich Twist nannte. Wie sie die dunklen Bars füllten, die sich an den Straßen drängten, welche vom Hafen weg und zum Hafen zurück führten, nie irgendwoanders hin. Wo die Seeleute kamen und die weißen Herren, die sich in der Nacht hinausschlichen, um den schwarzen Frauen zu begegnen, die zu Diensten waren, für Dollars, für Pfund, für Escudos und für Kronen.

Belina war die Königin. Sie sagte es nie selbst, aber alle wußten es. Sie war immer dagewesen, seit einer Zeit, die so fern war, daß niemand auch nur auf den Gedanken gekommen wäre, sie in Minuten und Sekunden aufzuteilen. Waren es tausend Jahre oder 312? Niemand wußte es. Und Belina selbst wollte nichts wissen. Sie hatte schon seit frühester Jugend, als sie sah, wie Ziegen mit verwunderten Augen geschlachtet wurden, gedacht, daß der Mensch auch lebte, um sich auf seinen Tod vorzubereiten. Wie man stirbt, kann wohl wichtig sein. Aber noch wichtiger, daß man weiß, daß man danach sehr lange tot sein wird.

Sie war Belina, Deolindas Schwester, die Schöne, die Sagenumwobene, die Wilde, die nie das Geld ansah, das ihr gereicht wurde, bevor sie diese Seeleute, diese Herren mit in ihr Bett nahm, in der kleinen Kammer auf der anderen Seite des Hofs, auf der Rückseite des indischen Ladens, aus welchem es immer nach Lamm, schlechtem Gewissen oder Räucherstäbchen roch. Sie war über den Boden geschwebt, die Haare blank und zurückgestrichen, die Kleider wie eine Haut über einer anderen Haut, der, die glühte und machte, daß alle sich zu der schönen Belina hingezogen fühlten.

– How she is beautiful, that woman ...

Und sie tanzte für sie und lächelte, aber keiner sah ihren Zorn, keiner sah ihre Wut und ihren Schmerz. Sie sahen nur diese schwarze Haut, die schwarze Schönheit, und sie ließ sich verzehren, aber niemals aufessen.

Ihre Gedanken konnten sie nicht berühren.

Der Twist war ihre Musik, der Krönungsmarsch und der Anfangschoral, und keiner wußte, daß es auch ihr Trauerlied war, »Let's twist again«, laß uns wieder einen Mann packen, an den Haaren, sein Geld nehmen, ihn über sich ziehen, »Let's twist again«.

Sie hatte die Kantate der Hure gesungen, die nicht viele Töne brauchte.

– Komm her, komm her, zu mir ...

Aber keiner sah ihren Schmerz, keiner sah ihre Wut, und deshalb konnte sie auch überleben.

Sie hatte Stammkunden aus allen Ecken der Welt, einen dänischen Kapitän, einen südafrikanischen Bankdirektor, und die Matrosen, die Matrosen mit ihren begierigen Pimmeln.

Es gab einen Mann, einen grauen und leisen Schatten, der Henrik van der Merwe hieß. Er hatte einmal, in der Dunkelheit verborgen, in der ersten Bar gesessen, »Tabernakel der Freunde« genannt. Dort hatte sie Halt gesucht und von dem Wirt, dem dicken João, ein Zimmer im Obergeschoß mieten können, das Zimmer, in dem seine alte Mutter gelähmt im Bett gelegen und mit einem Stock auf den Boden gestampft hatte, wenn sie ein Glas Gin mit Milch haben wollte, was die einzige Nahrung war, die sie zu sich nahm. Als sie gestorben und weggetragen worden war, hatte João ihre Möbel und Beinverbände hinausgeschmissen, ihren Stock verbrannt, und er hatte sie aus seinem Gedächtnis geworfen, frisch gestrichen, desinfiziert und ließ Belina dieses Zimmer benutzen, um ihre Kunden zu empfangen. Dahin hatte sie auch den grauen Schatten mitgenommen, den sie aus dem Dunkel der Bar hervorgelockt hatte. Nach dieser Begegnung, bei der er den Hut in dem kurzen und hilflosen Moment aufgelassen hatte, in dem er mit ihr schlief, war er regelmäßig wiedergekehrt, zweimal im Monat, immer an einem Freitag.

Henrik van der Merwe gehörte zu den alten Burenfamilien, die in die Kapprovinz gekommen waren und dann den großen Auszug unternommen und teilweise angeführt hatten, bei dem die Wagen der Buren von der verhaßten englischen Unterdrückung fortrollten und sich nach Norden begaben, in die Gegend, die ihr neues Heimatland werden sollte, Transvaal. Jetzt wohnte Henrik van der Merwe mit seiner Familie in Pietersburg, er besaß eine Farm, einen Laden und eine Apotheke. Er hatte eine blasse und verbissene Frau, und er hatte viele Kinder. Ihr Haus war voll von schwarzen Dienern, und auf der Farm wohnten die Landarbeiter in elenden Schuppen in einer Mulde, wo die Malariamücken sirrten. Henrik van der Merwe gehörte zu denen, die befürwortet hatten, daß die Apartheid zum Gesetz erhoben wurde, ein fest verankertes Fundament für eine Nation, die nach Rassen und der Souveränität aufgeteilt wurde, welche die weiße Rasse für selbstverständlich hielt. Aber immer hatte es in ihm eine Schwäche gegeben, die Verlockung einer schwarzen Frau. Die verbotene Frucht mußte er außerhalb der Grenzen des Landes suchen.

Deshalb unternahm er jetzt zweimal im Monat die lange Zugreise, um Belina zu treffen. Nie eine andere, immer diese Belina, und er bezahlte sie in Scheinen, die nicht gefaltet, von keiner Hand beschmutzt waren. Vierzehn Jahre lang kam er regelmäßig, und als er schließlich ausblieb, wußte Belina, daß er tot war. An dem Abend, an dem er nicht kam, verließ sie die Tanzfläche, kleidete sich in Schwarz und verbrachte die Nacht in der Kirche, wo sie kniend für seine Seele betete. Doch am nächsten Abend war sie wieder zurück auf der Tanzfläche, auch wenn sie sich entschlossen hatte, einmal im Monat die Kirche zu besuchen und zur Madonna zu beten, daß Henrik van der Merwe, der zwar ein lausiger Liebhaber gewesen war, in der neuen Welt, in der er sich jetzt befand, Erfolg beschieden sein sollte.

Es gab noch einen anderen Mann, er kam einmal im Monat, am letzten Donnerstag kurz nach neun Uhr abends, wenn die Pimmel und Mösen noch lau waren, und er hatte immer eine rote Rose in seiner rechten Hand. Er hieß Dom Estefano, trug einen weißen, allerdings leicht verschmutzten Leinenanzug, und er blieb immer abrupt stehen, als wäre er erschrocken, bevor er in das Dunkel eintrat, wo der Twist pochte und Belina tanzte.

Dann folgte er ihr in das Zimmer, wo es nach dem toten Lamm roch, und später, wenn er hinaus in die Dunkelheit geflüchtet war, blieb die Rose liegen. 211 Rosen hinterließ er ihr, die letzte kurz bevor er verschwand, mit seinem Spiegel in der Hand, fort von seiner Ehefrau Elvira, fort von all den Klavieren, die verlassen am Kai standen. Für ihn sprach sie jedoch kein Gebet, da er im Gegensatz zu Henrik van der Merwe ein gieriger Mann gewesen war, trotz der Rosen, der ihr schmutzige Scheine gegeben und manchmal, wenn, wie er entschuldigend sagte, die Geschäfte schlechtgingen, auch gar nichts gegeben hatte. Auf Kredit zu vögeln war für Belina eine Kränkung. Genausowenig hinzunehmen, wie wenn man einen Mann gebeten hätte, auf den Höhepunkt zu verzichten. Außerdem hatte er sie oft mit endlosen Geschichten über seine großartigen Zukunftsträume gelangweilt, die alle schon zu zerfallen drohten, während er sie erzählte.

Schließlich gab es noch einen dritten Mann. Er hieß Lukas und war der einzige ihrer Kunden, der wie sie selber war, ein schwarzer Mann, der zu einer schwarzen Hure ging. Er war ein schöner Mann, groß und stattlich, den Belina gern in ihren Armen hielt. Aber später, als er plötzlich verschwunden war, erkannte sie, daß er eigentlich nicht sie in der Bar gesucht hatte, sondern Kontakte mit den ausländischen Seeleuten und schließlich die Möglichkeit, sich eines frühen Morgens, als es noch dunkel war, heimlich an Bord eines Lastschiffs zu begeben, das ihn zu jener Fata Morgana namens Europa bringen sollte. Dort schlich er in einem Hafen an Land, der Le Havre hieß, und danach hat ihn niemand mehr gesehen. Aber Belina vergaß Lukas mit dem schmalen Gesicht und den schönen Augen nie.

Die Jahre vergingen, und Belina kehrte nur ein einziges Mal in ihr Heimatdorf zurück. Sie tauchte dort an einem Nachmittag Ende September auf, kurz bevor der lange Regen zu fallen begann, merkte aber sofort, daß der Neid und vielleicht auch die Angst sie einsam machten. Sie war eine Verlorene, obwohl alle Menschen verloren waren, nicht auf die gleiche Art, immer auf verschiedene Arten, aber trotzdem verloren. Sie besuchte das Haus, das am Rand des Dorfs stand, und wanderte dann den Pfad entlang, um niemals wiederzukehren. Niemand außer Deolinda, ihre Schwester, begleitete sie ein Stück auf dem Weg.

– Mach Schluß mit deinem Leben in der Stadt und komm zurück, sagte Deolinda zum Abschied.

– Was soll ich hier tun? Eine heimgekehrte Hure, von der niemand etwas wissen will.

– Das geht vorbei. Man vergißt.

Belina antwortete nicht. Sie schüttelte nur bitter den Kopf, gab Deolinda ein paar Scheine, sagte ihr, sie solle sich eine neue *capulana* kaufen, und dann war sie weg.

Die 211 Rosen lagen noch wie vergilbtes Papier in ihrem Zimmer, und Belina verließ die Bar am gleichen Tag, an dem der Twist aufhörte, als alles aufhörte, als die Freiheit kam und den schönen Frauen verbot, ihre Körper zu verkaufen.

Aber die Erinnerung an Belina, die schöne Hure, lebt, und sie trägt den Twist wie eine Boa um ihren langen Hals.

Als alles vorüber war und alles neu erstanden, aber trotzdem genauso, wie es immer gewesen war, kehrte sie nach Hause zu ihrem Mann und ihren Kindern zurück. Und der Mann wußte es, hatte es immer gewußt, die Kinder vielleicht nicht, aber ihre Augen sagten:

– Ich bin dir, meinem Mann, immer treu gewesen. Ich war fast nur mit weißen Männern zusammen. Ich habe dich als den Vater meiner Kinder nie verlassen.

Belina, Belina, der Twist ist jetzt verstummt, die Bar verschwunden, nichts ist geblieben. Nicht einmal die Erinnerung an deine Worte:

– Komm her, komm her, zu mir …

Jetzt lebst du allein in der Stadt, die Kinder sind ausgezogen, der Mann ist tot. Und du sitzt am Feuer in deinem *bairro*, und bist immer noch die schönste von all diesen Huren, die niemals ihren Schmerz gezeigt hat …

13.

Wer hatte ihm von dem Walfisch erzählt?

Pater Raul, der nicht erkannt hatte, daß ein richtiger Wahnsinn Ordnung und Regeln voraussetzt? Oder der ständig ängstliche Pater Emilio? Er konnte sich nicht erinnern. Aber trotzdem war es so, daß er seine Reise, tief da unten im Dunkel, als ein an Bord geschlichener Blinder Passagier erlebte, ganz unten am Kielschwein unter Schimmel und fauligem Wasser versteckt, wo das Meer jederzeit die rostigen Blechplatten zersplittern zu können schien. Es war der Bauch des Walfischs, in dem er dem entgegenreiste, wovon er geträumt hatte, dem neuen Leben, das es in dem verlokkenden, aber auch bedrohlichen Europa gab, dem neuen Leben, das jetzt so lange auf ihn gewartet hatte.

Lukas war während der ganzen Reise schreckensstarr gewesen, er hatte schwer unter der Seekrankheit gelitten und war in einem Sturmtraum herumgeschaukelt, in dem er meinte, immerzu das Meer angerufen und um Gnade gefleht zu haben, noch einen Augenblick, noch ein paar Stunden, da er noch so jung war und nicht sterben wollte. Und das Meer ließ ihn in Ruhe, blieb da draußen vor den rostigen Blechplatten, donnernd und dröhnend wie eine unruhige Viehherde. Wie lange die Reise gedauert hatte, wußte er nicht. Der kleine Proviant, den er hatte, reichte lange, denn die Seekrankheit nahm ihm alle Gedanken an Hunger und Nahrung. Und Wasser gab es in großen Eiswannen, die das Obst kühlten, das der eigentliche Passagier war, unterwegs zu einem ihm unbekannten Hafen in Europa. Als die

Reise endete, erkannte er, daß das Paradies, wenn er denn zu diesem unterwegs war, ein kaltes Paradies war. Langsam, Tag für Tag, während die Seekrankheit in schweren Wellen kam und ging und ihn innerlich zu zerreißen drohte, hatte er gemerkt, wie es langsam kühler wurde. Und als das Schiff schließlich unbeweglich dalag, als die schweren Ketten rasselnd den Anker in die Tiefe gezogen hatten, schlich er in diesem kalten Paradies an Land, in dem nur der Nebel und die blassen Straßenlaternen ihn empfingen.

Sein erster Gedanke war, sofort zum Schiff zurückzukehren. Sich noch einmal im Bauch des Wals zu verstecken und wieder heimzufahren. Es war ein schrecklicher Entschluß, den er fassen mußte, als er hinter hohen Stapeln von Holzkisten versteckt stand. Sollte er zurückkehren, oder sollte er trotz allem hier in diesem Europa bleiben, von dem er so lange und so treu geträumt hatte? Wo ein anderes Leben möglich sein würde.

Aber es war ihm nicht gleich gelungen, sich zu entscheiden. Und als ein paar Wächter mit Hunden sich genähert hatten, war der Entschluß von selbst gefallen. Er konnte nicht zurückkehren, da die Hunde und die Wächter sich zwischen ihm und dem Schiff befanden, und sie würden bald seine Witterung aufnehmen. Auf leisen Füßen, schaudernd im kalten Wind, war er ins Unbekannte hinaus verschwunden und bald von all dem Weißen verschluckt worden.

Als er jetzt aus dem Nebel wiederkehrte, waren bereits neun Jahre vergangen. All die Qualen, die er hatte erdulden müssen, all die Demütigungen und alle Selbstvorwürfe hatten tiefe Spuren in seiner Seele hinterlassen. Er hatte die ganze Zeit am äußersten aller Ränder gelebt, als wäre das Leben für die Schwarzen, die nach Europa gekommen waren, nur als Dasein in einem tiefen, schmutzigen Graben erlaubt. Er hatte die schlechtesten und stinkendsten Arbeiten angenommen, die ihm von verächtlichen Männern angeboten wurden, die weder nach Papier noch nach Namen fragten. Jemand hatte ihn »Du da, du Scheißkerl« genannt, andere hatten »Papa Schwarzbein« zu ihm gesagt oder: »Mach nicht so verdammt langsam.« Er hatte viele Namen gehabt, er hatte vor Wut gekocht, aber er hatte die Zähne zusammengebissen und überlebt, dieses Le Havre verlassen, eine Zeitlang lehmige Äcker in der Normandie gepflügt, außerhalb von einer Stadt, die Caën hieß, dann war er in Bordeaux in eine Gruppe von Einbrechern hineingezogen worden und mit knapper Not dem Gefängnis entkommen, um schließlich dort zu landen, wo alle schließlich landeten, in Paris.

Dort war plötzlich etwas geschehen. Er hatte die Sprache gelernt, auf Essen verzichtet, um sich ordentliche Kleidung leisten zu können, eine Frau aus Madagaskar kennengelernt, mit der er zusammengezogen war, und sogar eine feste Arbeit als niedrig entlohnter Zollassistent mit einer roten Borte an den Uniformhosen bekommen. Die Frau aus Madagaskar, die eine hellbraune Haut hatte und Laura hieß, wusch Arbeitskleidung an verschiedenen Baustellen in der Stadt. Sie hatte ihr Heimatland verlassen, als der Mann, für den sie arbeitete, versucht hatte, sie zu vergewaltigen. Vielleicht hatte er Dimain geheißen, aber sie wußte es nicht mehr, die Erinnerungen waren in ihrer allerinnersten Rumpelkammer verstaut.

Sie wohnten in einem Zimmer ganz oben in den nördlichen Vorstädten von Paris, einem Kellerzimmer mit tropfendem Dach und fleckigen Wänden. Aber sie hatten ein ordentliches Bett, fließendes kaltes Wasser im Haus, und sie sprachen nur selten von dem, was ihr gemeinsamer Traum war: einmal nach Afrika zurückzukehren, den Nebel, die boshaften Blicke, die Schimpfworte und die verächtlichen Kosenamen zu verlassen.

Jeder hatte an seinem Ort von Europa geträumt. Jetzt träumten sie sich zusammen wieder zurück, träumten, daß der Traum ungeschehen war, aber keiner von ihnen glaubte zuinnerst mehr daran, daß die umgekehrte Reise möglich wäre. Und jetzt würden sie ein Kind bekommen, hatte Laura ihm kurz vor dem Einschlafen zugeflüstert.

Lukas lag in dieser Nacht lange wach und lauschte ihren Atemzügen. Nachts war es immer leichter zu denken. Dann fühlte er sich zu Hause, konnte sich vorstellen, daß er auf einer Matte in der Hütte seines Vaters und seiner Mutter lag, umgeben von den anderen schlafenden Körpern. In all den Jahren, die er fort war, hatte er ihnen nie Briefe geschickt und auch keine bekommen. Auf der Straße war er nie auf einen Menschen aus seinem Land gestoßen. Aber er war einmal einem Vogel in einem der Parks der Stadt begegnet, und mit diesem Vogel hatte er ein heiliges Bündnis geschlossen. Sooft er konnte, hatte er den Vogel mit einer goldenen Münze fortfliegen und die Münze vor der Hütte seines Vaters fallen lassen. Aber jetzt, da Laura ihn zu einem wirklichen Menschen machen würde, indem sie sein Kind gebar, wollte er auch ihr ein Geschenk machen. Seine große Frage, als er jetzt nachts wach lag, war, wie er sich Geld beschaffen könnte. Sein Lohn war so niedrig, daß er ihm keine Extras erlaubte. Erst als schon der Morgen dämmerte, kam er darauf, was er tun wollte. Er würde ein Pfandhaus aufsuchen und dort das einzige Stück von Wert anbieten, das er zu beleihen hatte.

Das Pfandhaus lag in einem der niedrigen Gebäude in Belleville, an der Ecke Rue Lassus und Rue Palestine. Es war nicht immer dort gewesen, aber nur diejenigen, die richtig alt waren, wie die Witwe Roux, oder diejenigen, die lange in dem Viertel gewohnt hatten, konnten sich erinnern, daß das Pfandbüro sich einmal auf der anderen Seite der Straße befunden hatte, in dem Haus, das bis auf die Grundfesten niedergebrannt war. Es war in den Kriegsjahren gewesen, an einem späten Abend im November 1943. Die Ursache des Brandes wurde nie geklärt. Aber da er von einer Art Explosion verursacht wurde, war es entweder ein defekter Gasherd gewesen oder jemand aus der Widerstandsbewegung, der versucht hatte, eine Bombe zu basteln. Niemand wußte es, und die Polizei hatte es nie geschafft oder war nicht willens gewesen herauszufinden, was eigentlich die Ursache war. Der Pfandleiher, der Dessous hieß, hatte seinen Laden nicht wieder geöffnet. Obwohl er viele von den Pfändern, die bei dem Brand zerstört worden waren, hatte erstatten müssen, oft an Menschen, die nie daran gedacht oder nie die Möglichkeit gehabt hätten, sie einzulösen, hatte er genug auf die Seite gelegt gehabt, um sich zur Ruhe zu setzen. Er hatte seine lungenkranke Frau und die beiden Dackel mitgenommen und war in die Normandie gezogen. Jemand wußte zu berichten, daß er sich in Caën niedergelassen hatte und daß erst er selbst und dann seine Frau Mitte der 1950er Jahre gestorben waren.

Aber Dessous hatte sein Recht, eine Pfandleihe zu betreiben, weitergegeben. Eines Tages im Frühjahr 1956 übernahm Herr Dimitri einen stillgelegten Frisiersalon und ein daneben gelegenes Stoffgeschäft, das Konkurs gemacht hatte. Er ließ Wände herausschlagen, baute um, und eines Vormittags konnten die Nachbarn sehen, daß das Pfandleihschild, das den Brand vor fast fünfzehn Jahren bemerkenswerterweise überstanden hatte und seitdem auf dem Dachboden des Bäckers Henri verwahrt worden war, wieder angebracht wurde. Herr Dimitri war ein hagerer Mann in den Vierzigern. Er trug einen Mittelscheitel, obwohl das aus der Mode war, und kleidete sich mitten im Frühling in einen warmen Mantel. Er schien die ganze Zeit zu frieren. Wo er wohnte, wußte niemand. Jeden Morgen stieg er aus der Unterwelt auf. An welcher Metrostation er eingestiegen war, wußte niemand. Er war freundlich und grüßte alle Nachbarn, und er zahlte immer bar bei Germaine, wo er seinen Lunch und sein Abendessen einnahm. Abgesehen von seiner geduldigen Freundlichkeit hatte er etwas Ausweichendes. Es war, als befände er sich immer in einem gewissen Abstand, wie aufdringlich die Menschen auch werden mochten. Aber da er seinen Laden sauberhielt und Germaine ein großzügiges Trinkgeld gab, war er bald von allen Bewohnern des Viertels akzeptiert. Bald kam auch das Gerücht auf, daß er gern ein paar Francs extra drauflegte, wenn jemand aus dem Viertel eine Uhr oder ein halbes Dutzend Silberlöffel versetzte. Die Geschäfte schienen für Herrn Dimitri gut zu gehen. Sie waren jedoch nicht so umfassend, als daß er nicht alles allein erledigen konnte. Herr Dessous hatte seinerzeit mehrere Angestellte gehabt, Herr Dimitri aber machte nie einen Aushang an seinem Fenster, daß er Hilfe bräuchte. Er stieg weiterhin morgens aus der Unterwelt auf und verschwand in der Abenddämmerung, nachdem er den Rolladen heruntergelassen, sein Essen bei Germaine verzehrt und höflich auf Wiedersehen gesagt hatte.

Eines Tages am Anfang des Herbstes 1957 suchte ein schwarzer Mann Herrn Dimitri auf. Er war von La Villette her zu Fuß gekommen und war mehrmals auf dem Trottoir stehengeblieben, um sich umzusehen. Schließlich hatte er höflich, in sehr gutem Französisch Madame Lefabre, die vor ihrem Blumenladen saß und eine Schleife an einen

Begräbniskranz band, gefragt, wo die Pfandleihe lag. Sie hatte es ihm mit einer gewissen Reserviertheit erklärt, da sie sich an all die Geschichten erinnerte, die sie über schwarze Menschen gehört hatte, welche aus den fernen Kolonien gekommen waren und sich in Paris niedergelassen hatten. Der Mann hob den Hut und bedankte sich höflich. So höflich, daß Madame Lefabre sich fragte, ob die Geschichten, die sie gehört hatte, wirklich wahr sein konnten. Es kam ihr sehr selten vor, daß jemand vor ihr den Hut hob. Sie sah ihm nach, wie er vorsichtig die Straße überquerte. Er war jung, kaum älter als fünfundzwanzig. Obwohl er einen Hut trug, hatte sie bemerkt, daß seine Kleider einfach und abgetragen waren. Sie überlegte, während sie die weißen Seidenbänder verknotete, was der arme Kerl Wertvolles haben mochte, um es Herrn Dimitri als Pfand anzubieten.

Die Türglocke bimmelte. Herr Dimitri war gerade dabei, einige Uhren in einer Schublade zu verstauen. Er schaute auf. Da stand ein schwarzer Mann draußen vor dem Gitter. Herr Dimitri ging zu seiner Luke hin. Der Mann hatte den Hut gehoben.

– Sie wünschen? fragte Herr Dimitri.

– Ich würde gern einen Gegenstand verpfänden, antwortete der Mann höflich.

– Ich nehme keine Kleider, antwortete Herr Dimitri. Nur Wertgegenstände.

Der Mann lächelte.

– Ich glaube, das, was ich verpfänden will, muß als Wertgegenstand gelten.

Herr Dimitri warf einen Blick auf das Handgelenk des schwarzen Mannes. Aber da war keine Uhr. Und auch kein Armband.

– Was haben Sie zu bieten? fragte er.

– Ich möchte meine Seele verpfänden.

Herr Dimitri musterte ihn eingehend.

– Könnten Sie wiederholen, was Sie gesagt haben?

– Gern. Ich möchte meine Seele verpfänden.

Herr Dimitri nickte gedankenvoll. Viele eigentümliche Angebote hatte er während der zwei Jahre erhalten, die er sein Unternehmen nun betrieb. In seiner Hand hatte er die verschiedensten und traurigsten Gegenstände gehalten, von deren Wert ihn verzweifelte Menschen zu überzeugen versucht hatten. Aber jemand, der seine Seele verpfänden wollte, war ihm noch nie untergekommen.

– Ich beleihe keine Seelen, antwortete er. Es ist möglich, daß eine der großen Pfandleihen an der Place Pigalle oder unten an der Porte de Versailles das tun.

– Diese Pfandleihe gefällt mir am besten, sagte der Mann.

– Warum?

– Sie wissen, wie es ist. Man möchte das, was man gern hat, nicht irgend jemandem überlassen. Sie, Herr Dimitri, haben einen guten Ruf.

Der Mann hinter der Luke zuckte zusammen, als wäre er von einem Insekt gestochen oder von einem unsichtbaren Pfeil mit Eisenspitze getroffen worden.

– Wie kommt es, daß Sie meinen Namen kennen?

Der schwarze Mann lächelte.

– Ein Freund von mir hat es erzählt. Er sagte, Sie hätten lange in Algier gewohnt. Das bedeutet, daß sie in Ihrem Leben schon in Afrika gewesen sind. Dann sollten Sie auch verstehen, daß es ganz natürlich ist, daß ich meine Seele verpfänden will, da sie das Wertvollste ist, was ich besitze.

Herr Dimitri antwortete nicht. Das, was der Mann gesagt hatte, war richtig. Herr Dimitri hatte tatsächlich eine Anzahl von Jahren in Afrika verbracht. Dorthin war er gekommen, als verschiedene weniger geglückte Geschäfte ihn zu einem überstürzten Aufbruch gezwungen hatten. Er fuhr nach Algier, nachdem er in einer dunklen Bar in Mombasa, die einem ehemaligen französischen Legionär gehörte, einen Paß gekauft und seinen Namen in Dimitri geändert hatte. Aber im Jahr darauf hatte er auch Algier verlassen müssen. Schon früh, als die Nationalisten ihre Proteste gegen die französische Oberhoheit organisierten und die Bomben in den Straßencafés zu explodieren begannen, hatte er verstanden, daß der Krieg verloren war. Frankreich würde nie, wie viele Fallschirmtruppen auch eingesetzt würden, dem gewaltigen Drang nach Selbständigkeit widerstehen. Er hatte eilig sein Restaurant, sein Haus und das Segelboot verkauft, das er im Hafen von Algier liegen hatte. Da alles nicht ganz ordnungsgemäß zugegangen war, nicht zuletzt gegenüber den lästigen Steuereintreibern, verließ er das Land in aller Stille. Und er hatte niemandem erzählt, daß er eine Vergangenheit auf dem afrikanischen Kontinent hatte.

– Wer sind Sie? fragte er.

– Mein Name ist Lukas.

– Sie kommen nicht aus Algerien? Sie sind zu dunkel.

– Ich komme aus einem Land, das auf der anderen Seite liegt, die große Terrasse zum Indischen Ozean.

Herr Dimitri überlegte.

– Wieviel haben Sie gedacht, daß ihre Seele wert ist?

– Genug, um meiner Frau Laura ein Geschenk zu machen.

Wieder zuckte Herr Dimitri zusammen, als wäre er von etwas getroffen worden.

– Ihrer Frau Laura?

– Sie wird unser Kind gebären. Ich möchte ihr ein Geschenk machen.

Herr Dimitri nickte langsam.

– Kommen Sie morgen wieder, sagte er dann. Bis dahin werde ich die Sache überschlafen.

– Ich beabsichtige natürlich, meine Seele so schnell wie möglich wieder einzulösen, sagte Lukas.

– Nach drei Monaten verfallen meine Pfänder zum erstenmal.

– Dann werde ich das Geld zurückzahlen, sagte Lukas.

Herr Dimitri zog das Gitter vor der Luke herunter.

– Kommen Sie morgen wieder, dann werde ich Ihnen Bescheid geben.

Am folgenden Tag, beim gleichen Glockenschlag, der mitten in Lukas' Mittagspause fiel, kam er zu Herrn Dimitri zurück.

– Ich habe es mir überlegt, sagte er. Vielleicht könnte ich tatsächlich eine Summe gegen das Pfand Ihrer Seele verleihen. Aber es hängt natürlich davon ab, über wieviel wir reden.

– 500 Franc.

– Ich hatte höchstens an 200 Franc gedacht.

– Wir sprechen von der Seele eines Menschen, wandte Lukas erstaunt ein.

– Ich gebe sehr selten mehr als 250 als Anleihe auf eine gute Uhr. Eine Uhr tickt, wenn man sie ans Ohr hält. Die Kette und das Gehäuse können aus Gold sein. Aber was ist eigentlich Ihre Seele? Aus welchem Material besteht sie? Ich kann nicht über 200 Franc gehen.

Lukas wurde von einem plötzlichen Gefühl der Trauer befallen. Nie hätte er sich vorstellen können, daß seine Seele nicht mehr als 200 Franc wert sein sollte.

– Denken Sie über die Sache nach, sagte Herr Dimitri. Und kommen Sie zurück, wenn Sie sich entschieden haben.

Am dritten Tag, wieder beim gleichen Glockenschlag,

betrat Lukas das Geschäft. Er mußte warten, da ein alter Mann, ein pensionierter Oberst, gerade dabei war, zu diskutieren, wieviel er für ein paar alte Säbel bekommen konnte. Dann war er an der Reihe.

– Ich habe nachgedacht, sagte Lukas. Meine Seele ist bedeutend mehr als 200 Franc wert. Mindestens 300. Aber da ich das Geld brauche, um ein Geschenk für Laura zu kaufen, habe ich mich entschlossen, auf Ihr Angebot einzugehen.

– Ich bin nicht überrascht.

Herr Dimitri zählte die Scheine hin, und Lukas unterschrieb die Pfandquittung.

– Normalerweise inspiziere ich den Gegenstand, den ich beleihe, sagte Herr Dimitri. Mit Ihrer Seele scheint mir das jedoch ziemlich schwierig.

– Ich kann Ihnen meine Geschichte erzählen, sagte Lukas. Wie ich im Bauch des Walfischs reiste und ins Paradies kam, wo es sehr kalt war.

– Ich werde bald schließen, um meinen Lunch zu essen, sagte Herr Dimitri. Es reicht, wenn ich Antwort auf ein paar Fragen bekomme.

– Wenn ich es kann, werde ich antworten. Wenn ich es nicht kann, verspreche ich, mich zeit meines Lebens an die Frage zu erinnern.

– Sind Sie eine ehrliche Seele?

– Ich bin es nicht immer gewesen. Eine schwierige und kurze Periode meines Lebens habe ich bei Banditen in Bordeaux verbracht. Aber ich habe niemals jemanden getötet. Nur einigen Menschen leichtere Wunden mit einem Messer zugefügt. Oder sie so stark erschreckt, daß ihr Schlaf für eine Weile gestört war.

– Was geschieht, wenn Sie nicht zahlen können, ehe das Pfand verfällt?

– Das wird nicht geschehen.

– Aber wenn?

– Dann kann ich natürlich nicht weiterleben. Aber da ich an meinem Arbeitsplatz eine Versicherung abgeschlossen habe, die bei meinem Tod fällig wird, kann meine Frau sie dann bei der Auktion ersteigern.

Herr Dimitri lächelte.

– Sie haben wirklich an alles gedacht, sagte er und schob das Geld über den Tisch. Darf ich Sie fragen, was Sie Ihrer Frau zu kaufen gedenken?

– Eine Trommel.

– Warum das?

– Weil ich glaube, daß ihr das fehlt. Weil sie so weit von dem Land entfernt ist, in dem sie geboren wurde.

– Und welches Land war das?

– Madagaskar.

Lukas steckte das Geld in die Tasche, hob den Hut und verließ den Laden. Herr Dimitri blieb hinter der Luke stehen. In der Hand hatte er die Quittung der verpfändeten Seele. Das Papier begann plötzlich in seinen Händen zu glühen. Und er lächelte.

Im selben Moment öffnete sich die Tür zur Straße. Ein Mann in mittleren Jahren, der gerade Konkurs gemacht hatte, trat ein, um einen antiken Kompaß zu verpfänden. Er blieb abrupt stehen und starrte auf Herrn Dimitri hinter der Luke. Was er sah, war ein brennendes Gesicht. Er machte rasch kehrt und rannte hinaus. Frau Lefabre, die vor ihrem Laden saß und wie üblich Schleifen an ihre Kränze knotete, fragte sich, was geschehen war.

Sie betrachtete den Mann, der krampfhaft den Kompaß unter dem Arm hielt und sich jetzt an die Hauswand lehnte.

– Was ist passiert, rief sie.

Doch der Mann antwortete nicht. Und als er ging, hatte

Frau Lefabre das Gefühl, der Mann, der jetzt die Straße hinunter verschwand, habe gerade den Tod oder vielleicht den Teufel gesehen.

Herr Dimitri stand in dem Laden und schaute auf die verkohlte Quittung, die er in der Hand hielt. Jetzt hatte er drei Monate Zeit bis zum Verfallsdatum. Es gab kein Zögern bezüglich dessen, was er tun würde.

Am folgenden Tag hängte Herr Dimitri einen Anschlag aus, daß der Laden in den nächsten Wochen geschlossen sein würde. Als Grund gab er an, daß er in die Ferien fahren wolle. Aber er hieß alle alten wie auch neuen Kunden nach seiner Rückkehr im voraus willkommen. Wer Pfänder hatte, die während seiner Abwesenheit verfielen, müsse sich keine Sorgen machen. Sie waren ab jetzt verlängert, bis Herr Dimitri wiederkam.

Nachdem er seinen Aushang angebracht hatte, aß er Lunch bei Germaine und verschwand dann in die Unterwelt. Germaine, die schon das Gerücht gehört hatte, fragte, wohin Herr Dimitri denn in die Ferien fahren wollte. Aber er lächelte nur und sagte, das habe er noch nicht entschieden.

In den beiden folgenden Wochen verließ er Paris nicht. Während Lukas seine gesamte freie Zeit damit verbrachte, auf Flohmärkten, in Kramläden und Jazzklubs nach genau der Trommel zu suchen, die er Laura schenken wollte, schlich sich Herr Dimitri bei den Leuten ein, die Lukas eine feste Anstellung gegeben hatten. Er streute Gerüchte über Lukas aus, daß er eigentlich anders heiße und in mehreren Ländern wegen verschiedener Gewaltverbrechen gesucht werde. Er fragte, ob jemand wisse, aus welchem Land Lukas eigentlich käme, wer von einem Land gehört hätte, das »Die Terrasse zum Indischen Ozean« hieße? Und wer hatte seinen Paß gesehen? War es nicht so, daß Paris sich mit illegalen Emigranten füllte, die ihre Dokumente von Gott weiß woher hatten? Lukas merkte nichts von dem, was vorging, aber Herr Dimitri wußte, was er wollte, und schließlich hatte er Erfolg. Nach genau zwei Wochen machte Herr Dimitri seine Pfandleihe wieder auf. Germaine hatte er ausführlich von den wunderbaren Tagen an der Riviera erzählt.

Am selben Tag, an dem er seinen Laden aufmachte, wurde Lukas plötzlich zu seinem Chef, Monsieur Simon, gerufen.

Monsieur Simon schwitzte stark, obwohl es im Zimmer nicht besonders warm war.

– Ich mag dich gern, Lukas, begann er und wischte sich unaufhörlich das Gesicht ab, als wollte er versuchen, seine Gesichtszüge auszulöschen. Ich mag dich gern, alle mögen dich.

– Dafür danke ich, antwortete Lukas, den es für einen kurzen Moment beunruhigt hatte, als er den Bescheid bekam, sich sofort zu Monsieur Simon zu begeben, da dieser gewöhnlich sein Personal nur kommen ließ, wenn er Rügen austeilen wollte.

– Aber ich kann dich trotzdem nicht behalten.

Lukas hatte ein Gefühl, als würde er wieder in den Bauch des Walfischs verwiesen.

– Warum nicht?

– Du machst deine Arbeit gut, das ist es nicht.

– Was ist es dann?

– Es geht nicht.

– Aber warum geht es nicht? Weil ich schwarz bin?

– Das ist es überhaupt nicht. Es geht einfach nicht. Ich habe Befehl von oben bekommen.

– Von wem? Und warum?

– Aus Gründen, die nicht genannt werden können.

Monsieur Simon schob ein Kuvert über den Tisch.

– Ich kann nichts machen. Aber ich habe dafür gesorgt, daß du deinen Lohn für zwei Monate bekommst.

– Aber warum muß ich gehen?

– Ich lasse dich auch deine Uniform zur Erinnerung behalten. Obwohl es gegen die Regeln ist.

Lukas wußte, daß das, was er jetzt hörte, unumstößlich war. Er wußte auch, daß es sich für ihn nicht lohnen würde zu protestieren. Er war ein schwarzer Mann in dem europäischen Paradies, und als solcher zählte er eigentlich nicht, obwohl es ihm besser ergangen war als vielen seiner Brüder und Schwestern. Jetzt sah er ein, daß das nur ein Zufall gewesen war. Er nahm das Kuvert entgegen, sagte höflich Lebewohl und verließ seinen Arbeitsplatz, unbemerkt, ohne sich von jemandem zu verabschieden.

In der Zeit, die ihm bis zum Verfallsdatum bei Herrn Dimitri blieb, versuchte er, sich auf jede nur mögliche Art eine neue Arbeit zu verschaffen. Jeden Morgen trennten er und Laura sich an der Metro, sie, um zu einer fernen Baustelle zu fahren, wo sie die Arbeitskleidung wusch, und er zu der Arbeit, die es nicht mehr gab. Er hatte sich entschlossen, ihr nichts davon zu sagen, um sie nicht zu beunruhigen. Das hatte er schon als Kind von seiner Mutter gelernt, daß eine schwangere Frau die Unruhe, die sie verspürte, in den Kopf ihres ungeborenen Kindes hineinlassen konnte. Dann würde ein unglücklicher oder zumindest unruhiger Mensch auf die Welt kommen. Aber wohin er sich auch wandte, es gab keine Arbeit für ihn. Es war, als sei er plötzlich von bösen Geistern umgeben, die unruhig um ihn herumschwirrten und diejenigen erschreckten, bei denen er Arbeit suchte.

Es gab nichts für ihn. Nirgends.

An dem Tag, an dem sein Pfand verfiel, zog er seine besten Sachen an, setzte seinen Hut auf und ging zu Herrn Dimitri.

– Ich habe meine Arbeit verloren, sagte er. Ich brauche eine Frist, um mein Pfand einzulösen.

Herr Dimitri schüttelte den Kopf und lächelte bedauernd.

– Keine Frist, sagte er. In weiteren drei Monaten geht das Pfand zur Auktion.

– Niemand will die Seele eines schwarzen Mannes kaufen.

– Vielleicht gibt es doch jemanden, der interessiert ist. Man kann nie wissen.

Weitere drei Monate versuchte Lukas vergeblich, Arbeit zu finden. Das Geld begann auszugehen, und er konnte nicht einmal mehr den Vogel mit einer Goldmünze schikken, der ihn treu in dem großen Park erwartete. Das Kind in Lauras Bauch wuchs, und in seinen unruhigen Träumen versuchte Lukas, Hilfe und Rat von Samima zu bekommen. Aber sie hörte ihn nicht. Laura begann zu verstehen, daß nichts war, wie es sein sollte. Aber wenn sie ihre Hand auf seine Stirn legte und ihn direkt fragte, antwortete er nur ausweichend.

– Du hast abgenommen, sagte sie prüfend. Etwas fehlt in deinem Körper.

An dem Tag, an dem das Pfand verfiel, ging Lukas zum letztenmal zur Pfandleihe. Vor der Luke fiel er auf die Knie und bat um eine weitere Verlängerung.

– Tut mir leid, erwiderte Herr Dimitri. Sie dürfen es nicht persönlich nehmen. Es ist ein reines Geschäft.

Am selben Abend riß Lukas ein Stück von dem Eisengitter ab, auf dem die Obdachlosen nachts zu schlafen pflegten. Er band es sich mit seinem Gürtel um den Hals und sprang dann von einer Brücke in die Seine. Das letzte, was er dachte, war, daß Samima sich irgendwo dort in dem trüben Wasser befand und ihn empfangen würde, auf die gleiche Art, wie sie alle erwartete, die unterwegs waren. Er dachte auch, daß sie ihm sicher verzeihen und ihm helfen würde, Laura im Traum zu erklären, was geschehen war.

Laura bekam die Versicherungssumme ausbezahlt und las den Brief, den Lukas hinterlassen hatte. An dem Tag, an dem die Pfänder versteigert werden sollten, ging sie hin, um seine Seele zu ersteigern. Aber als sie sah, wer der Verkäufer war, daß es der Mann war, der einmal versucht hatte, sie zu vergewaltigen, wurde ihr klar, Lukas hatte seine Seele beim Teufel verpfändet. Sie lief schreiend davon, ihre Haare begannen zu brennen, und so rannte sie durch die Straßen.

Kaum war sie zu ihrer Tür hineingekommen, gebar sie einen Sohn, den sie Lukas taufte. Danach saß sie die ganze Nacht allein an ihrer Trommel, und irgendwo, weit weg, in der Tiefe ihres Gedächtnisses erinnerte sie sich an etwas, was ihr Vater gesagt hatte. Das einzige, was den Teufel dazu bringen konnte, eine schwarze Seele aus seinem Griff zu lassen, war, einen alten bösartigen Schmied namens Zeca zu bitten, einen eisernen Pfeil zu schmieden, vor dem auch der Teufel weichen mußte.

14.

Zeca liebte es, einfach dazusitzen und die Frauen in der Morgendämmerung kommen zu sehen. Dann konnte er von Samima träumen, träumen, daß er nicht mehr den verdammten Klumpfuß hätte. Dann war es, als sei die Dämmerung selbst ein Traum, und die Frauen wären auf dem Weg zu ihm, nicht zum Markt, und die Bürden auf ihren Köpfen wären nicht Waren, die verkauft werden sollten, sondern Opfergaben, die sich vor seinen Füßen ansammeln würden, König Zecas Füßen, von denen nur der eine normal war und der andere verdreht wie eine abgehauene Wurzel.

Manchmal hatte er gedacht, es wäre besser gewesen, wenn er mit einer Wurzel geboren worden wäre, und nicht mit diesem Fuß, der doch von keinerlei Nutzen war, nur diese ewige Erinnerung an eine unsichtbare Schuld, die seine Mutter oder sein Vater auf ihn übertragen hatte. Wäre er mit einem Fuß und einer Wurzel geboren, hätte er die Wurzel abhauen können, ohne daß das Blut zu spritzen begonnen hätte. Oder er hätte ein Stück von sich selbst in die Erde pflanzen können und wäre ein Mensch geworden, der sich langsam in einen Baum verwandelte.

Einmal hatte er mit seinem Cousin Ndolozy über seine Gedanken gesprochen. Und Ndolozy, der nur zum Teil verrückt war und sein Leben damit verbrachte, eigentümliche Figuren aus Holz zu schnitzen, hatte gesagt, daß er, wenn der Baum groß genug geworden wäre, den Teil von Zeca, der ein Baum war, in eine Skulptur verwandeln würde.

– Ich hoffe, du schneidest mich als Frau heraus, hatte

Zeca gesagt. Frauen sind selten für Männer, die eine Wurzel dort haben, wo ein Fuß sein sollte.

Ndolozy, der überaus neugierig war, konnte nicht umhin, eine unverschämte Frage zu stellen.

– Aber da oben. Zwischen den Beinen? Ist da auch eine Wurzel?

– Da ist alles, wie es sein soll, hatte er geantwortet.

Dann hatte Zeca einen Hammer nach ihm geworfen, ohne zu treffen. Danach waren viele Monate vergangen, ohne daß sie wieder miteinander geredet hätten.

Zeca hatte sich der Wirklichkeit gebeugt, die ihm einen Klumpfuß gegeben hatte. Sein Vater, der ältere Zeca, hatte die ganze Zeit darauf bestanden, daß er aufhören müßte zu träumen und statt dessen zusehen, einen ordentlichen Beruf zu erlernen. Da er starke Arme hatte und es mehrere Schmiede in der Verwandtschaft gab, hatte Zeca schon als Siebenjähriger angefangen, sich zur Schmiede seines Onkel zu schleppen, wo er dessen Beruf erlernt hatte. Wie man das Metall wärmte und glühte, formte und schliff. Jedesmal, wenn er dastand und auf das glühende Eisen schlug, tat er es mit der gleichen Raserei. Es war sein Klumpfuß, der da auf dem Amboß lag, es waren die mißgestalteten Zehen, die glühten, und er schlug darauf, um sie zu strafen, sie zu töten, sie leiden zu sehen, auf die gleiche Art, wie er selbst leiden mußte. Zecas Onkel, Paulito, der »der Kleine« genannt wurde, da er über zwei Meter groß war, hatte verstanden, daß es nicht das Eisen war, auf das Zeca einschlug. Deshalb war er auch eines Abends, als die anderen Schmiede nach Hause gegangen waren, dageblieben, hatte wieder Feuer in der Esse gemacht und ihn das alte Geheimnis gelehrt, wie man einen Pfeil schmiedete, der den Teufel selbst zu töten vermochte ...

Das war jetzt schon lange her. Paulito war an einem

plötzlichen Fieber gestorben, die anderen Schmiede waren verschwunden, der eine in den Eisenerzgruben eines fremden Landes, der andere war einem verrückten Propheten gefolgt, der eines Tages im Dorf aufgetaucht war, und seither hatte man nichts mehr von ihm gehört. Zurück blieben nur Zeca und die schweren Hämmer. Er hatte die Schmiede nach außerhalb vor das Dorf verlegt und sie genau dort wieder aufgebaut, wo sich der Weg zur Stadt und dem Markt vorbeizog.

Seine entfernte Verwandte Belina, die ein anstößiges Leben in der Stadt führte, hatte ihm dabei geholfen, ab und zu eine Frau zu treffen, der sein zerstörter Fuß egal war. Sie kam ein paarmal im Monat, und wenn sie selbst keine Zeit hatte, schickte sie eine ihrer Freundinnen. Zeca hatte es sich zur Gewohnheit gemacht, immer zu wissen, welcher Preis in der Stadt aktuell war, um von einer Frau einen »kompletten Service« zu bekommen. Und er bezahlte immer mehr, nicht viel, aber ein bißchen, um zu betonen, daß er wirklich nicht geizig war, obwohl er einen mißgestalteten Fuß hatte.

Damit er nicht ganz allein in seinem kleinen Haus hinter der Schmiede wohnte, schickten ihm seine Brüder und Schwestern einige von ihren Kindern, um ihm mit der Wäsche und beim Kochen zu helfen. Zeca fehlte es auch nicht an Kunden, da er ein geschickter Schmied war. Er konnte die kompliziertesten Brüche an einer Hacke reparieren, er wußte, wie man einen neuen Lauf für ein altes Gewehr schmiedete. Er beherrschte auch die schwierige Kunst, Schlüssel und Schlösser herzustellen, und oft besuchten ihn die indischen Händler, geplagt von der ständigen Sorge, ihre zusammengetragenen Reichtümer könnten von maskierten Männern weggetragen werden, die im Schutz der Dunkelheit in ihre Häuser einbrächen.

Zeca hatte sich also sein Leben auf eine Weise eingerichtet, über die er sich nicht beklagen konnte. Er haßte nur seinen Fuß und schrie ihn jeden Morgen und jeden Abend an. Manchmal, wenn er betrunken war, pinkelte er auf ihn und hielt ihn nahe ans Feuer, mit der Drohung, ihn zu vernichten.

– Du wirst in der Hölle landen, schrie er.

Der Fuß hatte keinen Mund und keine Antwort. Wie eine geduldige, unterdrückte Ehefrau war er immer da und litt in unendlicher Einsamkeit und Stille.

Am liebsten aber saß Zeca auf seiner kleinen Bank, die er selbst zusammengeschreinert hatte, und sah die Frauen in der Morgendämmerung kommen.

Es war, als träten sie direkt aus der Sonne.
Die rote Erde wirbelte um ihre Beine.

Und Zeca träumte manchmal, daß er die Fähigkeit hätte, über das zu schreiben, was er sah, daß er mit Worten das gleiche tun könnte, was Ndolozy mit seinen Holzstümpfen machte.

Es war, als träten sie direkt aus der Sonne.
Die rote Erde wirbelte um ihre Beine.

Und ihre Bürden.
Als trügen sie Berge auf ihren Köpfen.
Dreißig Kilo auf einem einzigen Kopf, manchmal mehr.
Eine halbe Meile zu gehen,
ein Kind auf dem Rücken, ein zweites im Bauch.
Die Bürde auf dem Kopf.
Die Bürde im Kopf.

Jeden Morgen formulierte Zeca seine ungeschriebenen Verse im Kopf. Jeden Morgen entschied er, welchem ihrer Körperteile er in seinem Inneren Huldigungslieder dichten wollte, wobei ihm sehr selten daran lag, den Füßen der Frauen zu huldigen.

Genau an diesem Morgen, als eine fremde Frau zu einem unerwarteten Besuch kommen sollte, betrachtete er die Köpfe der Frauen.

In der Nacht hatte es geregnet. Die Dämmerung war frisch und windstill. Die rote Erde hatte schon zu trocknen begonnen und verwandelte sich in tanzende Wolken. Zeca dichtete und träumte.

Die Bürde auf deinem Kopf.
Die Bürde in deinem Kopf.
Afrikanische Frau, ich habe Hochachtung vor deinem Kopf,
auf dem du deine Bürden trägst.
Ich habe Hochachtung vor deinem Inneren, in dem
all die Unruhe ist, die man von außen nicht sieht.
Als kämst du aus der Sonne,
als wärst du auferstanden und von den Farben erschaffen,
welche die Nacht verbirgt.
In langen Karawanen,
mit schön gefärbten Stoffen und
einem unbegreiflich freimütigen Lächeln,
das sagt: Das Leben ist nicht einmal für uns unmöglich.
Wir, die Ärmsten der Armen,
die diesen Kontinent auf unseren Köpfen tragen,
in unseren Köpfen,
in unseren Bäuchen.

Und eure Bürden.
Ohne euch würde nichts wachsen,
ohne euch wäre das Leben nicht nur unmöglich,
sondern auch unbegreiflich.

Ihr kommt aus der Morgendämmerung
auf dem Weg zum Markt.
Und eure Bürden enthalten alles:
Salz, Fisch,
Salat, Tomaten,
Haarnadeln, Kämme,
Zwiebeln, Gewürze,
Stoffstücke, Kinderkleider, Plastikschuhe, Freude.
Der Markt ist der Duft einer Frau,
der Duft von Kindern,
von all diesen Gewürzen, geheimnisvoll, verlockend,
erschreckend, bedrohlich,
bitter, süß,
starke, schwindelerregende, unfaßliche Düfte.

Und der Markt,
zu dem ihr sie bringt,
dieses Meer von Farben und Bewegung,
von Gestank und Wollust,
der Markt macht die Nahrung schön.

Du trägst den Tag
direkt aus der Sonne,
direkt aus der Nacht,
um die afrikanische Stadt
noch einen Tag zu ernähren.

Wann kommst du nach Hause,
wann schläfst du?

Die Verse in Zecas Kopf gingen zur Neige. Er dachte, die Frauen befänden sich näher bei Gott als die Männer, ob sie nun mißgebildete Füße hatten oder nicht. Bestimmt standen die Frauen Gott näher, da immerhin sie es sind, die uns gebären.

Er wollte gerade seine Bank verlassen und sich in die Schmiede begeben, als er entdeckte, daß noch eine weitere Frau auf dem Weg aus der Sonne war. Er kniff die Augen zusammen und sah, daß sie anders gekleidet war. Außerdem trug sie keine Bürde auf dem Kopf. Als sie bei der Bank angekommen war, konnte er sehen, daß ihre Haut viel heller war. Aber sie war nicht indisch. Sie war genauso schwarz wie Zeca selbst, nur auf eine andere Art.

– Bist du Zeca? fragte sie.

Zeca verstand ihre Sprache nicht richtig. Aber da er gleich dachte, daß sie eine schöne Frau war, und sich geschmeichelt fühlte, weil sie gerade bei ihm stehengeblieben war, entschloß er sich, trotzdem zu verstehen, was sie sagte.

– Ich bin Zeca, antwortete er.

– Und du bist Schmied?

Es klang, als würde sie singen, wenn sie sprach. Zeca verliebte sich sofort in sie. Verliebte sich so stark, daß er vergaß, den Klumpfuß unter sich zu ziehen, um ihn zu verbergen.

– Vielleicht bin ich Schmied. Aber was bist du? Hast du einen Namen?

– Ich heiße Laura.

Zeca runzelte die Stirn. Laura war ein fremder Name. Er hatte ihn noch nie gehört.

– Woher kommst du? Und warum trägst du keine Bürde auf dem Kopf?

– Ich trage sie in mir.

Zeca nickte. Über Bürden, die man in sich trug, wußte er alles Wissenswerte.

– Warum willst du mich treffen? Wo ist dein Mann?

– Er ist tot. Deshalb bin ich hergekommen.

– Ich bin Schmied. Aber selbst wenn ich einem Toten eine glühende Zange in den Hintern schiebe, kann ich ihn nicht wieder zum Leben erwecken.

Zeca zeigte auf die Bastmatte, die vor der Bank lag. Sie setzte sich. Zeca war jetzt neugierig geworden. Eine fremde Frau, die in der frühen Dämmerung aus der Sonne gewandert kam und außerdem von ihrem toten Mann zu sprechen begann, war ziemlich außergewöhnlich.

– Ich habe gehört, daß du der Schmied bist, der einen Pfeil herstellen kann, der den Teufel tötet.

– Ob er ihn tötet, weiß ich nicht. Aber er schlägt ihn in die Flucht. Obwohl ich es nie ausprobiert habe, um ehrlich zu sein.

– Ich bin gekommen, um dich zu bitten, einen solchen Pfeil für mich zu machen.

Zeca war jetzt ernsthaft interessiert. Für gewöhnlich hätte er nun seinen Morgen damit verbracht, kaputte Türbeschläge zu reparieren oder Schlüssel nach den komplizierten Wünschen eines indischen Händlers anzufertigen. Aber jetzt war eine fremde Frau gekommen und hatte ihn um einen Pfeil gebeten, der auf keinen Geringeren als den Teufel gerichtet werden sollte.

– Mit dem Teufel muß man vorsichtig sein, sagte er mit leiser Stimme. Man kann nie wissen, ob er sich nicht in der Nähe befindet.

Zwei alte zankende Männer gingen gerade auf dem Weg

vorbei. Zeca fragte sich nachdenklich, ob es zwei vom Teufel ausgesandte Späher sein könnten. Aber er kannte die Alten. Sie würden bald auf demselben Weg zurückkommen, und dann wären sie betrunken. Außerdem hätten sie sich nie dazu herabgelassen, eine Anstellung anzunehmen, weder beim Teufel noch bei sonstwem.

Die Sonne war über den Horizont gestiegen. In der Ferne konnte Zeca die Frauen sehen, die den Boden hackten, so daß die Schollen hochwirbelten.

– Mit dem Teufel soll man vorsichtig sein, wiederholte er. Warum willst du ihn in die Flucht schlagen?

Laura erzählte ihre Geschichte in einer Sprache, die Zeca eigentlich nicht verstand. Als ihm klar wurde, daß die Frau, die vor ihm saß, mit Lukas, seinem eigenen Verwandten, verheiratet gewesen war, verstand er endlich, warum sie gerade zu ihm gekommen war.

Nachdem sie verstummt war, saß Zeca lange nachdenklich da.

– Deine Geschichte ist eigentümlich, sagte er. Viele Menschen sind hier vorbeigekommen und haben die merkwürdigsten Sachen erzählt. Viele waren erlogen, andere nur teilweise wahr. Aber dies ist wirklich geschehen, soviel verstehe ich.

– Ja, genau so, wie ich es dir erzählt habe.

– Wo ist dein Sohn?

– Er ist noch in dem Land, das ich gerade verlassen habe.

Zeca verfiel wieder in sein Schweigen. Er erinnerte sich genau an das, was Paulito erzählt hatte und wie er gelernt hatte, den Pfeil anzufertigen, den man nur ein einziges Mal verwenden konnte, und zwar gegen den Teufel. Aber er hätte nie gedacht, daß jemand eines Tages kommen und ihn bitten würde, diesen anzufertigen.

– Du wirst Lukas' Seele doch nicht zurückbekommen, sagte er.

– Er spricht nachts zu mir. Er sagt, Samima habe ihm verziehen.

– Da hat er Glück gehabt, antwortete Zeca. Es ist nicht immer leicht mit Samima.

– Kannst du den Pfeil herstellen?

– Quengel nicht, sagte Zeca irritiert. Das ist ein schwerer und wichtiger Entschluß, der langes Nachdenken erfordert.

– Ich kann warten.

– Erst mußt du ins Dorf gehen und erzählen, daß Lukas tot ist. Das wird große Trauer auslösen. Außerdem wird sein Vater sehr weinen, weil jetzt kein Vogel mehr auftauchen wird, der Goldmünzen vor seiner Tür fallen läßt. Unter vielem anderem bedeutet das, daß er seine Trinkgewohnheiten ändern muß.

Laura stand auf und machte sich auf den Weg ins Dorf. Zeca blieb noch eine Weile sitzen und schleppte sich dann mit seiner Krücke zur Schmiede.

Einen Monat lang kam Laura jeden Morgen zu der Bank, auf der Zeca saß und die Frauen anschaute, die im Sonnendunst zur Stadt und zum Markt liefen. Jeden Morgen gab er ihr die gleiche Antwort, er habe sich noch nicht entschieden.

– Die richtige Kraft muß sich einfinden, sagte er. Das hat sie noch nicht getan.

– Ich habe Zeit zu warten, sagte sie.

Schließlich, und da waren fast fünfzig Tage vergangen, seit Laura zum erstenmal zu seiner Bank gekommen war, fühlte Zeca sich bereit, die schwere Aufgabe zu übernehmen. Er hatte schon ein Eisen gefunden, das besonders gut war. Es stammte vom Einschmelzen einer alten Kanone, welche die koloniale Kriegsmacht einst hinterlassen hatte. Jetzt war seine Zeit gekommen. Eines Abends, als er in der Schmiede allein mit dem Jungen war, der den Blasebalg für die Esse trat, fertigte er den Pfeil an. Die ganze Zeit murmelte er die Beschwörungen, die Paulito ihn gelehrt hatte. Mit dem Teufel konnte man weder Feind noch Freund sein, der Teufel war etwas, das sich in einem selbst befand, und gleichzeitig außerhalb.

Am folgenden Tag, in der Morgendämmerung, gab er ihr die Pfeilspitze.

– Ich will dich für deine Arbeit bezahlen, sagte sie.

Zeca schüttelte traurig den Kopf.

– Das, was ich mir wünsche, kannst du mir doch nicht geben.

– Was ist es?

– Frag nicht so dumm. Du weißt, wie ich aussehe. Natürlich wünsche ich mir einen anderen Fuß.

Sie nahmen Abschied voneinander.

– Benutze das schwarze Holz, das hart wie Eisen ist, wenn du den Pfeil fertigstellst, mahnte Zeca. Und ziele ordentlich. Du hast nur einen Versuch.

– Ich verspreche es.

Dann war sie weg. Zeca saß da auf seiner Bank und sah sie im Dunst verschwinden, eine Gestalt ohne Bürde auf dem Kopf, die sich langsam in dem starken Licht auflöste und dann wie die Fata Morgana verschwand, die sie vielleicht auch war.

15.

Felisberto war an seinem Feuer eingeschlafen.

Plötzlich zuckte er zusammen.

– Ist hier kürzlich jemand vorbeikommen?

– Nur dein Sohn Roberto.

Er murmelte wütend seine Antwort:

– Ich hoffe, du glaubst nicht alles, was er über mich erzählt hat. Er erzählt schön. Aber er lügt.

– Er war sehr überzeugend.

– Ist niemand vorbeigekommen? Kein Schmied?

– Hier war niemand.

Felisberto murmelte etwas Unverständliches und rückte näher ans Feuer, da er zu frieren schien. Als es plötzlich aufflammte, wie wenn eine unsichtbare Hand mehr Brennholz daraufgelegt hätte, sah ich etwas, das ich bisher noch nicht entdeckt hatte.

Der alte Mann trug eine eigenartige Narbe an der Schulter. Eine Tätowierung, die nicht behutsam mit einem Messer in die Haut geritzt und mit den Farben von Wurzeln bestrichen worden war, die nach Träumen dufteten, sondern von innen gekommen war.

Er sah, daß ich sie sah, obwohl er blind war.

– Das Sehen ist Duft und Geist, sagte er. Nicht immer Landschaft oder Bilder. Blut, das in unseren Adern fließt, ist unser Leben und unsere Erinnerung. Die Erde, die wir in uns tragen, die Landschaft, die gesehen hat, wie wir geboren wurden und die uns auch einmal sterben sehen wird. Alles ist von Anfang an da. Wir leben, um das Leben anzulocken, auf die gleiche Art, wie die Tätowierung an der Schulter langsam aus meinem Inneren hervorgekrochen ist und nicht mit dem Messer eingeritzt wurde. Ich kann meine Haut betasten und denken: Wie unendlich kurz ist das Leben. Und der Tod kommt, wann er kommt. Aber was ist es eigentlich, das man fürchtet? Nicht, daß man sterben wird. Sondern, daß man so lange tot sein wird.

Er sagte:

– Ich habe einen Freund, den jungen Ndolozy, den seine Mutter einst in großer Einsamkeit an einem Fluß gebar, wo man die Krokodile lachen hörte, wenn Vollmond war.

Einmal hatte Ndolozy einen Traum.

Er hatte sich selbst als Baum gesehen. Aus seinem Körper floß Saft, und die Zehen schlängelten sich wie Wurzeln in die Erde. Seine Haare waren wie eine gekräuselte Krone, aus den Augen rannen Tränen wie fallendes Herbstlaub.

Als er aufwachte, wußte er, daß der Wald ihn gerufen hatte.

Dort gab es eine geheime Botschaft, die er sofort abholen mußte.

Er ging zu einem der ältesten Baobabbäume, die auf dem dritten Hügel links von dem Weg in die dunkle Wüste standen.

Dort blieb er neun Jahre und vier Monate lang sitzen.

Seine Mutter, die glaubte, er sei verhext worden, zerriß ihre Kleider, weinte und schrie, bat ihn, wenigstens etwas zu essen. Aber er sah sie nicht. Er sah nur den Baum.

Er brauchte lange, bis er verstand. Aber da der Traum so wichtig gewesen war, spielte die Zeit keine Rolle.

Er hatte keine Zeit, nicht zu warten.

Schließlich meinte er zu verstehen, daß der Traum ihm alles gesagt hatte, was er wissen mußte. Er war wirklich ein Baum. Ein Mensch und ein Baum, beides zugleich.

Lange ging er dann im Wald herum und suchte nach seinen Brüdern und Schwestern.

– Hatten sie sich verirrt?

Der alte Mann lächelte nachsichtig über meine Frage.

Dann fuhr er mit seiner Erzählung fort.

– Seine Brüder waren andere Bäume. Äste von Bäumen, Blätter und Wurzeln. Er dachte, daß alle seine Geschwister auf die gleiche Art eingeschlossen waren wie er selbst. Jetzt würde er sein Leben darauf verwenden, ihnen zu helfen. Er würde sie aus den Bäumen heraushauen, ihnen ihre Gesichter wiedergeben. An der Rückseite der Hütte seiner Mutter, die aus festgetrampeltem Lehm bestand und ein Dach aus Bambus und Blech hatte, richtete er seine Werkstatt ein. Als er einen genügend großen Haufen von Baumstümpfen und Ästen gesammelt hatte, von dem schwarzen duftenden Baum oder dem dünnen Bambus, hockte er sich hin und ergriff das erste Holzstück. Dann saß er lange da und sah es an. So lange, daß es fast wie ein Teil seiner Hand wurde.

Und er sagte:

– Ich bin ein Künstler, ein Bildhauer. Ich forme nicht den Baumstumpf oder den Ast zu einem Abbild meiner Phantasie. Die Skulptur ist schon vorher da. Meine Aufgabe ist es, ihn abzuschälen und das Bild hervorzulocken, das der Baum schon geschaffen hat.

Aus seinen Ästen wuchsen die merkwürdigsten Skulpturen heraus. Sie wurden nach und nach berühmt, weiße Menschen kamen und bezahlten viel Geld für seine Arbeiten. Er wurde in der ganzen Welt zu Ausstellungen eingeladen. Zahlreich waren die Fragen, die man ihm stellte.

Aber er antwortete immer auf dieselbe Art.

– Einmal hatte ich den Traum, ich sei ein Baum. Und in den anderen Ästen und Stämmen, dem Laub und den Wurzeln waren meine Geschwister. Dann habe ich langsam das abgeschält, was sie eingeschlossen hielt. Der Baum und der Zweig haben die Skulpturen selbst geschaffen. Ich bot dazu nur eine helfende Hand.

Der alte Mann verstummte. Irgendwoher hörte man ein Kind singen.

Ich dachte lange über seine Worte nach. Daß etwas zu erschaffen heißt, das zu befreien, was schon da ist.

Und das Feuer verglomm und erlosch ...

16.

Es kam vor, daß der alte Mann Gedanken entwickelte, denen ich nicht folgen konnte. Dann war ich außerhalb der Welt, in der er sich befand. Einmal während einer langen Nacht sah ich ihn plötzlich lächeln und hörte ihn ein paar Worte murmeln, einen einzigen Satz, wie eine Beschwörung, oder einen einzigen Namen.

– Sakina, hörte ich ihn sagen, du wunderbare Sakina …

An wen dachte er? Ich schloß die Augen und ließ die Geschichte auf stillen Schwingen durch die Nacht kommen …

Als Sakina merkte, daß sie sterben würde, fühlte sie sich guten Muts. Sie hatte schon so lange gelebt, daß sie sich jetzt vorstellen konnte, etwas ganz anderes zu machen. Wie alt sie war, wußte sie nicht. Aber ihre Mutter, die nie einen weißen Mann gesehen hatte, bevor sie sehr alt war, hatte gesagt, sie sei in dem Jahr geboren worden, in dem der große Regen gekommen war und das Haus von Onkel Mbiza weggespült hatte. Das wiederum mußte in dem Jahr geschehen sein, bevor ihr Cousin namens Pecado plötzlich eines Morgens direkt hinaus in den Busch gegangen war und nie mehr etwas von sich hatte hören lassen. Daß es sehr lange her war, begriff sie. Sie selbst konnte auch an ihrer Haut sehen, daß sie jetzt alt war. Den letzten Zahn hatte sie verloren, bevor der neunzehnte ihrer 64 Enkel geboren wurde.

Samima ruft mich, dachte sie. Samima, die uns alle empfängt, wenn die Zeit reif ist. Ein Mensch ist dazu geschaffen zu leben. Aber nicht für lange, nicht so lange, daß die bemessene Zeit vorbei ist. Dann fängt Samima an, uns zu rufen. Ein Mensch soll leben, während er lebt, und nicht, wenn er eigentlich tot sein sollte.

Jeden Morgen, wenn sie aufwachte, für gewöhnlich lange vor der Dämmerung, wenn Jorge Silvas wütender Hahn bald zu krähen anfangen würde, lag sie auf ihrer Matte und fühlte nach, ob sie noch einen Tag würde leben wollen. Die Düfte des Erdbodens kamen ihr entgegen, mit Erinnerungen an das, was gewesen war, an ihren eigenen Körper, an den der anderen, die rings um sie her schliefen, an alle Träume, die langsam wie Rauch aus ihren Nasenlöchern stiegen. Sie dachte an ihren Mann, den faulen, aber lieben Legendo, der schon seit vielen Mondzyklen unter der Erde schlief, am Hang der Moaporaberge, wo sie ihn vergraben hatten. Er selbst hatte viel weiter weg begraben werden wollen.

Aber es war zu weit zum Tragen gewesen. Sie fragte sich oft, ob er da lag und böse war. So böse, wie er manchmal schon zu Lebzeiten über Kleinigkeiten hatte werden können. Aber er ließ selten die Nacht über seinen Zorn hereinbrechen. Bestimmt lag er genau wie sie selbst da und sog die angenehmen Düfte von der Erde durch die Nase ein.

Manchmal redete sie mit ihm, besonders, wenn sie mitten in der Nacht aufwachte, ohne zu wissen, warum. Dann war es Legendo, der nach ihr gerufen hatte, und nicht Samima.

– Warum weckst du mich? fragte sie dann.

Sie konnte ihn in der Dunkelheit nicht sehen. Aber er war da. Sie konnte den herben Geruch seines Körpers spüren, an den sie sich in all den Jahren gewöhnt hatte, die sie zusammen gelebt, beieinandergelegen hatten.

– Mir ist langweilig, sagte er mürrisch. Es ist manchmal

langweilig, tot zu sein. Das mußt du wissen. Außerdem ist ein Elefant über mein Grab getrampelt. Es tat in der Brust weh. Ich bin gekommen, um die Medizin zu holen.

– Du bist genauso unmöglich wie immer, seufzte sie. Die Lebenden haben keine Medizin für die Toten.

– Irgendwas mußt du mir geben können.

Plötzlich merkte sie, daß Legendo dabei war, ganz dicht zu ihr hinzukriechen.

– Halt deine Hände weg, sagte sie. Was glaubst, wie das aussehen würde?

– Niemand bemerkt einen Menschen, der tot ist, gluckste Legendo zufrieden. Nur einmal. Es ist so lange her.

Sakina knuffte ihn weg, aber sie konnte zugleich nicht umhin zu lachen. Und natürlich fehlte er ihr. An dem Tag, an dem er plötzlich zusammengebrochen war, als er sich nach seiner in den Sand gefallenen Pfeife bücken wollte, hatte sich die große Einsamkeit wie eine schwarze Wolke über ihren Kopf gelegt. Er war so schnell gestorben, daß er nicht einmal Zeit hatte, auf sie böse zu werden. Bestimmt hätte er gesagt, es sei ihre Schuld, daß er auf diese Weise starb.

– Du störst meinen Schlaf.

– Mir ist langweilig.

– Daran kann ich nichts ändern. Geh weg. Ich muß schlafen. Ich komme bald. Aber noch nicht sofort.

Dann merkte sie, daß er verschwand. Und sie dachte, daß sie noch nicht bereit sei zu sterben.

Doch als sie an diesem Morgen aufwachte, wußte sie, daß ihr letzter Tag gekommen war.

Sie fühlte sich nicht schlecht. Nicht einmal müde. Samima hatte sie auch nicht in den Träumen gerufen. Aber es war trotzdem, als wollte sie sterben. Ihre eigene Mutter hatte sie gelehrt, daß ein Mensch erst stirbt, wenn er es selbst will.

– Wenn es nichts mehr gibt, um sich danach zu sehnen, hatte sie gesagt. Dann wirst du sterben. Aber zuvor sollst du deine Kleider zusammenrollen und deinem ältesten Sohn sagen, wer was bekommen soll. Bist du mit jemand verfeindet, sollst du die Probleme klären. Wenn du fertig bist, kannst du zum Fluß hinuntergehen und dich waschen.

Sakina stand auf, zog sich an und ging hinaus. Es war in der Dämmerung, kurz bevor die Sonne sich über den Horizont erhob. Die Stunde, da der Tag erwachte, war schon immer ihr bester Augenblick gewesen. Dann konnte sie nachspüren, wie sie sich fühlte, sacht die Träume der Nacht wegsinken lassen und anfangen, an den Tag zu denken, der vor ihr lag. Immer hatte es etwas gegeben, das sie beunruhigte. Nicht ebensooft etwas, worauf sie sich gefreut hatte. Aber diese Stunde des Morgens, allein mit sich selbst, hatte ihr dennoch die Kräfte verliehen, die sie braucht, um das Leben auszuhalten.

Vorsichtig streckte sie sich. Der Körper hatte begonnen, gebrechlich zu werden, und leistete oft Widerstand. Vielleicht schmerzte es in dem einen Bein? In dem Fall war es der Tod, der schon dabei war, sein Nest zu bauen.

Sie summte vor sich hin, als sie sich hinhockte und Feuer in die Glut der Nacht blies. Sie hatte immer gedacht, es sei, wie Leben in die Sonne zu blasen. Sie blies in die Glut, die Sonne wachte auf und kam aus ihrem nächtlichen Nest. Im selben Augenblick fing Jorge Silvas Hahn an zu krähen. Und sie dachte, es wäre schön, ihn nicht mehr hören zu müssen, wenn sie tot war.

Als die Morgendämmerung angebrochen war und das Dorf erwachte, schickte Sakina nach ihrem ältesten Sohn Hipotó, der selbst schon alt und außerdem taub war. Das bedeutete, daß das ganze Dorf es erfuhr.

– Warum willst du gerade heute sterben? fragte er unzufrieden. Ich habe so viel zu tun. Kannst du nicht bis morgen warten?

– Man soll nichts unnötig aufschieben, antwortete sie. Dein Vater hat mit allem getrödelt. Das war nicht gut.

Hipotó wußte, daß seine Mutter eine sehr bestimmte Frau war. Er sagte nichts weiter. Sakina sah ihm nach, als er ging. Er hatte denselben rollenden Gang wie Legendo.

Sakina setzte sich in den Schatten der Hütte und sah zu, wie ihre Schwiegertöchter Mais stießen, die Kinder wuschen, sich gegenseitig die Haare flochten, und sie dachte, sie habe ein gutes Leben gelebt. Das einzige, was sie bekümmerte, war, daß sie immer noch nicht recht wußte, warum sie gelebt hatte.

Was war eigentlich ein Mensch?

Sie ahnte, daß sie es verstehen würde, wenn sie tot war und dann alle treffen konnte, die vor ihr in die andere Welt gegangen waren. Samima würde es bestimmt erklären können. Und irgendeinen Sinn mußte das Leben ja haben, da die ganze Zeit so unendlich viele neue Kinder geboren wurden. Aber trotzdem bekümmerte es sie, daß sie es nicht wußte. Es war wie ein kleiner Strang von Unruhe, ein sickernder Strom durch ihren Körper.

Warum lebte man eigentlich?

Sie sah die Kinder an, die um sie her spielten. Kinder, die, gerade erst geboren, an den Rücken ihrer Mütter hingen. Kinder in allen Altersstufen. Dann die Erwachsenen, und dann sie selbst. Es war nicht leicht zu verstehen, warum man lebt, dachte sie. Vermutlich lebte man, damit die anderen, die lebten, Gesellschaft hatten. Niemand wollte einsam sein.

Sie entschied sich dafür, daß es so sein mußte. Eine andere Antwort würde sie ihrem Kopf nicht entlocken können. Ein Mensch lebte, damit ein anderer Mensch weniger einsam war. Das war der Sinn.

Gerade an diesem Morgen, ihrem letzten Tag im Leben, versuchte sie in ihrem Inneren darauf zu hören, ob Samima etwas dagegen einzuwenden hatte. Gab es eine andere Erklärung? Aber sie bekam keine Antwort. Als sie müde wurde, ging sie ins Haus und legte sich hin. Sofort kam Legendo da drinnen im Dunkel zu ihr.

– Ich habe eine gute Nachricht, sagte sie.

– Die kann ich wirklich brauchen, klagte Legendo. So, wie es mir geht.

– Heute werde ich sterben, sagte sie.

Legendo wurde böse.

– Warum willst du, daß ich dir glaube? Das hast du schon oft gesagt. Aber was war? Du hast einfach weitergelebt.

Jetzt war Sakina an der Reihe, wütend zu werden.

– Das ist nicht wahr. Das weißt du.

– Es ist beinahe wahr.

– Jetzt habe ich mich jedenfalls entschlossen.

– Es ist höchste Zeit. Ich bin lange genug allein gewesen. Ich friere nachts.

– Es geht nicht an, daß wir so dicht liegen. Noch mehr Kinder sollten wir nicht haben.

– Tote können keine Kinder bekommen. Was ist das für ein Unsinn?

Sie lachte.

– Ich komme später. Stör mich jetzt nicht.

– Ich werde eine Mahlzeit für dich zubereiten.

– Du kannst nicht kochen. Du konntest es nicht, als du am Leben warst. Warum solltest du es können, wenn du tot bist? Stör mich jetzt nicht mit deinem Unsinn. Wir können später reden. Dann haben wir jede Menge Zeit.

– Wenn du tot bist, gibt es keine Zeit. Keinen Tag und keine Nacht.

– Ist es immerzu dunkel?

– Es gibt kein Licht. Und keine Dunkelheit.

– Was gibt es dann?

– Nichts. Weil man nichts braucht.

Legendo verschwand.

Sie dachte, daß er schon immer Schwierigkeiten gehabt hatte, zu erklären, was er meinte. Aber sie würde es rechtzeitig genug mit eigenen Augen sehen. Ob es die Dunkelheit gab. Ob es das Licht gab. Oder ob es nichts gab. Und was Legendo nicht erklären konnte, das würde Samima sicher beantworten können. Samima, die schon so lang tot war und dort auf sie wartete.

Am Nachmittag versammelten sich alle ihre Kinder, die ganze Familie um die Hütte herum. Eine Enkelin, Laurinda, zählte und sagte, es seien mehr als 200 Personen. Ist die Familie so groß? dachte Sakina bestürzt. Aber gleichzeitig machte es ihr Freude. Man würde nicht merken, daß sie verschwand. Niemand müßte traurig sein. Es waren so viele andere übrig.

Als es Abend wurde und Sakina zum letztenmal die Sonne hatte verschwinden sehen, hatte sie noch etwas zu erledigen. Sie ging hinüber zu Jorge Silvas Haus. Jorge saß da und flickte ein Fischernetz. Aus einem alten Transistorradio, das er an einer Autobatterie festgezurrt hatte, schepperten die gequetschten Töne eines Musikstücks.

– Sakina, sagte er. Ich höre, daß du sterben wirst.

– Deswegen bin ich gekommen, antwortete sie und setzte sich.

– Ich flicke meine Netze, sagte er. Aber der Fang ist schlecht.

– Die Maschen sind zu groß, sagte sie sachkundig.

– Was verstehst du von der Kunst des Fischens?

– Ich bin eine alte Frau, die lange gelebt und viele Künste gelernt hat. Aber jetzt bin ich gekommen, um dich um etwas zu bitten.

– Um was denn?

– Es geht um deinen Hahn.

– Was ist mit ihm?

– Er stört alle hier im Dorf.

– Es ist ein feiner Hahn.

– Jetzt wird er mich nicht mehr stören.

– Es ist ein feiner Hahn.

– Er kräht viel zu früh.

– Er kräht, wann er selbst es will.

– Er kräht, wenn du es willst. Du hast es ihn gelehrt. Damit wir anderen aufwachen. Weil du zu wenig Fisch bekommst. Weil die Maschen im Netz zu groß sind.

– Das ist Unsinn.

– Ich bin gekommen, um dich zu bitten, ihn aufzuessen.

– Warum sollte ich das tun?

– Sonst werde ich den Hahn verzaubern.

Jorge war sofort beunruhigt.

– Ich werde ihn piepsen lassen wie eine Maus. Willst du einen Hahn habe, der wie eine Maus piepst?

– Nein.

– Die Leute werden dich auslachen. Das ist der Mann, der einen Hahn hat, der wie eine Maus piepst.

– Warum sollte ich glauben, daß du zaubern kannst?

– Willst du etwa riskieren, daß ich recht habe?

Jorge dachte nach.

– Ich werde ihn aufessen. Ich schwöre es dir.

Sakina nickte, stand auf und ging nach Hause. Jetzt würde sie sterben können. Jetzt hatte sie lange genug gelebt.

Sie ging in ihre Hütte und legte sich auf den Boden. Da waren wieder alle die Düfte. Sie dachte plötzlich an die Zeit, als sie ein Kind gewesen war. Die Erinnerungen erfüllten sie mit Freude.

Dann schloß sie die Augen. Da meinte sie plötzlich Legendo zu sehen, der auf einer unendlichen Ebene herumhüpfte, die sich bis zu einer fernen Bergkette erstreckte. Aber dann sah sie, daß es eine einsame Antilope war, die mit riesigen Sprüngen über das Gras flog. Sie folgte dem Tier mit all ihren Sinnen, da sie wußte, man kann nur dann einen richtigen Tod sterben, wenn man ihn willkommen heißt, statt ihn wegzustoßen, und dann ließ sie die Dunkelheit langsam in ihren Körper eindringen, bis sie ganz verschwunden war.

17.

Kiko hatte die Höhle durch Zufall entdeckt. Es war an einem Nachmittag, als er nach einem Streit mit seiner Frau Kudze seine Hütte im Zorn verlassen hatte. Wäre nicht ihre ältere Schwester Deolinda zu Besuch gewesen und hätte sich eingemischt, hätten Kudze und er sich versöhnt wie gewöhnlich, wenn ihnen die Luft ausging, die Worte versiegten und es keinen Spaß mehr machte, einander Schimpfworte zuzuschreien. Aber Deolinda, die sich ständig, schon als Kind, in alles eingemischt hatte, womit sie nichts zu tun hatte, und die sich nicht gebessert hatte, nachdem ihr Mann Felisberto verschwunden war, ergriff für Kudze Partei. Kiko hatte versucht, die Stimme noch mehr zu erheben. Aber gegen zwei Frauen konnte er nichts ausrichten. Er war wütend aufgestanden und hatte die Hütte verlassen.

Da er wütend war, ging er nach Norden, den Pfad entlang, der zu jenen Felsformationen führte, die sich wie eigentümliche Ruinen aus der sonnverbrannten Ebene erhoben. Kikos Leben war danach ausgerichtet, wie er seine Himmelsrichtungen wählte. Und die Wahl hatte mit seinen wechselnden Gemütszuständen zu tun. Wenn er guter Laune war, ging er immer nach Süden, den Abhang hinunter, der zum Fluß führte. Wenn er ein Problem zu lösen hatte, was oft der Fall war, meistens ging es darum, daß er kein Geld hatte, dann wählte er stets den linken Weg, der zum Markt führte, wo er vielleicht einen seiner Freunde treffen konnte, der bereit wäre, ihm etwas zu trinken zu spendieren. Nach Osten, den Weg, der direkt in den Busch hineinführte, ging er nur, wenn er nachdenklich war, in einer Gemütsverfassung, in der die Melancholie ihm Lust machte, zu singen oder zu weinen.

An dem Tag, an dem er die Höhle fand, war er also wütend gewesen und nach Norden gegangen. Als er bei den eigentümlichen Felsformationen angekommen war, hatte er ein paar Steinsplitter aufgehoben und sie zornig gegen die steilen Felswände geschleudert. Plötzlich war er gestolpert und in ein Loch gefallen. Als er sich umsah, merkte er, daß er sich in einer Höhle befand. Das Licht von der Öffnung beleuchtete die Wände. Er zuckte zusammen und machte sich zur Flucht bereit. Tieraugen betrachteten ihn. Dann erkannte er, daß es Malereien auf den Felswänden waren. Vor sich hatte er eine Antilope, die in einem riesigen Sprung erstarrt war.

Er blieb auf dem feuchten Boden sitzen und betrachtete atemlos das bemerkenswerte Bild.

Unkuuulunkuulu, dachte er. Einer von denen, die es gemacht hatten. Vor so langer Zeit, daß der Himmel sich noch nicht mit dem Sumpf verbunden hatte. Als das Chamäleon sich nicht darum gekümmert hatte, den Menschen zu erzählen, daß die Welt gut ist. Statt dessen war ihm die Echse zuvorgekommen, denn die Götter hatten es sich anders überlegt, und die Echse hatte den Menschen mitgeteilt, von jetzt ab existiere der Tod.

Damals mußte jemand hier in der Höhle gestanden und die Antilope gemalt haben. Die Farben der Erde und der Wurzeln vermischt und die Antilope gezeichnet haben, die für immer dasein sollte, ewig in ihrem kraftvollen Sprung erstarrt.

Kiko fragte sich für einen Moment, ob er mit seinem Sturz durch das Loch eine unpassende und vielleicht gefährliche Übertretung begangen hatte. Es gab bestimmt Geister hier in der Höhle. Er versuchte, auf Samimas Stimme zu lauschen, um sie um Rat zu bitten. Aber sie war stumm. Das Licht wanderte über die Wand. Die Sonnenstrahlen bewegten sich langsam. Die Antilope färbte sich allmählich rot, und ihre Augen begannen zu glühen. Kiko hatte ein Gefühl, als sinke er durch die Zeitalter, hinein in eine Zeit, als die Vorfahren noch lebten, eine Zeit, die es schon gab, bevor die bemerkenswerte Samima auf der Erde herumgelaufen war. Es war ein angenehmes Gefühl, durch die Zeit zu sinken. Schon war der Streit, den er mit Kudze gehabt hatte, aus seinem Gedächtnis verschwunden. Jetzt gab es nur noch ihn und die Antilope, und das Licht bewegte sich weiter über die Wand, und er sank immer weiter, bis er ein ganz kleiner Junge war, der neben seinem Vater saß, welcher gerade dabei war, in der Tiefe einer geheimen Höhle eine Antilope auf eine nackte Felswand zu malen …

Kiko betrachtete seinen Vater Madjohe und sah, wie er behutsam die Augen der Antilope rot färbte.

– Warum malst du eine Antilope? fragte er vorsichtig.

Madjohe konnte mürrisch sein und ließ sich nicht gern in seinen Gedanken stören.

– Damit es möglich wird, den Fels zu essen, antwortete er.

Kiko merkte, daß er gar nicht böse wirkte.

– Niemand kann Stein essen, sagte Kiko.

Madjohe trat einen Schritt zurück und betrachtete das linke Auge der Antilope.

– Hinter diesem Stein hier, sagte er, auf der anderen Seite der Felsen, sind die Götter. Sie drücken ihre Ohren gegen den Berg und horchen. Sie hören, wie ich male. Und sie mögen es. Das bedeutet, daß wir sie nicht vergessen haben. Götter mögen es nicht, wenn man sie vergißt. Genausowenig wie Menschen.

– Was passiert dann?

– Wenn sie wissen, daß wir sie nicht vergessen haben, treiben sie die Antilope auf unseren Weg.

– Ich male Tiere in den Sand. Aber sie werden nie gut.

– Du bist zu jung und zu ungeduldig. Du hast tausend Ohren und fünfzehn Zungen. Deine Augen sehen gleichzeitig in alle Richtungen. Du mußt warten.

– Worauf?

– Auf deine Zeit.

– Wann kommt sie?

– Wenn sie reif ist.

Madjohe zeigte auf ein Zebra, das jemand früher auf die Felswand gemalt hatte.

– Als ich so klein war wie du, war das Zebra schon hier, auf die Wand gezeichnet. Ich habe es nur mit Farbe bemalt. Jede Zeit gibt ihm neues Blut.

– Wer hat es gezeichnet?

– Jemand wie du oder ich. Der früher hier lebte.

Kiko dachte nach.

– Jemand wird auch der Antilope Blut geben?

– Das ist das wichtigste. Zu wissen, daß es geschieht. Nicht, wer es macht.

Madjohe malte weiter an seiner Antilope. Kiko dachte daran, wie er sich vor ein paar Jahren verirrt hatte. An das, was Madjohe später gesagt hatte, als sie ihn endlich gefunden hatten.

Ich grub im Sand, um deine Spur zu finden.
Aber du warst weg.

Ich suchte dich in allen Himmelsrichtungen.
Ich rief zu den Sternen.
Aber keiner wußte, wo du warst.

Ich sprach mit den wilden Hunden.
Aber keiner wußte es.
Und dann starb auch ich.
Wie sollte ich leben, wenn mein Sohn nicht mehr da war.
Ein einsamer Mensch muß sterben.

Dann hatten sie ihn gefunden. Kiko konnte sich nicht mehr an viel von dem, was damals geschehen war, erinnern.

– Die Antilope ist noch da, sagte er. Aber was bleibt von einem Menschen übrig?

– Eine Spur, antwortete Madjohe. Die kaum sichtbar ist. Aber jeder Mensch hinterläßt eine Spur, die im Sand steigt und fällt, steigt und fällt, wie unsichtbare Bewegungen in der Zeit.

– Was ist eigentlich ein Mensch? fragte Kiko.

– Was ist ein Wind?

– Er bläst. Der Sand wirbelt hoch.

– Du läufst. Du lachst. Was ist der Unterschied?

– Ich verstehe es trotzdem nicht. Was ist ein Mensch?

Madjohe seufzte und legte das Stäbchen ab, womit er der Antilope langsam Leben verlieh.

– Bevor alles, bevor die Sonne da war, in dem großen Dunkel, das kein Ende hatte, wurden die Götter geboren, die die Sonne und den Sand schufen, die Weiten und den Wind. Einmal, als die Götter nichts zu tun hatten, als sie satt waren und an ihren riesigen Feuern saßen und ihre Körper wärmten, fingen sie an, Rätsel zu lösen. Einer von ihnen sagte: Was ist ein Mensch? Da begannen wir zu existieren. Wir wurden aus einem Rätsel geboren. Wir sollten geboren werden, hier leben, unsere Eltern sterben sehen, und unsere Kinder sollten ihre eigenen Pfade gehen, und wir sollten leben, um die Frage zu beantworten: Was ist ein Mensch? Und wenn alles weg ist, ist die Antilope noch da.

Das Auge der Antilope wird das letzte sehen, was es zu sehen gibt.

– Aber ich verstehe immer noch nicht. Was ist ein Mensch?

Zum erstenmal merkte Kiko, daß Madjohe ärgerlich wurde.

– Du fragst zuviel, sagte er. Jetzt hätte ich fast etwas falsch gemalt: Geh jetzt. Stör mich nicht. Du hast mehr Fragen im Kopf, als es Ameisen in einem Ameisenhaufen gibt.

Kiko kauerte sich zusammen. Es war besser, still zu sein, wenn Madjohe wütend wurde. Er saß ganz unbeweglich da und sah das Auge der Antilope an, das langsam zum Leben erwachte ...

Kiko erwachte mit einem Ruck. Ein Insekt hatte ihn ins Ohr gestochen. Als er aufwachte, wußte er nicht, wo er sich befand. Noch einmal bekam er Angst vor der Antilope, die sich da an der Wand befand. Dann erinnerte er sich daran, daß er in eine Höhle gefallen war. Und danach mußte er eingeschlafen sein. Durch das Loch drangen kaum mehr Sonnenstrahlen. Vielleicht hatte er lange geschlafen. Und er hatte etwas geträumt. Aber was, daran konnte er sich nicht erinnern. Es hatte mit dieser Antilope zu tun. Aber wie genau? Die Erinnerung an den Traum ließ sich nicht an die Oberfläche locken.

Er kletterte aus der Höhle heraus und deckte das Loch sorgfältig zu. Es war schon spät am Nachmittag. Die Sonne war am Untergehen. Er schlug denselben Weg ein, auf dem er gekommen war. Um sicher zu sein, daß es keine bösen Geister in der Höhle gab, die auf den Gedanken kamen, ihn nach Hause zu begleiten, begann er, auf dem Pfad hin und her zu springen und zu hüpfen. Das tat er den ganzen Weg bis nach Hause. Kudze, die sich gefragt hatte, wo er geblieben war, entdeckte ihn, wie er angehüpft kam. Sofort wurde sie wieder böse auf ihn. Entweder war er betrunken, oder er hatte sich in ein Kind verwandelt. Sie hatte genug Kinder zu beaufsichtigen. Sie brauchte nicht noch eins. Hingegen hatte sie einen dringenden Bedarf an einem Mann, der nicht den ganzen Tag im Schatten eines Baums saß und große, weitreichende Pläne machte, wie er eines Tages reich werden würde. Sie brauchte einen Mann, der arbeitete, ob er nun Gräben aushob oder versuchte, auf dem Markt gebrauchte Kleider zu verkaufen.

Kiko blieb stehen und sah sich um. Der Pfad war leer. Die Geister hatte er abgeschüttelt. Er ging zu Kudze hin, während er sich den Schweiß von der Stirn wischte.

– Wo bist du gewesen? fragte sie.

– Schimpf nicht. Ich bin müde.

– Ich habe gefragt, wo du warst.

Kiko antwortete nicht. Statt dessen ging er in der Hütte herum und vergewisserte sich, daß Deolinda nicht mehr da war. Als er festgestellt hatte, daß sie wirklich vernünftig genug gewesen war, zu verschwinden und ihn in Ruhe zu lassen, setzte er sich auf die beiden Autoreifen, die seinen Sitzplatz vor der Hütte bildeten.

– Was hast du gefragt?

– Ich will wissen, wo du warst.

Kiko sah sie lange an. Plötzlich merkte er, daß er sie auf eine andere Art betrachtete als zuvor. Etwas war dort in der Höhle geschehen, ohne daß er richtig hätte sagen können, was es war.

– Setz dich, sagte er. Und hör auf zu schimpfen.

Kudze setzte sich.

– Bist du hungrig? fragte sie.

Kiko betastete seinen Bauch. Er hätte hungrig sein müssen. Aber seltsamerweise war er es nicht.

– Ich habe eine Antilope gegessen.

– Eine Antilope?

– Aus Stein. Frag jetzt nicht mehr. Dann fangen wir nur wieder an, uns zu streiten.

Eigentlich hatte er Lust, Kudze zu erzählen, was geschehen war. Aber zugleich war er unsicher, ob er sein Geheimnis wirklich teilen wollte. Er entschloß sich abzuwarten.

Er sah Kudze an und lächelte.

– Ich habe nur einen Spaziergang gemacht. Ich bin zu den Bergen da draußen in der Ebene gegangen. Jetzt bin ich wieder guter Dinge. Da ich vergessen habe, worüber wir uns gestritten hatten.

– Wir streiten uns nur über eine einzige Sache, antwortete Kudze. Warum wir so arm sein müssen.

Kiko nickte. Kudze hatte recht. Sie liebten einander. Aber die Armut stand immerzu zwischen ihnen, versuchte, sie auseinanderzutreiben, sie zu entzweien, sie zum Streiten zu bringen.

Kiko dachte an die Kinder, die da drinnen in der Hütte schliefen. Einmal würde er sie mitnehmen, eins nach dem andern, und ihnen die Antilope da unten in der Höhle zeigen.

– Unsere Kinder wissen viel zuwenig über unsere Vorfahren, sagte er bestimmt. Sie hören nur die moderne Musik und beherrschen kaum noch die alten Tänze.

– So vieles ist anders, antwortete Kudze. Aber was kann man machen?

– Man kann viel machen. Wenn man es nur will.

– Was denn?

Kiko wußte nicht, was er antworten sollte. Dann fiel ihm sein Onkel Alberto ein, der sich vor ein paar Jahren davongemacht hatte, um alles aufzuheben, was dabei war zu verkommen. Über seiner Schulter hatte er einen unsichtbaren

Sack gehabt. In den wollte er die alten Lieder, die Tänze, die Erzählungen stecken, bevor sie ganz verschwunden waren. Plötzlich verspürte er ein großes Bedürfnis, mit Alberto zu reden. Das Problem war nur, daß er nicht wußte, wohin er gegangen war.

Einmal kommt er zurück, dachte Kiko. Und ihm werde ich auf jeden Fall die Antilope zeigen. Vielleicht kann er diese Höhle benutzen, um alles zu lagern, was er auf seiner Reise gesammelt hat.

– Ich gehe morgen in die Stadt, sagte er dann. Vielleicht kann ich eine Arbeit finden.

– Das will ich sehen, bevor ich es glaube.

Kiko machte sich nicht die Mühe zu antworten. Die Antilope sprang in ihm. Träume treffen sich wie Winde, dachte er, unsichtbar über unseren Köpfen. Und wer kann schon eine Geschichte zu Ende erzählen?

Kudze betrachtete verwundert Kikos Gesicht. Ausnahmsweise schien es tatsächlich so, als ob er es ernst meinte. Er würde sie wohl damit überraschen, in der Morgendämmerung des nächsten Tages tatsächlich in die Stadt zu gehen.

Etwas muß geschehen sein, dachte sie.

Wenn er will, wird er es eines Tages erzählen. Aber bis dahin kann ich nichts anderes tun, als abzuwarten.

18.

Ein einsamer Windhauch zog in der Nacht vorbei.

Er war gerade aus dem Traum gerissen worden, den auch Winde träumen. Die Flammen des Feuers wuchsen, als würden sie die Haare sträuben, sanken dann wieder herab und wurden langsam zu Glut. Aber trotzdem gelang es mir zu sehen, daß es neben Felisbertos Feuer zwei Gegenstände gab, die ich vorher noch nicht entdeckt hatte. Ein Paar unendlich traurige Schuhe mit aufgeplatzten Nähten und halben Absätzen, die Sohlen zur Welt hin aufgesperrt.

Der Alte hatte gerade eine Mango verzehrt und wischte sich jetzt sorgfältig den Mund ab. Ich zeigte auf die Dunkelheit neben dem Feuer, wo die Schuhe standen. Er nickte und lächelte, obwohl er sie nicht sehen konnte, und sagte:

– Ich trage sie mit mir, wo ich gehe und stehe. Sie gehörten einmal meinem ältesten Bruder, dem verwirrten Alberto, der ein Mann mit vielen Plänen, einem starken Willen war, ein Mann, der mit solcher Kraft lachen konnte, daß die Welt den Atem anhielt. Er war ein Träumer mit offenen Augen, einer, der sah und dann lange darüber nachdachte, was er gesehen hatte. Er war ein Mann, der sein Land liebte und sich Sorgen über das machte, was geschah. Eines Tages in der Mitte seines Lebens meinte er festzustellen, daß diejenigen, die jetzt jung waren, zu wenig von dem wußten, was früher geschehen war. Über Geister, Träume, Tänze, über all das, was sich Gedächtnis nennt, was bedeutet, daß ich sagen kann: Ich bin ich und kein anderer. Er sah, wie alte Traditionen mehr und mehr aus der Mode kamen, wie alte Tänze gegen neue eingetauscht wurden, wie alle, die jung waren, sich um nichts anderes zu kümmern schienen als das, was von außen kam. Das stimmte ihn grüblerisch und mürrisch. Seine Frau Laurinda, die klug war, eine Frau, die ihren Mann kannte, ließ ihn in Ruhe und stellte keine Fragen.

Nachdem er lange in seinem einfachen Haus gesessen hatte, sagte er zu seiner Frau, er wolle in die Stadt gehen. Sie war sofort beunruhigt. In der Stadt drohten Gefahren, und sie hatte Angst, er würde nicht zurückkehren.

– Warum sollte ich nicht zurückkommen? fragte er mürrisch.

– Aber was willst du dort tun?

– Das geht dich nichts an.

Laurinda überlegte, ob sie vielleicht böse werden sollte. Aber sie kannte ihren Mann, meinen Bruder, zuckte nur die Achseln und sagte nichts mehr.

Dann begab er sich in die Stadt, mit einer alten, zerschlissenen Tasche über der Schulter. Er hatte etwas zu erledigen. Ein Cousin, der Ntindjâna hieß, wohnte dort seit langem in einem Transformatorhäuschen und lebte vom Papiersammeln. Ntindjâna war ein Mann, der sich immer über alles auf dem laufenden hielt, was geschah und welche Möglichkeiten für verschiedene Anlässe zur Hand waren. Mein Bruder suchte ihn auf und brachte sein Anliegen vor.

Er wolle eine Expedition ausrüsten, ehe alles zu spät war.

– Was sollte zu spät sein?

– Bevor all das Alte vergessen ist.

– In der Welt, in der wir leben, ist es besser zu vergessen, als sich zu erinnern, antwortete Ntindjâna. Erinnerungen sind für die Reichen da, nicht für die Armen.

Sie saßen vor dem elektrischen Kasten, umgeben von all dem Papier, das Ntindjâna den Tag über gesammelt hatte.

In einem Mülleimer vor einem Restaurant hatte Ntindjâna außerdem die Reste eines sehr brauchbaren Hähnchens gefunden, die jetzt ihr gemeinsames Abendessen bildeten.

– Ich meine etwas anderes, sagte Alberto. Ich spreche von den alten Liedern und Märchen. Die Jugend von heute kümmert sich nicht darum. Aber eines Tages werden sie sich umdrehen und fragen: Wo ist das alles hin? Ich werde eine Reise von Norden nach Süden durch das Land unternehmen, ich werde alle Flüsse, alle Täler und alle Berge durchqueren, und ich werde alles in meinem Gedächtnis aufzeichnen, so daß es nicht vergessen wird. Ich werde eine Expedition machen. Aber dazu brauche ich eine Ausrüstung. Und ich habe kein Geld. Ntindjâna fand das zuerst, jedenfalls solange das Hähnchen reichte, keine gute Idee. Besser wäre es, wenn Alberto in der Stadt bliebe und ihm hülfe, Papier zu sammeln. Alte Erzählungen und Tänze sollten auf sich selbst aufpassen. Darauf sollte kein ehrlicher Mann, auch wenn er arm war, seine Zeit verwenden müssen. Aber je länger Alberto argumentierte, desto besser fand Ntindjâna den Gedanken. Es war bestimmt richtig, dafür zu sorgen, daß das Alte nicht ganz verschwand. Wenn die neue Zeit sich von schlechter Qualität und wenig brauchbar erwies, mußte man sich umdrehen, um zu erfahren, wovon das Leben eigentlich handelte.

Ntindjâna wischte sich die Finger und den Mund ab und sagte:

– Dazu brauchst du Geld.

– Nicht viel.

Ntindjâna schlug vor, daß Alberto sich an eine der unzähligen Agenturen wenden sollte, die es im Land gab. Eins von all diesen Büros, die hohe Mauern und große Schilder besaßen und eine ganze Flora von Wachunternehmen in der Stadt hatten emporschießen lassen.

– *Cooperantes*, sagte Ntindjâna. Die Geld haben, um zu helfen.

Alberto wußte nicht genau, was *cooperantes* waren. Aber er verließ sich auf Ntindjâna, der in der Stadt lebte und Bescheid wissen mußte. Außerdem konnte Ntindjâna schreiben.

In dieser Nacht schliefen sie dichtgedrängt in dem elektrischen Kasten. In der Dämmerung ging Ntindjâna zu einem Priester, den er kannte, und bat um Schreibpapier. Einen Stift hatte er bereits. Bevor er sich auf seine tägliche Wanderung begab, um Papier zu sammeln, half er Alberto dabei, einen Antrag zu verfassen. Er versprach auch, ihn bei einer der Agenturen abzugeben, die interessiert sein könnten, Alberto beizustehen.

Danach kehrte Alberto nach Hause zurück und wartete. Laurinda war klug genug, keine unnötigen Fragen zu stellen, was er in der Stadt gemacht hatte.

Nach ein paar Wochen glaubte sie auch, daß alles wieder wie gewöhnlich war.

Dann kam in einem imponierenden Kuvert eine schriftliche Mitteilung, er solle sich sofort wieder in der Stadt einfinden. Der Dorflehrer half Alberto beim Lesen. Eine der ausländischen Agenturen hatte seinen Brief bekommen und wollte ihn gern treffen.

– Was ist das für ein Brief? fragte Laurinda.

– Ein Brief, den Ntindjâna geschrieben hat.

Laurinda war beunruhigt. Sie hatte keine Hoffnungen, daß ein Brief, den Ntindjâna geschrieben hatte, etwas Gutes mit sich bringen könnte.

– Was steht in dem Brief?

– Ich habe ihn nicht gelesen. Aber es geht um Geld.

Laurinda war entsetzt.

– Hast du dich verschuldet?

– Sei nicht dumm. Vielleicht bekomme ich ja Geld.

– Warum sollten sie dir Geld geben? Du machst uns alle unglücklich.

Aber Alberto lachte nur. Und sie fragte nicht weiter.

Dann kehrte er in die Stadt zurück, mit vielen anderen auf der Ladefläche eines Lastwagens eingeklemmt. Er fragte sich zu der richtigen Adresse durch. Es war ein großes Haus mitten im feinsten Viertel der Stadt. Vor den Türen wimmelte es von uniformierten Wächtern. Alberto streckte die Hand aus, um zu grüßen. Aber keiner nahm sie. Es fragte auch keiner, wie es seiner Familie gehe. Die Wächter zogen sich vornehm ein paar Schritte zurück, nachdem sie Albertos nackte Füße und seine verschlissenen Kleider betrachtet hatten.

– Was willst du?

– Ich heiße Alberto Cossa und habe einen Brief.

Er reichte ihn einem der Wächter, der ihn gründlich las, zweimal und dann noch einmal.

Dann wurde er eingelassen, nachdem die Wächter sich vergewissert hatten, daß er wirklich auf der Liste der erwarteten Besucher stand. Drinnen wurde er von einem jungen Mann mit blonden Haaren, einem breiten Lächeln und ernster Miene empfangen. Er wurde viele Treppen hinaufgeführt und dann auf einem Stuhl in einem Zimmer plaziert, wo kalte Luft von den Wänden blies. Alberto fing sofort zu frieren an.

– Wir haben deinen Brief bekommen, sagte der Mann, der die Kälte in dem Raum als etwas ganz Natürliches zu empfinden schien. Mein Name ist Lars.

– Mein Name ist Alberto.

– Du hast uns einen Brief geschrieben. Ein Gesuch. Um Geld. Um eine archäologische Expedition auszurüsten.

– Ich will das Alte bewahren, ehe es verschwindet.

– Das ist natürlich eine ganz ausgezeichnete Idee. Wir sind dazu sehr positiv eingestellt. Es gibt nur ein Problem.

– Was denn?

– Wir finden, daß du sehr wenig Geld beantragt hast. Zu wenig.

Alberto war erstaunt.

– Ich brauche nicht mehr.

– Wir sind, wie gesagt, sehr dafür. Aber eine archäologische Expedition? Die ein ganzes Jahr dauern soll? Und sich durch das ganze Land bewegen soll? Du hast zehn Dollar beantragt.

– Ich brauche nicht mehr.

– Zehn Dollar scheinen mir doch sehr wenig zu sein. Es erscheint uns schwierig, das zu bewilligen. 10 000 wären leichter gewesen. 100 000 wären ohne jedes Problem gegangen.

– Aber ich brauche nur 10 Dollar.

– Wir sind, wie gesagt, sehr dafür. »Ausrüstung« hast du geschrieben. »Ausrüstung für eine archäologische Expedition. 10 Dollar.«

– Stimmt.

– Was für eine Ausrüstung hast du dir vorgestellt?

– Das einzige, was ich dafür brauche.

– Und was ist das?

– Ein Paar Schuhe.

– Ein Paar Schuhe?

– Ja. Ein paar Schuhe.

– Das ist die ganze Ausrüstung?

– Ich dachte, es würde zu hart werden, barfuß durch das ganze Land zu gehen.

Der blonde Mann mit der ernsten Miene wurde plötzlich unsicher. Er blätterte in seinen Papieren, während er zu verstehen versuchte, was Alberto gesagt hatte.

– Du bist sicher, daß du nichts sonst brauchst? sagte er fast bittend.

– Was sollte das sein?

– Ein Jeep zum Beispiel.

– Wozu bräuchte ich einen Wagen, wenn ich zu Fuß gehen will?

– Aber du mußt doch nachts irgendwo wohnen?

– Ich schlafe draußen. Ich schlafe unter Menschen.

– Aber was willst du essen?

– Das, was ich mit anderen teilen kann. Essen auf einem Tisch reicht immer für eine weitere Person.

Jetzt schien der blonde Mann verlegen.

– Ich bin immer noch dafür, sagte er. Ich werde sehen, was ich tun kann.

– Bekomme ich Geld für ein Paar Schuhe?

– Wir lassen von uns hören. So bald wie möglich.

– Wann ist das?

– Sobald wir unseren Beschluß gefaßt haben.

Alberto kehrte in sein Dorf zurück. Laurinda stellte noch immer keine Fragen. Sie hatte in ihrem Leben zu viele Männer aus dem Dorf in die Stadt oder zu den Gruben verschwinden und nie mehr wiederkehren sehen. Alberto war offenbar doch klug genug, um der Stadt nicht zu erlauben, ihn von seinem Ursprung und seiner Familie zu entfernen.

Die Zeit verging. Eines Tages kam eine Nachricht aus der Stadt. Es war wieder ein Brief. Alberto ging wieder zum Lehrer und bat ihn, ihm vorzulesen, was in dem Brief stand.

– Da steht, daß du kein Geld für ein Paar Schuhe bewilligt bekommst.

– Was bedeutet das?

– Daß man dir kein Geld für ein Paar Schuhe bewilligt hat. Was sollte es sonst bedeuten?

– Steht da nichts anderes?

– Es ist von jemandem unterschrieben, der »Lars« heißt. Ein sehr eigentümlicher Name.

Alberto stand lange schweigend da und dachte über das nach, was er gehört hatte. Dann nahm er den Brief und ging nach Hause.

Ein paar Tage darauf stand er früh in der Morgendämmerung auf. Laurinda fragte, was er vorhätte. Da erzählte er ihr von der Expedition, auf die er sich begeben wollte. Sie glaubte, er sei verrückt geworden, und fing sofort an zu schimpfen. Aber er sagte ihr, sie solle still sein, und machte sich auf. Ohne Schuhe an den Füßen.

Der alte Mann lächelte und rückte näher ans Feuer.

– Er war vier Jahre fort. Er ging durchs ganze Land, hörte sich die Lieder und Märchen an, sprach mit den Menschen und zeichnete alles in seinem Gedächtnis auf, damit nichts verlorengehen sollte. Und er lief den ganzen Weg barfuß. Bis an einem der letzten Tage. Da traf er ein paar Touristen an einem Strand, die mit Entsetzen auf seine Füße starrten. Sie waren aufgesprungen und hart geworden und hatten während all der Meilen, die er gegangen war, geblutet. Da bekam er ein Paar alte Schuhe. Wenn es denn stimmt, wie er es erzählt hat. Alberto sagt nicht immer die Wahrheit. Aber das tun andererseits sehr wenige. Er hängte sie sich um den Hals und nahm sie mit nach Hause. Laurinda hatte längst die Hoffnung aufgegeben, daß er je wiederkehren würde. Als sie ihn erblickte, stieß sie einen Schrei aus, als hätte sie ein Gespenst gesehen.

– Ich bin es nur, sagte er und setzte sich an seinen gewöhnlichen Platz im Schatten der Hauswand.

– Die Schuhe legte er beiseite. Er hat sie nie benutzt. Als er starb, bekam ich sie von Laurinda.

– Was geschah mit all den Liedern? Und den Märchen?

– Die gibt es noch. Von ihm aus gingen sie weiter. Einem Gerücht zufolge versteckte er sie in einer Höhle und holte sie nur hervor, wenn jemand zu Besuch kam. Und es kamen so manche. Später auch Wissenschaftler aus Europa, die hörten ihm stundenlang zu. Sie nahmen alles, was er sagte, auf Band auf. Und um das zu tun, hatten sie Geld von einem Mann namens Lars bekommen.

Der alte Mann saß einen Augenblick schweigend da.

– Sie waren klüger gewesen als Alberto, sagte er dann. Klug genug, nicht nur Geld für ein Paar Schuhe zu verlangen.

19.

Plötzlich bat mich Felisberto still zu sein, obwohl ich nichts gesagt hatte. Als ich fragte, ob ich ihn auf irgendeine Art gestört habe, oder ob er wünsche, daß ich verschwände, antwortete er:

– Wenn all die Geräusche, die es in der Stille gibt, jedes Flüstern, alle Worte, die vor tausend Jahren hier gesprochen wurden, immer weiterleben und wenn wir nur mit unseren Ohren zuhören, die immer hungrig sind, tief in der Stille, die uns umgibt, dann werden wir die seltsamsten Märchen über uns selbst hören.

Ich versuchte zu protestieren, ich sagte, Stille sei Stille, sonst nichts, kein heimliches Meer, in dem die Worte anrollen wie vergessene Wellen.

Da erzählte er mir folgendes, und seine Stimme war hell, als ob gerade diese Geschichte ihm besondere Freude bereitete. Oder war es vielleicht so, daß er mich ärgern wollte? Ich weiß es bis heute nicht. Aber ich erinnere mich an das, was er sagte. Und was er tat. Er stand auf, schlug mit den Händen auf unsichtbare Trommeln und fing an zu tanzen. Und alles kam von innen, als seien die Trommeln eigentlich in seinen Hüften, Schultern, Beinen und Füßen, Armen, Händen, Zehen, Augen, Ohren, überall. Ich habe noch nie jemand tanzen sehen wie ihn, gesehen, daß Tanz eine Erzählung ist, keine Bewegung, sondern Gesang und Gespräch, Liebe, Trauer, Haß und Versöhnung. Nicht nur das, was wir gewöhnlich Rhythmus nennen.

Und dann, als er sich wieder gesetzt und verschnauft

hatte, verstand ich, daß er mir bereits schon etwas erzählt hatte, obwohl ich noch nicht verstanden hatte, was es war.

– Ich wollte, daß du es siehst. Daß die Worte nicht immer das Wichtige sind.

Und er nahm mich mit auf die nächste Reise, auf die Reise, die alle Erzählungen bilden.

Einmal war ein Mann in einem Boot zu einer der Inseln gekommen, die aus dem Meer aufsteigen, gleich hinter der siebten Landzunge vom Ende der Welt aus. Wo Afrika wie eine Luftspiegelung am Horizont erscheint. Er war dort an Land gegangen und saß eines Abends vor dem teuren Bungalow, den er gemietet hatte. Es war ein Mann aus Schweden, ein Mann mit vielen Worten und noch mehr Geld.

Eines Abends saß er also da und lauschte dem Rauschen des Meeres. Da hörte er aus der Ferne Trommeln, und als er den Kopf drehte, sah er auch ein Feuer. Er dachte, dort sei ein Fest im Gang, es gäbe dort ein Dorf, und er entschloß sich, dort hinzugehen. So tastete er sich in der Dunkelheit zu den Trommeln und dem Feuer durch. Als er im Dorf ankam, sah er, daß er richtig vermutet hatte. Da war ein Fest im Gang, später erfuhr er, daß man dafür dankte, daß der Regen wiedergekommen war. Und wie gewöhnlich, wie immer in diesem Afrika, wurde er als Fremder freundlich empfangen, bekam einen Platz zugewiesen. Er sah die Frauen tanzen, sah die Hände der Männer, die auf den Trommeln vibrierten, deren Fell man an den Feuern zu erwärmen pflegte, bevor man den ersten Schlag tat. Und der Mann, der übrigens Hans Olov Viktor Andersson hieß und von Vattenfall geschickt worden war, um den Armen bei der Suche nach Wasser zu helfen, dachte, er sollte erzählen, wer er war. Von sich selbst erzählen, von seinem Land und seiner Familie. Als eine Pause entstand, eine Stille, wandte er sich an eine alte Frau und sagte:

– Ich möchte euch gern erzählen, wer ich bin.

Die alte Frau lächelte und sagte, sie würden diese Gabe gern entgegennehmen. Sie versammelten sich in einem Halbkreis, und Hans Olov Viktor Andersson sagte:

– Ich heiße Hans Olov Viktor Andersson und komme aus einem Land, in dem der Winter viel zu lang ist. Weiter kam er nicht. Die alte Frau hob die Hand und sagte:

– Wenn du uns wirklich erzählen willst, wer du bist und woher du kommst, mußt du tanzen.

Hans Olov Viktor Andersson war ein schlechter Tänzer. Aber er konnte sich der Aufforderung nicht entziehen. Das wäre unhöflich gewesen. Und Hans Olov Viktor Andersson war ein wohlerzogener Mensch, der zu seinen Worten und seinen Versprechungen stand. So begann er sich zu bewegen, in einem hilflosen Versuch, seinen Namen zu tanzen, sein Land, wer er war.

Die Frauen starrten ihn verdutzt an. Und danach, als die Stille sehr schwer war, wandte sich die alte Frau zu ihm und sagte:

– Wir haben dich jetzt tanzen gesehen. Aber wir können uns nicht einmal in unserer wildesten Phantasie vorstellen, wer du bist oder woher du kommst.

In diesem Augenblick begriff Hans Olov Viktor Andersson, was er falsch gemacht hatte. Er hatte das Wichtigste vergessen. Er hatte getanzt, ohne zu erzählen, wer er war.

Der alte Mann lächelte und sagte:

– Erzähl du mir jetzt, wer du bist.

Und ich stand auf und tat, was er mich geheißen hatte.

20.

Wenn Hans Olov Viktor Andersson sich seine eigene Geburt vorstellte, dachte er immer an einen Schneehaufen. Seine Mutter hatte in der eisigen Kälte rittlings auf einer Schneewehe gesessen, und er war geboren worden, als hätten unbekannte Mächte einen Notruf in Form eines Kindes ausgesandt. Als er jetzt nach Afrika gekommen war, um seinen Auftrag auszuführen, merkte er, daß die Vorstellung von seiner Geburt oft in seinen Träumen auftauchte.

Was bedeutete es eigentlich, ein Mensch zu sein?

Konnte wirklich etwas Wertvolles von einem Menschen kommen, der mitten in gefrorenem Schnee geboren worden war und dessen Nabelschnur der scharfe Harsch durchtrennt hatte?

Der Gedanke an seine Geburt in einer fernen und melancholischen norrländischen Landschaft hatte bei ihm immer zu Grübeleien geführt. Im Lauf der Jahre hatte der Gedanke daran, wie er zur Welt gekommen war, ihn in eine immer düsterere Gemütsverfassung versetzt. Es war, als sei sein eigentliches Erbe, von der Mutter, die eine geplagte Telefonistin war, und dem Vater, einem ständig betrunkenen und verlogenen Eierhändler, ein Schneehaufen, in dem sein Herz gefroren und begraben lag.

Hans Olov Viktor Andersson hatte sich mangels wirklicher Ambitionen zum Ingenieur ausgebildet, und aus Gründen, die er selbst nie erklären konnte, begonnen, sich Wasserfragen zu widmen. Der einzige Grund, den er dafür gefunden hatte, war, daß dieser Beruf ihm Anlaß bot, lange

Zeiten an abgelegenen schwedischen Kraftwerken tief drinnen in der Wildnis zu verbringen, wo er von Menschen umgeben war, die genauso verschlossen und wortkarg waren wie er selbst. Und all das in öden Landschaften, wo es von Mücken sirrte und die Einsamkeit der einzige natürliche Umgang war.

Hans Olov Viktor Andersson hatte Wege zu lieben gelernt, auf denen er von vornherein davon ausgehen konnte, niemandem zu begegnen. Er hatte sich in einem Leben mit einer Frau und ein paar Kindern eingerichtet, und wenn er Frieden brauchte, was oft der Fall war, konnte er sich im Badezimmer einschließen und das Wasser betrachten, das aus einem der Hähne lief, und denken, das sei für ihn die äußerste und vielleicht einzige Erlösung. Seine Frau hatte es als ihre Lebensaufgabe erkannt, ihn vor einer Umwelt zu beschützen, die aus allzu vielen Menschen bestand, unerwarteten Menschen, die er nicht im voraus meiden konnte und die auf Wegen unterwegs waren, die zu betreten er gezwungen war.

Die Kinder, ein Junge und zwei Mädchen, waren recht durchschnittlich, erlebten ihren Vater als freundlich, aber nicht besonders mitteilsam und ahnten kaum etwas von der dunklen Gemütsverfassung, die seine eigentliche Identität ausmachte.

Natürlich war es ein verrückter Vorschlag, ausgerechnet Hans Olov Viktor Andersson nach Afrika zu schicken, um nach Wasser zu suchen und den Grundwasserpegel zu messen. Wer diesen Vorschlag gemacht hatte, blieb unbekannt. Aber noch überraschender war wohl, daß Hans Olov Viktor Andersson den Auftrag tatsächlich annahm.

So kam er nach Afrika, als er gerade vierzig geworden war. Er stieg in der Morgendämmerung aus dem Flugzeug und blieb stumm auf der Gangway stehen. Die Dämmerung war voll von Insekten, die er noch nie gesehen hatte. Und Düften, bedrohlichen, verlockenden, verführerischen und betörenden. Dann war er wie in einem Nebel von einem schwedischen Betriebschef durch die Paßkontrolle geschleust, in ein Auto gesteckt und zu einem Hotel gefahren worden. Der Mann hieß ihn mehrmals willkommen und warnte ihn zugleich vor allen nur möglichen Gefahren, nicht zuletzt vor einer kleinen giftigen Mückenart, die anscheinend von schwedischem Kaviar in Tuben angelockt wurde und dann eine eigenartige Aggressivität entwickelte. Nachdem Hans Olov Viktor Andersson die Tür hinter sich zugeschlagen hatte, streifte er all seine Kleider ab, als hätte er erkannt, daß er viel zu lange damit gewartet hatte, sich zu häuten. Dann saß er im Badezimmer und studierte die ruckartigen Bewegungen, mit denen das Wasser aus den Hähnen lief. Oder tropfte, um dann ohne Vorwarnung gewaltige Kraftkaskaden zu entwickeln.

Hans Olov Viktor Anderssons Begegnung mit Afrika löste in seinem Inneren einen heftigen Tumult aus. Plötzlich war er von Menschen umgeben, die ganz einfach keine Zeit zum Grübeln hatten. Trotz der fürchterlichen Armut war er von lachenden Menschen umgeben und kaum von jener Düsternis, die seinen Erfahrungen zufolge das einzig Natürliche gewesen wäre.

Hans Olov Viktor Andersson spürte ständig den kalten Atem im Nacken, der ihn zur Pflichttreue mahnte und führte seinen Auftrag gewissenhaft durch. Er wurde zu abgelegenen und schwer erreichbaren Dörfern gefahren. Die Hütten, die Menschen waren in ständigem Wachsen und Verfall begriffen. Sie schossen aus der Erde empor wie Pflanzen. Überall war diese Gärung, und er merkte, daß er seine eigene innere Orientierung zu verlieren begann.

Zu diesem Zeitpunkt begann die Schneewehe in seinen

Träumen wiederzukehren. Sooft sich ihm die Möglichkeit bot, zog er es vor, im Freien zu übernachten, mit einem Zelt, einem Moskitonetz und einem offenen Feuer, statt in einem der feuchten Hotels, die ihm zur Verfügung standen. Nicht weit von ihm rollte sich sein Fahrer, der ihn nur den »Wassermann« nannte, auf seiner Matte zusammen.

Er merkte, daß seine Gedanken im Begriff waren, sich zu verändern.

Nicht einmal die Einsamkeit verlockte ihn mehr. Er saß da und starrte ins Feuer, sah seine Frau und seine Kinder, sein ganzes Leben, und er wußte kaum, was er sah. Sein tiefgefrorenes Inneres begann langsam in der tropischen Dunkelheit zu schmelzen.

Eines Nachts, als er sich tief drinnen im Land befand und den Tag mit der Untersuchung des Grundwasserpegels verbracht hatte, fiel es ihm merkwürdig schwer einzuschlafen, obwohl er sehr müde war. Das Zelt war stickig, das Moskitonetz legte sich auf sein Gesicht, und irgendwo draußen in der Dunkelheit schnarchte sein Fahrer. Nachdem er lange so dagelegen und mit sich selbst gekämpft hatte, stand er auf und blies Leben in die Glut. Er fragte sich, warum er nicht hatte einschlafen können, und bekam plötzlich das Gefühl einer unbestimmten Vorahnung. Aber was war es, was ihn erwartete? Er konnte es nicht wissen.

Das Feuer flammte auf und beleuchtete den nahen Weg. Er befand sich am äußersten Rand einer ebenen Landschaft, auf der er während des Tages Gazellen entdeckt hatte. In der Ferne lagen die Berge, und dorthin würde er am nächsten Tag weiterfahren. Aber im Licht des Feuers und des Sternenhimmels wurde die Ebene, die tagsüber grün gewesen war, jetzt ganz weiß. Es war, als befände er sich in der Landschaft, in der er aufgewachsen war, dem ständigen Winter, den eisigen Weiten, dem Schnee, der sich bis in die Ferne erstreckte. Es war, als ob die Landschaften, die äußere und diejenige, die er in sich trug, verschmelzen würden, und er wußte nicht mehr, wo er sich befand, dort, wo er war, oder eingeschlossen in einer Erinnerung. Ihm war, als beginne er zu fallen, hinaus in etwas Erschreckendes und Unbekanntes.

Um sich festzuhalten, griff er nach einem der Zeltpflöcke und horchte intensiv auf die Atemzüge des Fahrers, die aus der Dunkelheit anrollten.

Da entdeckte er eine Frau, die auf dem Weg gegangen kam. Erst war sie nur ein Schatten, vereint mit der Nacht. Dann sah er sie deutlicher. Sie war groß und üppig, unterwegs zu einem unbekannten Ziel. Oder kam sie vielleicht von jemandem, der sie glücklich gemacht hatte? Wie kann man wissen, wohin ein glücklicher Mensch unterwegs ist?

Als sie näher heran war, entdeckte er, daß sie auf dem Kopf einen einsamen Schuh balancierte. Einen roten Schuh mit hohem Absatz. Den anderen hielt sie in der Hand. Sie sang mit weicher Stimme, und ihr Körper schaukelte. Der rote Schuh lag sicher auf ihrem hocherhobenen Kopf. In diesem Augenblick entdeckte Hans Olov Viktor Andersson etwas, das früher immer in den Tiefen all seiner Grübeleien versunken war. Er sah Schönheit auf eine Weise, von der er nicht geahnt hatte, daß sie möglich war.

Sie blieb stehen und schaute ihn neugierig an, wie er da am Feuer saß. Hans Olov Viktor Andersson hatte ein paar einfache Begrüßungsworte in der lokalen Sprache gelernt. Jetzt stocherte er in der Glut, um sich selbst sichtbar zu machen, grüßte und sagte seinen Namen.

– Wie heißt du? fragte er. Und wer bist du? Mitten in der Nacht unterwegs? Mit einem einsamen Schuh auf dem Kopf?

Sie verstand ihn nicht. Er machte eine Geste, um ihr zu

bedeuten, daß sie näher ans Feuer kommen sollte. Aber da lachte sie, nicht boshaft, nicht aus Angst, ein einfaches Lachen. Und ging weiter, verschwand hinaus in die Dunkelheit, als sei sie nur zufällig auf einer Bühne aufgetreten und wollte so schnell wie möglich in die Kulissen zurückkehren. Hans Olov Viktor Andersson stand am Feuer, verbrannte sich die Füße und hörte ihre Schritte verschwinden.

Auf einmal dachte er, nun wolle er diesen Ort nie mehr verlassen. Früher oder später, und wenn er gezwungen wäre, tausend Jahre zu warten, müßte sie wiederkommen.

Aber sie kam nicht, und irgendwann in der Nacht, ohne daß es ihm eigentlich bewußt war, kehrte er in sein Zelt zurück und kroch unter das Moskitonetz.

Als er in der Dämmerung aufwachte, hatte sein Fahrer schon Wasser für ihren gemeinsamen Kaffee heiß gemacht. Hans Olov Viktor Andersson ging hinaus auf den Weg und blickte sich um. Aber da war niemand, und es gab auch keine Spuren. Hatte er geträumt? Nein, sie war wirklich hier vorbeigekommen, war stehengeblieben und hatte gelacht. Und das Bild des Schuhs war jetzt noch deutlicher, seit die Sonne sich über den Horizont erhoben hatte.

Der schwarze Kopf, der rote Schuh.

Hans Olov Viktor Andersson wußte, daß er noch nie in seinem Leben etwas so Schönes gesehen hatte. Aber es war nicht das Bild an sich, das ihn so tief berührte.

Es war das Gefühl, daß etwas ihn losließ. Die Schneewehe in ihm hatte begonnen zu tauen.

Sie tranken den Kaffee, und der Fahrer mahnte zur Eile. Wenn sie die Berge erreichen wollten, ehe es dunkel geworden war, mußten sie aufbrechen. Aber Hans Olov Viktor Andersson wollte noch eine Weile warten. Falls sie trotz allem zurückkehren sollte. Der Fahrer, der dafür bezahlt wurde, das zu tun, was der Wassermann sagte, ging hinüber zu dem weißen Landrover und setzte sich in den Schatten eines der Hinterräder.

Hans Olov Viktor Andersson wartete. Als die Pflicht sich nicht mehr aufschieben ließ, brachen sie durch die Ebene auf. Gazellen strichen vorbei wie lebende Eingebungen, und Hans Olov Viktor Andersson meinte, auch auf den Köpfen der Gazellen rote Schuhe zu sehen. Der Schweiß lief ihm aus allen Poren, aber das war nicht nur die Wärme, sondern auch all der Schnee, den er so lange in sich getragen hatte, der jetzt zu schmelzen begann.

Sie erreichten die kleine Stadt vor den Bergen gerade bei Sonnenuntergang. Da gab es einen Mann, der auf ihn wartete, auch er ein Schwede, Sture Olofsson, ein anderer Wassermeister, der unbekannte Quellen suchte und periodisch Alkohol und Frauen mißbrauchte. Er war einer der Menschen, die niemals aus Europa hätten losgeschickt werden sollen, um den afrikanischen Kontinent zu erlösen. Die Wahl von Hans Olov Viktor Andersson mochte seltsam sein, doch niemand konnte verstehen, wie man einen Mann wie Sture Olofsson ständig aufs neue mit der Aufgabe eines Lehrers, Inspirateurs, hart arbeitenden und hochbezahlten Entwicklungshelfers betrauen konnte. Sture Olofsson hatte nur einen einzigen Ehrgeiz im Leben, und der lief genau dem zuwider, was er hätte tun sollen: seinen Auftrag erfüllen und sich so rasch wie möglich überflüssig machen. Um einheimischem, afrikanischem Personal Platz zu machen. Aber Sture Olofsson hatte früh erkannt, wenn er sein Leben in Herrenhausmanier verbringen wollte, mit Dienerschaft, Swimmingpool und großem Haus, dann müßte dies in Afrika geschehen. In Schweden würde er es vom Reihenhaus zum Einfamilienhaus bringen können, aber kaum zu mehr. Und niemand würde ihm je den Kaffee ans Bett bringen und die Schuppen von seinem Revers bürsten. Er war mit einem Vater aufgewachsen, der in dem Betrieb, in dem er angestellt war, nie befördert wurde, und das war ihm peinlich gewesen. Seine Mutter war Kellnerin. Das war eine noch größere Schande. Aber jetzt konnte er sich dafür schadlos halten. Seine Mutter war jetzt alt. Und als er das letztemal in Schweden gewesen war, hatte er sie besucht und heimlich ihre Kellnerinnenkleider mitgenommen, die in einer Kiste auf dem Dachboden verpackt waren. Die weißen Blusen, schwarzen Röcke und gestärkten Schürzen hatte er hierhergebracht, und jetzt wurden sie von Ana und Afrodite getragen, die sich darin abwechselten, ihm den Kaffee ans Bett zu bringen und seine Schuppen abzubürsten. Er hatte sie gelehrt, zu knicksen und auf die Knie zu fallen, wenn sie ihre Anweisungen erhielten. Jedesmal meinte er seine Mutter zu sehen, und er demütigte sie mit großer Wärme und Innerlichkeit. Aber nur, wenn er allein war. Niemand, der ihn hätte entlarven, niemand, der über die Verachtung seiner Diener hätte berichten können, durfte anwesend sein. Hatte er je Besuch, wurde der Kaffee in der Küche serviert, und Ana und Afrodite mußten in Pantoffeln und dem üblichen afrikanischen Lendenschurz herumlaufen. Und durften nicht auf die Knie fallen oder knicksen. Er fuhr im Lande herum und dirigierte solche Leute wie Hans Olov Viktor Andersson, wenn er sich nicht auf internationalen Konferenzen befand und am Rednerpult stand und sagte, die Armut müsse mit Demut und Solidarität bekämpft werden. Er sprach gut, und sein Auftrag wurde ständig verlängert und erneuert. Aber zuinnerst haßte er seine Mutter. Das war sein eigentlicher Antrieb.

Jetzt empfing er Hans Olov Viktor Andersson und hatte die Hotelzimmer, die sie erwarteten, desinfizieren lassen. Er hatte nicht lange argumentieren müssen, um aus der Heimat einen Privilegienbrief zu bekommen, in dem diese neue Ausgabe genehmigt wurde. Ein Mann, der herumreiste und die Hotelzimmer bespritzte, in denen er während seiner wichtigen Fahrten kreuz und quer durchs Land wohnen sollte. Jetzt waren sie also frei von Ratten, Mäusen, Läusen und Kakerlaken, als Hans Olov Viktor Andersson endlich auf der staubigen Straße auftauchte.

Abends aßen sie zusammen. Das Restaurant war einfach. Aber es hatte einen eigenen Raum für die Weißen, die Experten, und dort wurde das bessere Essen serviert.

Sture Olofsson traute Hans Olov Viktor Andersson nicht. Er hatte insgeheim intrigiert, irreführende Berichte geschickt und versucht, ihn nach Hause abschieben zu lassen. Aber aus unerklärlichen Gründen hielt man an ihm fest und wollte ihn dabehalten. Sture Olofsson vermutete, daß die Schweden froh waren, ihn losgeworden zu sein. Aber ganz sicher war es nicht. Sture Olofsson mißtraute Hans Olov Andersson auch aus einem anderem Grund. Weil er mit den Eingeborenen sehr gut umging, sie in Schutz nahm und sich demütig zeigte. Er wurde an seine eigene Heuchelei erinnert, einer von denen zu sein, die am längsten und ergreifendsten am Rednerpult sprachen, aber zugleich bei Afrika nur daran dachten, daß hier das gute Herrenhausleben noch möglich war. Mit knicksenden kleinen schwarzen Mädchen in gestärkten Schürzen.

Jetzt saßen die beiden Männer beim Abendessen.

– Gab es Wasser? fragte Sture Olofsson, der der Gastgeber war und das Gespräch eröffnete.

Hans Olov Viktor Andersson dachte an die Frau mit dem roten Schuh, sie, die er bereits liebte.

– Wasser gab es, antwortete er. Wenn wir es gewinnen, können die Ernten sich hier vervielfachen.

– Das wird Zeit brauchen.

– Nicht unbedingt. Sobald wir alle Ressourcen einsetzen, dauert es nur ein paar Jahre. Dann sind wir hier überflüssig.

Sture Olofsson schauderte. Er wollte noch fünfzehn Jahre hier leben.

– Es ist immer besser, nichts zu überstürzen.

Hans Olov Viktor Andersson kroch sofort in einen unsichtbaren Schützengraben. Wenn einer wie Sture Olofsson von der Notwendigkeit sprach, langsam vorzugehen, wußte er, daß dieser sein eigenes Haus bestellte. Sonst nichts. Daß Afrikaner es als klug betrachteten zu warten, daraus hatten Leute wie Sture Olofsson ihr eigenes Gesetz gemacht. Afrika sollte warten, während sie selbst ein gutes Leben führen konnten. Wasser zu suchen und die Armut zu bekämpfen war bestimmt gut. Aber nicht so, daß Sture Olofsson eines Tages nicht mehr gebraucht würde. Neuerdings gab es ständig Berichte von verschiedenen Seiten über die grenzenlose Vergeudung, die all die unnötigen ausländischen Experten darstellten. Sture Olofsson wachte manchmal schweißgebadet im Morgengrauen auf und sah seine Zeit schon vorüber. Und Leute wie Hans Olov Viktor Andersson waren daran mitschuldig. Leute, die Lösungen sahen, statt ständig neue Komplikationen zu entdecken. Leute, die den Korpsgeist verrieten.

Das Essen wurde schweigend beendet. Hans Olov Viktor Andersson dachte an die Frau in der Nacht, und Sture Olofsson ängstigte sich um seine Zukunft.

Am folgenden Tag wollten sie sich wieder treffen. Also trennten sie sich freundlich, aber möglichst früh. Sture Olofsson berichtete eingehend davon, daß man Hans Olov Viktor Anderssons Zimmer von Insekten befreit habe, und hoffte auf Lob und Dankbarkeit. Aber Hans Olov Andersson hatte ihn durchschaut und sagte nichts.

Dann ging er hinaus in die Nacht. Der Sternenhimmel schien nah. Sture Olofsson war bereits aus seinem Gedächtnis verschwunden. Hingegen war ihm jetzt die Frau mit dem roten Schuh ganz nah. Der Schneehaufen war geschmolzen, und er dachte, sie sei es, für die er die Quellen suchte, das Grundwasser maß und einen Sinn im Leben erblickte.

Der Fahrer tauchte aus den Schatten auf.

– Alles in Ordnung? fragte er.

– Alles in Ordnung. Warum schläfst du nicht?

– Ich habe geschlafen. Aber ich bin aufgewacht.

– Morgen wird es ein anstrengender Tag.

– Alle Tage sind anstrengend.

Hans Olov Andersson lächelte. Er wußte Bescheid.

– Aber es gibt Wasser, sagte er. Und deine Kinder werden hier gut leben. Wenn die Armut besiegt ist.

– Ja, antwortete der Fahrer höflich. Dann wird das Leben gut.

Er verschwand mit seiner Matte in der Dunkelheit.

Hans Olov Viktor Andersson blieb noch eine Weile stehen. Aus der Ferne meinte er einen Regen zu hören, der näher kam.

Dann ging auch er schlafen.

In der Dunkelheit lief die Frau mit dem roten Schuh vorbei. Die Türen zu Sture Olofssons Träumen waren geschlossen.

Aber bei Hans Olov Viktor Andersson fand sie sofort Einlaß.

21.

Kurz vor der Morgendämmerung fielen plötzlich ein paar Tropfen Wasser. Aus der Ferne war der Donner zu hören gewesen, und Blitze hatten die schwarze Luft zerrissen. Aber es waren wenige Tropfen gefallen. Der Regen zog anderswo vorbei, weit entfernt von dem Feuer außerhalb von Umbeluzi.

Die Tropfen, die fielen und auf die Stirn des alten Mannes spritzten, machten ihm gute Laune. Er lachte, als hätte der Regen ihm eine große und unerwartete Freude bereitet.

– Einmal bin ich selbst ein Kind gewesen, sagte er plötzlich, während die Regentropfen noch auf seiner Stirn glänzten. Damals wohnte ich in einem Dorf, weit entfernt von den Straßen, auf denen Autos fahren konnten. Wir hatten immer dort gewohnt. Unsere Geister befanden sich in der Erde und wachten darüber, daß wir so lebten, wie wir sollten. Es war ein guter Platz zum Leben. Mein Vater hielt mich der Sonne entgegen, und meine Mutter stieß den Mais und sang dabei. Schwierig war es nur mit dem Wasser. Regen fiel dort selten. Jeden Morgen gingen die Frauen den langen Weg zur nächsten Quelle. Um dorthin zu kommen, mußten sie eine Bergflanke hinunter und durch eine Schlucht klettern. Der Morumaberg war hoch und steil. Die Quelle lag an seinem Fuß. Wenn sie hinuntergestiegen waren, füllten sie ihre Gefäße. Jede Frau trug ein Gefäß mit dreißig Litern auf ihrem Kopf. Dann kam der lange Rückweg. Sie balancierten die Gefäße auf den Köpfen, während sie die fast senkrechte Bergflanke emporkletterten. Immer noch kann ich nicht verstehen, wie sie es schafften, das jeden Tag zu tun, das ganze Jahr. Aber ohne Wasser kann niemand leben. Nichts kann wachsen. Das merkwürdigste aber war, daß sie die ganze Zeit schwatzten, lachten und stritten, sangen und tratschten, während sie mit ihrem Wasser die Bergflanke hinaufkletterten. Ich habe oft an diese Frauen gedacht, von denen eine meine Mutter war, andere ihre Schwestern und wieder andere meine Schwestern. Ich habe daran gedacht, wie sie ihr Wasser den Berg hinauf zum Dorf schleppten. Ich habe an die Freude gedacht, die sie darüber empfinden mußten, daß es Wasser war, was sie trugen. Ich meinte zu verstehen, daß die Freude größer war als die Mühe des Tragens.

Und die Erde. Diese Decke ist so dünn, daß du dich mit einem Finger in den unfruchtbaren Berg hineinbohren kannst, in das Skelett der Erde. So schmal ist die Grenze zwischen Leben und Tod, zwischen Ernten und Dürre. Ich habe Menschen in Erwartung des Regens in wortlosem Gebet atemlos stillstehen gesehen, die Blicke zum Himmel gerichtet. Ich habe das Gesicht des Hungers gesehen, das auch Stille ist, das Warten auf den Tod oder eine Schale mit Reis. So dünn ist diese Decke von Erde, sagte der Alte, und ließ die Erde durch die Finger rieseln. Deshalb muß das Leben auch immer nahe der Erde gelebt werden. Mit der Erde. Nie gegen sie.

Hast du Afrika gesehen,
diesen riesenhaften Kontinent,
der einst das Menschengeschlecht hervorgebracht hat,
so hast du auch die Frauen gesehen,
mit gekrümmten Rücken
Hacken haltend,

die fielen und gehoben wurden,
fielen und gehoben wurden.

Die Erde wirbelt
um diese Hacken.
Der Gesang der Erde ist der Gesang der Hacke,
der Gesang der Frau.

Der Gesang der Hacke ist der Gesang des Lebens.

22.

Marta war kurz nach dem Anbruch der Morgendämmerung mit ihrer Hacke zu ihrem *machamba* herausgekommen. Gerade an diesem Morgen war sie in der Hütte mit einer eigentümlichen Vorahnung im Körper aufgewacht, daß etwas Bedrohliches sich in ihrer Nähe befände, ganz nah bei ihr, wie ein unsichtbares und widerwärtiges Raubtier. Oder vielleicht war es etwas in ihr, das sie verschluckt hatte, ohne es zu merken, etwas von all den bösen Samen, die in der Luft schwebten, die man atmete und die sich zu demjenigen schlichen, der von den Geistern dazu ausersehen worden war, von der unsichtbaren Rache getroffen zu werden. Sie hatte regungslos in der Dunkelheit gelegen, hatte die Hand von Matteus weggeschoben, die schwer auf ihrem Bauch lag, und versucht zu verstehen, woher das Gefühl kam. Gerade beim Aufwachen war ihr Samima besonders nah, in dem unklaren und oft verwirrenden Grenzland zwischen Schlaf und Wachen. Gerade dann schickte sie den Lebenden ihre Nachrichten. Dann konnte Marta auch mit ihr reden, sie um Rat fragen und ihre Klagen entgegennehmen. Manchmal war es vorgekommen, daß sie miteinander in Streit geraten waren. Matteus wachte dann gewöhnlich grunzend auf und bat sie, still zu sein und ihn nicht zu stören. Aber da Marta eifersüchtig davon überzeugt war, daß er von anderen Frauen träumte, reizte es sie sofort, im Streit mit Samima noch lauter zu werden. Meist endete es damit, daß Matteus sich wütend von der Matte erhob und hinausging, um sich hinter die Hütte zu legen und weiter von all seinen unbekannten Frauen zu träumen.

Aber gerade an diesem Morgen war es anders gewesen. Etwas hatte sie unruhig gemacht, seit sie die Augen aufgeschlagen hatte. Und Samima war nicht dagewesen. Marta hatte ihren Namen geflüstert, aber keine Antwort erhalten. Die Unruhe hatte sie nicht verlassen. Sie war so stark, daß sie dachte, wenn Sakina noch lebte, würde sie sich in die *capulana* wickeln und zu ihrer Hütte gehen, um sie um Rat zu bitten. Aber Sakina war tot, sie war zu Legendo gegangen, und es gab niemand anderen, an den Marta sich hätte wenden können, ohne für überspannt und affektiert gehalten zu werden.

Das Kind, das neben ihrem Arm lag, der kaum einjährige Castro, wachte allmählich auf. Die Unruhe ließ nicht nach, aber ein Kind, das aufwachte, war immer wichtiger und stärker als die Unruhe, die sie in sich spürte.

Nachdem sie rings um die Hütte gefegt und Grütze für Matteus und die Kinder gekocht hatte, war sie den anderen Frauen hinaus auf die Äcker gefolgt. Trotz ihrer Unruhe hatte sie wie immer am Morgen gedacht, daß das, woran sie sich aus ihrem Leben erinnern würde, in dem Augenblick, in dem Samima sie ernstlich zu sich riefe, gerade diese Wanderungen hinaus zu den Feldern wären. Und all die Male, die sie unter Krämpfen und Schmerzen ihre Kinder geboren hatte.

Das war ihr Leben, ein Fundament, das manchmal stabil und manchmal schwankend war, aber auf dem doch alles andere aufgebaut war. Wenn die Sonne über den Horizont stieg, mit der Hacke über der Schulter zu den Feldern zu gehen, und die Erinnerung an den Schmerz, den jedes Kind mit sich auf die Welt brachte.

An diesem Morgen merkte sie, daß sie schauderte. Die kalte Jahreszeit nahte. Leichte Streifen von Nebel lagen noch da, als lauschten sie den Stimmen der Erde und des roten Sandes. Während Marta den Gesprächen der anderen Frauen zuhörte und dann und wann selbst einen Kommentar abgab, dachte sie daran, daß sie gerade an diesem Tag die Reste auf dem Teil des Ackers wegräumen würde, wo sie kürzlich ihren Mais geerntet hatte. Samen von Tomaten und Zwiebeln hatte Matteus im Austausch dafür bekommen, daß er die defekte Nähmaschine eines indischen Händlers repariert hatte. Sie spürte, daß sie sich auf den Tag freute. Zu säen bedeutete immer eine größere Freude, als zu ernten. Man aß nicht das, was man säte. Aber das Säen barg einen Traum, daß etwas Unwartetes aus der Erde sprießen würde, die heilige Zwiebel, die alles auf eine solche Weise verändern würde, daß sie nicht weiter nachgrübeln und sich um all die Morgen sorgen müßte, die vor ihr lagen.

Doch auch ihre Unruhe war die ganze Zeit über da. Noch immer wußte sie nicht, woher sie kam.

Sie ging zur äußersten Ecke ihres Ackerfleckens. Er lag direkt an einer Straße, die nicht mehr benutzt wurde. Auf die gleiche Art wie Menschen können wohl auch Straßen altern, übrigbleiben, überflüssig werden. Und gerade neben ihrem Grund lag eine solche vergessene, unnütze Straße. Dort gab es noch einige Quadratmeter Boden, die ihr gehörten, die sie aber bislang nicht bepflanzt hatte. Gerade heute würde sie das tun, sie würde dort einige weitere Tomatenpflanzen setzen. Es war der letzte Teil ihres Ackers, den sie noch nicht in Gebrauch genommen hatte.

Castro schlief auf ihrem Rücken. Die Sonne war schon am Himmel emporgestiegen. Aus der Ferne hörte sie einen Lastwagen, der sich mühsam einen der steilen Hänge zu den Likukubergen hocharbeitete.

Dann ließ sie die Hacke niedersausen. Die Erde war locker und nahm sie auf, auch hier neben der alten Straße. Es würde eine leichte Arbeit sein. Jedesmal, wenn sie die Hacke niedersausen ließ, war es, als spalte sie ihre Unruhe mittendurch.

Sie hob die Hacke und hörte plötzlich Samimas Stimme. Woher sie kam, wußte sie nicht. Sie hielt für einen kurzen Augenblick in der Bewegung inne. Dann ließ sie die Hacke erneut niedersausen.

Samima hatte vergeblich gerufen. Die Warnung war nicht durchgedrungen. Als die Mine von der Hacke getroffen wurde, explodierte sie in all der aufgedämmten Kraft, die so lange geruht hatte. Es war, als hörte die Zeit für einen kurzen Augenblick auf zu existieren. Die Sonne zuckte am Himmel zusammen, die Vögel fielen zur Erde, und das Dröhnen war entsetzlich in seiner Sinnlosigkeit. Jetzt gab es nicht mehr nur Marta mit ihrer Hacke und Castro, der an ihrem Rücken hing. Es gab nicht nur Samima, die vergebens aus der Erde gerufen hatte. Jetzt gab es auch all die anderen rings um sie her, und die drei Männer, die weiß waren, obwohl sie ihre Gesichter schwarz angemalt hatten, die lachten, als sie in Stücke gesprengt wurde. Sie lachten, als Castro von ihrem Rücken gerissen wurde und zwischen den Erdschollen landete, das linke Bein an der Leiste weggesprengt.

Sie waren zu dritt gewesen, und sie waren in der Nacht gekommen. Mollen, Lynch und Slingsby, der Sergeant war und die Operation leitete, obwohl Hauptmann McKenna alles in seinem Zelt, wo es nach Fußschweiß stank, geplant hatte. Sie waren mit ihren Fallschirmen aus einer heulenden Lynx heruntergelassen worden, die kurz nach Mitternacht vom Militärflughafen Salisbury abgehoben hatte. McKenna hatte berechnet, daß der Flug über feindliches Territorium eine gute Stunde dauern würde. Der Mond war schon am Abnehmen, und die Metereologen hatten günstiges Wetter vorhergesagt, niedrige, auseinandertreibende Wolken, die dem Piloten die Navigation leichter machen würden. Dann hatten sie den ersten Fallschirm mit Waffen entfaltet und waren danach selbst rasch hinaus in die Dunkelheit verschwunden, als das grüne Licht aufschien. In der Dunkelheit der Nacht hatten sie vier Stunden gebraucht, um ihren Weg durch den unendlichen Busch zu der geplanten Position zu finden, gleich neben der Straße, wo sie ihre Minen plazieren sollten. Tagsüber hatten sie regungslos gewartet, rauchend, aber stumm, in einer kleinen Senke, und sie hatten zweimal Stimmen aus der Ferne gehört. Mollen, im Gegensatz zu den anderen, die Legionäre waren, in diesem Land geboren, hatte die Sprache erkannt, und er hatte geflüstert, es seien Bauern, nichts sonst, nichts, wegen dessen man sich beunruhigen müßte. In der Nacht hatten sie dann die Minen ausgelegt, und als Mollen gefragt hatte, ob sie nicht auf ihrer Karte markieren sollten, wohin sie die Minen gelegt hatten, bemerkt Slingsby nur, das sei überflüssige Arbeit. Sie hatten vier kräftige Panzerabwehrminen ausgelegt, die schwere, armierte Lastwagen in die Luft sprengen konnten. Aber als sie fertig waren und bevor sie sich zurück an den Platz begaben, wo der Helikopter sie aufsammeln sollte, fragte Lynch, was sie mit den Anti-Personen-Minen machen sollten, die sie zu ihrer eigenen Sicherheit mitgenommen hatten. Slingsbys Antwort war kurz und gereizt gewesen.

– Entsichert sie und legt sie irgendwohin.

Mollen und Lynch hatten getan, was ihnen befohlen wurde. Wo genau sie die Minen auslegten, wußten sie nicht. Aber Lynch ahnte, daß sie sich irgendwo in der Nähe von Feldern befanden. Mit einer Fürsorge, die sogar ihn selbst verwunderte, hatte er sie so nahe wie möglich an die Straße gelegt. Vielleicht würde der Regen sie fortspülen, ehe jemand darauf trat.

Dann marschierten sie ab. Die Minen lagen in der Erde. Es war die Nacht zum 19. Januar 1979.

Vierzehn Jahre später traf Martas Hacke eine dieser Minen, die Lynch neben die Straße gelegt hatte. Sie hatte dort auf sie gewartet wie ein böser und nachtragender Rächer, darauf gewartet, daß Marta ihren Ackerflecken um das einzige Gebiet erweitern würde, das noch nicht bebaut war. Die Hacke traf mitten auf den Detonator, und Martas Gesicht wurde weggesprengt. Castro, der sein eines Bein verlor, starb ein paar Stunden darauf.

Slingsby war mittlerweile pensioniert, wohnte auf einer Farm und widmete sich an diesem Morgen seiner Münzensammlung.

Mollen war neun Jahre zuvor bei einem Autounfall umgekommen, und Lynch war verrückt geworden von mehreren Jahren desperaten Saufens.

Nach dem Unfall blieb Samima lange stumm. Sie sprach nicht einmal mit Matteus, der seine tote Frau und sein totes Kind betrauerte. Durch Samima strömte ein rasender Strom von Schmerz.

Sie dachte an all das Unrecht, das ihren Kontinent und ihr Land so unbegreiflichen Qualen ausgesetzt hatte. Die Muskeln spannten sich unter ihrer mageren Haut, wo die Adern wie Fahrwasser auftauchten, die sie in die Tiefe der Erinnerung führte, die sie mit allen anderen teilte, die Erinnerung an den geschundenen Kontinent, auf dem sie gelebt hatte. Aus der Erinnerung, die eigentlich eine Landschaft war, holte sie Bilder, auf denen verzweifelte Sklavenkarawanen vorbeizogen. Sie sah die ersten weißen Männer ankommen und wie sie begannen, ihre Pest und ihren Tod und ihre Gier um sich her zu verbreiten. Sie sah ihren Kontinent wie er war, ein verletzter Büffel, der sich ständig, unaufhörlich aufs neue wieder erhob, sich hartnäckig weigerte zu sterben. Aber sie sah auch noch etwas anderes, ein Schiff, das am Rand des Blickfelds auftauchte, und wie dann ein Sturm aufkam, der das Schiff aus dem Kurs brachte und auf die Riffe gleich hinter dem blendendweißen Sand zutrieb, der immer so aussah, als wende er einen lächelnden Mund zum Meer hin. Von dem Schiff, das untergegangen war, trieben ein paar Seeleute an Land, wurden an diesen Strand gespült. Und Samima dachte, das Geheimnis sei einfach, daß Afrika immer des schwarzen Mannes Last und des weißen Mannes Rettung gewesen war. In all den Jahren, die sie gelebt hatte, hatte sie diese Horden von Weißen gesehen, die aus allen Richtungen gekommen waren, mit ihren Traktaten und Schnurrbärten, mit ihrer Gier und ihren Göttern und ihren Kassenbüchern. Sie hatten getötet und gewütet, und obwohl jetzt andere Zeiten waren, hatten sie die Erde mit ihren Untieren vergiftet, und jetzt hatte Martas Hacke eins dieser Tiere in die Stirn getroffen, und dieses hatte wütend zurückgeschlagen und sowohl sie wie Castro getötet, der nicht einmal so lange leben durfte, daß ihm das schwindelerregende Gefühl vergönnt war, seine Beine auf die Erde zu stellen und sich auf die Wanderung zu begeben, die mit dem Leben jedes Menschen bezweckt ist.

Samima trauerte.

Sie trauerte schwer und tief und lange. Sie trauerte so tief, daß sie sich schlecht zu fühlen begann, obwohl sie tot war. Zuerst versuchte sie sich mit Ruhe und Bädern in den warmen Seen der Unterwelt zu trösten. Doch als nichts half, entschloß sie sich, einen ihrer seltenen Besuche bei den

Lebenden zu machen. Sie wickelte ihren besten Schurz um den Körper, knotete ein *lenso* um den Kopf und kletterte hinauf in die Welt der Menschen.

Dort stellte sie sich an den Straßenrand und schaute sich verwundert um. Obwohl alles anders war, war es auch so, wie es immer gewesen war. Alles war sich nicht gleich und trotzdem dasselbe.

Ein vollbeladener Lastwagen ganz ohne Federung blieb schließlich stehen, nahm sie auf der offenen Ladefläche mit und brachte sie in die Stadt, wo die Häuser unbegreiflich hoch waren und wo das Krankenhaus lag. Samima kletterte von dem Lastwagen herunter und folgte dem Strom von Menschen durch die Eingangstür. Irgendwo hoffte sie einen Arzt zu finden, der sie von ihrer Trauer und ihrem Schmerz befreien könnte, obwohl sie schon tot war. Sie dachte, der Schwarze Kontinent sei wie ein verwundeter Büffel, und der verwundete Büffel war auch sie selber.

23.

Obwohl Dom Estefano ihr Vater war, konnte man es Isminas Haut nicht ansehen, daß gemischtes Blut in ihren Adern floß. Sie war genauso schwarz wie ihre Mutter Mutéia, mit der Dom Estefano eins seiner letzten und hilflosesten Verhältnisse gehabt hatte, bevor er im trostlosen Warten auf den Tod seiner Frau verschieden war. Mutéia hatte als Putzfrau in dem Hotel gearbeitet, das sich langsam in Dom Estefanos Mausoleum verwandelt hatte, und wann immer Felisberto verschwunden war, weil er in einen heftigen Streit mit seinen Göttern geraten war, hatte Mutéia Dom Estefano seinen Morgenkaffee servieren müssen. Einmal war sie in seinem Schlafzimmer geblieben, und sie hatte ein paar Scheine und einen Ring als Dank dafür bekommen, daß sie seinen Körper kurz gewärmt hatte. Aber damals hatte sie nicht ahnen können, daß noch so viel Kraft in dem alten Mann mit dem pomadisierten Haar steckte, daß sie schwanger würde.

Ismina lag in dem schmutzigen Krankenhausbett, in einen Dämmerschlaf versunken, wenn die Schmerzen sie für einen Augenblick in Ruhe ließen. Sie wußte, daß sie sterben würde. Aber es war, als mache das nichts mehr aus, obwohl sie erst siebzehn Jahre alt war. Sie mußte das Bett mit keinem anderen teilen. Zum erstenmal in ihrem Leben hatte sie das Gefühl, als würde sie in Ruhe gelassen. Rings um sie her, auf dem Boden, auf Matratzen oder unter den Betten lagen andere, die krank waren, umgeben von ihren stummen und leidenden Familien. Aber sie war allein, genauso allein wie Mutéia es gewesen sein mußte, als sie heimlich ihre Tochter hinter einem Müllhaufen am Rand der Stadt gebar. Diese Einsamkeit teilte sie mit Mutéia und mit allen anderen Frauen, die Kinder gebaren, von denen sie nicht verstanden, wie sie gezeugt worden waren. Aber für Ismina kam noch etwas hinzu. Sie hatte ein totes Kind geboren, das sie mit der Infektion angesteckt hatte, die jetzt den ganzen geschwollenen Bauch mit Eiter und Bakterien füllte.

Sie wachte davon auf, daß jemand mit trauriger Hand ihren Bauch berührt hatte, ein gehetzter Arzt in einem schmutzigen und blutigen Kittel, der in dem Moment verschwand, als sie ihre Augen aufschlug. Sie streckte sich nach dem Wasserglas, das neben dem Bett stand. Eine Fliege zappelte in dem lauen Wasser, aber sie hatte ohnehin nicht die Kraft zum Trinken, sondern ließ die Hand fallen und schloß die Augen.

Sie hatte wieder geträumt. Ihr ganzes Leben steckte jetzt in den Träumen. Was rings um sie her geschah, in dem überfüllten Krankenzimmer, war nicht mehr wirklich. Alles hatte den Platz getauscht, nur in ihren Träumen fühlte sie sich heimisch, und was rings um sie her geschah, war etwas Fernes und Fremdes, das sie eigentlich nichts anging.

Als sie schlief und die Schmerzen sie für eine Weile in Ruhe ließen, war Samima plötzlich da. Sie war sehr nahe, als ob sie direkt neben ihrem Bett im Raum wäre. Mutéia und Felisberto hatten immer von ihr gesprochen, von dieser bemerkenswerten Samima, die aus ihrer Unterwelt über sie wachte. Da Samima schon sehr lange tot war, wußte keiner, wie sie aussah, nur daß sie einen weißen Streifen gehabt hatte, der sich von der einen Augenbraue bis zur Fessel des linken Fußes zog. Aber trotzdem wußte Ismina sofort, daß es Samima war, die da neben ihrem Bett stand, Samima, die aus der Unterwelt zurückgekehrt war und Isminas eigenen

Traum in dem schmutzigen und stinkenden Krankenzimmer als Tor zur Wirklichkeit benutzt hatte. Samima war in einen altertümlichen Lendenschurz gekleidet. Um das Haar trug sie einen kunstvoll gewickelten Schal, und sie kaute auf einem Wurzelstück, das ihr Zahnfleisch reinigte.

Ismina fühlte die Schmerzen wiederkommen. Es war, als wäre ihr Bauch im Begriff zu platzen. Trotzdem zwang sie sich zu einem Lächeln.

– Du bist Samima, sagte sie.

– Noch nie habe ich so viele kranke Menschen gesehen, antwortete Samima und spuckte die Wurzel aus. Sie liegen überall. In einem Zimmer, in das ich zufällig kam, lagen drei Personen im selben Bett. Eine war tot, eine schrie, und die dritte war dabei, sich ein Ohr abzureißen.

– Du bist Samima, wiederholte Ismina. Und du bist hierhergekommen, um mich zu besuchen.

– Eigentlich suche ich nach einem Arzt, antwortete Samima.

Ismina sah sie erstaunt an.

– Ich dachte, du wärst tot?

– Das bin ich auch. Aber auch Tote können sich manchmal schlecht fühlen. Auch wer tot ist, kann es nötig haben, sich einen Zahn ziehen oder eine Wunde nähen zu lassen.

Samima sah sich mit Abscheu in dem Zimmer um.

– Hier scheint es keinen Arzt zu geben, sagte sie.

– Ich bin im Begriff zu sterben, sagte Ismina. Ich habe ein Kind geboren, das starb. Und das Kind hat mich vergiftet, so daß ich jetzt selber sterben muß.

– Ich weiß, sagte Samima. Und der Vater des Kindes, wer war das?

– Mutundisse.

– Welcher Mutundisse?

– Der Sohn des Schreiners Vasco.

Samima murmelte wütend.

– Deine Mutter hat ihre Beine für Dom Estefano breitgemacht. Und du legst dich für Mutundisse auf den Rücken. Warum hast du das getan?

Ismina errötete.

– Er hat gelächelt und mir über den Rücken gestrichen.

– Das machen die Kerle gewöhnlich.

– Er strich mir auch über die Wangen. Und die Stirn. Und meinen Fuß. Vor allem über meinen Fuß.

– Und du bist gefallen. Ich weiß. Wir fallen. Und dann, wenn die Bäuche schwellen, sind sie weg.

Samima schüttelte den Kopf und überlegte, wofür sie sich entscheiden sollte, Wut oder Resignation. Ismina war wie sie selbst. Auch sie war in ihrer Jugend gefallen, schwer und hart gefallen, und als sie zur Besinnung kam, waren die Männer weg.

– Dein Bauch ist krank, sagte sie. Er muß aufgeschnitten und geleert werden.

– Ich sterbe, sagte Ismina. Ich weiß es.

Samima schüttelte irritiert den Kopf.

– Ich werde einen Arzt ausfindig machen. Niemand soll unnötig sterben müssen.

Dann verließ sie rasch das Zimmer. Ismina schloß die Augen und schlummerte ein.

Lange irrte Samima im Krankenhaus herum und versuchte, einen Arzt zu finden. Überall drängten sich jammernde und klagende Menschen. Alles bleibt sich gleich, dachte sie, ob die Menschen lebendig oder tot sind. Dasselbe Klagen, dasselbe Jammern. Sie versuchte die weißgekleideten Männer und Frauen aufzuhalten, die vorbeiflatterten, aber niemand schien sie zu sehen. Erst als sie aus Versehen in ein Archiv geriet, wo sich verschimmelte Röntgenbilder in verstaubten Regalen stapelten, fand sie einen Arzt, der aufgehört hatte zu flattern und auf einen Stuhl gesunken war. Er sah sie mit müden Augen an, und zu ihrem Erstaunen erkannte sie ihn. Es war Felisbertos Enkel, Robertos Sohn Jeremias, der zusammengekauert auf dem Stuhl saß.

– Geh weg, sagte er mürrisch. Hier ist kein Behandlungszimmer.

Samima wurde sofort wütend.

– Du schickst mich fort? fragte sie zornig. Weißt du, wer ich bin?

– Ich weiß nicht, wer du bist, und ich bin nicht daran interessiert, es zu erfahren. Ich habe auch so schon genug Probleme.

Samima sah ein, daß es nutzlos wäre, ihm zu erklären, wer sie war. Statt dessen dachte sie an Ismina.

– Da oben liegt ein Mädchen, das unnötig stirbt, sagte sie.

– Ich weiß, erwiderte Jeremias. Deshalb sitze ich hier.

– Wenn niemand etwas tut, wird sie sterben.

In einer Mischung aus Erstaunen und Empörung sah Jeremias die alte Frau an, die vor ihm stand.

– Warum tust du nichts?

– Weil ich nicht kann.

– Aber du bist Arzt?

Jeremias breitete die Arme aus.

– Es gibt kein Operationsbesteck.

Plötzlich merkte Samima, daß Jeremias Tränen in den Augen standen.

– Es gibt kein Operationsbesteck, wiederholte er. Alles geht aus. Und wir haben kein Geld, um zu kaufen, was wir brauchen. Weder Medikamente noch Skalpelle oder sterile Tücher. Und daher bleibt Ismina in ihrem Bett liegen und stirbt ganz unnötig.

Samima schüttelte den Kopf.

– Kein einziges Skalpell, sagte sie. Kein einziges?

– Eins ist noch da. Aber das soll dazu verwendet werden, dem Sohn eines Vizeministers eine Warze zu entfernen.

– Eine Warze?

– Ja.

– Statt Isminas Bauch aufzuschneiden?

– Ja.

Samima begann zu frösteln. Es ist kalt in der Welt, dachte sie. Von Ungerechtigkeit und wahnsinnigen Beschlüssen. Vielleicht ist es doch besser, wenn mir Ismina in die andere Welt folgt.

Aber ganz zuinnerst wußte sie, daß das nicht stimmte. Ismina sollte selbst wählen, das war nicht Samimas Sache.

– Du mußt sie mit einem schmutzigen Skalpell operieren, sagte Samima und sah Jeremias entschlossen in die Augen.

Er nickte.

– Es kann furchtbar weh tun, sagte er. Aber ich habe keine andere Wahl.

– Es ist lebensgefährlich, arm zu sein, sagte Samima.

Jeremias antwortete nicht. Er stand auf.

– Wer bist du? fragte er.

– Ich bin hergekommen, weil auf mir eine Trauer lastet, die mich schlaflos macht.

– Komm morgen wieder, sagte Jeremias. Dann werde ich sehen, ob ich dir helfen kann.

Jeremias ging zum Krankenbett, in dem Ismina schlief. Ihre Stirn war sehr heiß. Wenn er nicht sofort operierte, würde sie bald tot sein. Ich muß es tun, dachte er. Auch wenn es vermutlich bereits zu spät ist.

Es war Abend, als Ismina in den Operationssaal gerollt wurde. Ihr war nicht bewußt, was mit ihr geschah. In ihren Träumen befand sie sich an einem Fluß und sah jemanden, der am anderen Ufer stand und ihr zuwinkte. Wo Samima hin war, wußte sie nicht. Alles in ihr war sehr still.

Jeremias operierte. Er leerte Eiter und Blut aus Isminas Bauchhöhle. Aber schon als er den Bauch aufschnitt, erkannte er, daß es zu spät war. Die Entzündung war schon zu weit fortgeschritten.

Ismina starb im Morgengrauen. Jeremias war im Krankenhaus geblieben und hatte darauf gewartet, daß trotz allem ein Wunder geschähe. Aber später, als alles vorbei war, ging er zornig auf die spezielle Station, die nur für Operationen an Menschen diente, die bezahlen konnten, und fragte eine der halb schlafenden Nachtschwestern, wie es mit der Warze des Ministersohns gegangen sei. Sie sah ihn erstaunt an.

– Natürlich ist es gutgegangen. Warum hätte es nicht gutgehen sollen?

– Wo ist das Skalpell?

Sie sah ihn fragend an.

– Es liegt im Müll.

Jeremias suchte das Messer aus einem der großen Müllbehälter heraus. Er wischte es ab und steckte es in die Tasche. Er war sehr müde, als er aus dem Krankenhaus kam. Trotz der immer noch frühen Stunde waren viele Menschen in den Straßen unterwegs. Irgendwo im Gewimmel meinte er auch die merkwürdige Frau zu entdecken, die zu ihm gekommen war, als er im Röntgenarchiv saß, und all ihre sonderbaren Fragen gestellt hatte.

Am Tag darauf, als Ismina begraben wurde und ihre Mutter Mutéia sich schreiend auf den Sarg warf, war Jeremias zum Friedhof gegangen. Ohne daß jemand es merkte, ließ er das Operationsmesser ins Grab fallen. Gleichzeitig gab er sich selbst ein Versprechen. Es sollte nie wieder geschehen, solange er Arzt an diesem Krankenhaus war, daß jemand sein Leben opfern müßte, weil einem anderen eine Warze weggeschnitten wurde. Er wußte, daß es ihm wahrscheinlich nicht gelingen würde, was er versprach. Aber dieses Versprechen, das er sich selber gab, war im Grunde ein wütendes Gebet, nicht an einen Gott, sondern an Ismina gerichtet, die nicht mehr da war, und er bat sie nicht um Verzeihung, sondern um die Kraft, sein Versprechen einzulösen.

Samima war zu diesem Zeitpunkt schon in ihre eigene Welt zurückgeeilt. Die Trauer lastete immer noch schwer auf ihr. Aber sie wollte dasein und Ismina empfangen. Das Mädchen würde sich sicher verloren fühlen und unerfahren in all dem Neuen, das sie erwartete. Der Gedanke daran, daß sie selbst eine Medizin von Jeremias gebraucht hätte, war schon verflogen.

Das war jetzt weniger wichtig.

Ismina sollte nicht warten müssen, ohne daß jemand da war und sie empfing.

Kein Mensch sollte sich verlassen fühlen müssen, wenn seine Sonne zum letztenmal unterging.

24.

Wer war sie? Das Mädchen, das mit einem Bauch voller Eiter in einem Krankenhausbett gestorben war?

Von irgendwoher war Ismina aufgetaucht. Und sie hatte gelernt, allein zurechtzukommen.

Sie verkaufte auf den Straßen. Dinge, die sie so billig kaufen konnte, daß sie sie mit Gewinn wiederverkaufen konnte, auch wenn der Gewinn so klein war, daß er kaum auffiel.

Was verkaufte sie?

Uhren
Erdnüsse
Weihnachtsbaumbeleuchtung
Strümpfe
Landschaftsmotive von Österreich
Verlängerungskabel
Schnürsenkel
Einmalfeuerzeuge, mit nackten Frauen dekoriert
Raubkopien auf Kassetten
Fernsehantennen
Grillgabeln
Stoffaffen
Selbstgemachte Sauermilch
Einen Toaster und einen Goldring
zum gleichen Preis
Apfelsinen
Stifte
Ilustrierte von 1992

Lottoscheine
Erdnüsse
Erdnüsse
Erdnüsse

Ganz am Schluß konnte sie sich selber sehen, ein Mädchen, das sich selbst zu einem Preis verkaufen wollte, der der niedrigste von allen war. Wo es keinen Gewinn gab.

Damit war der Preis auch der höchste.

Wer setzt den Preis für die Verzweiflung fest?
Wer setzt den Preis für den Hunger fest
Und für die Verlassenheit?

25.

In der Dämmerung
treffen wir uns
und tauschen Trommeln miteinander.

Danach gibt es nichts mehr.
Wenn die Trommel verstummt ist.

Die Trommel hat Augen
das Fell sieht dich
vibriert wie eine eigene Haut.

Die Trommel kommt von innen
das Blut pocht, pulsiert
die Trommel dröhnt.

Die Trommel hat einen Mund
die Trommel ruft
schreit, lockt
die Trommel ist deine Sehnsucht
deine Trauer, dein Schmerz.

Die Trommel lächelt
das Fell lacht
lockt dich zu tanzen.

Die Trommel gibt dir ihr Vertrauen.
Die Trommel macht dich erwachsen.

Die Zähne der Trommel beißen zu.

Die Trommel bist du,
die Trommel ist dein Herz.

Die Trommel sagt: Bewahre deine Würde.
Die Trommel nimmt immer Stellung.

Im Dröhnen der Trommel ist das Vergessen
aber auch die Erinnerung
und all deine Sehnsucht.

Die Trommel pocht deine Träume.
Die Trommel pocht dein Leben.

26.

Peina war als mißgebildetes Kind geboren worden. Ihre Beine waren verkrüppelt und konnten sie nicht tragen. Aber ihre Mutter, die Belinas und Deolindas Schwester war, liebte sie trotzdem genausosehr, nachdem ihr die Zauberer versichert hatten, daß es weder ihre noch die Schuld des Vaters war. Obwohl viele im Dorf meinten, das Kind müßte verhext sein, nahm sie es an wie alle die anderen Kinder, die sie gebar, es waren sechzehn oder siebzehn. Sie taufte das Mädchen Peina, »Der kleine Fuß«, als wollte sie der Welt sagen, ihre Tochter hätte Füße wie alle andern, auch wenn sie sie nicht trugen.

Peina wuchs heran, und sie kroch und schleppte sich voran. Manchmal war ihre Trauer sehr groß, manchmal verkroch sie sich in sich selbst wie in eine Höhle, wo alles schwarz war. Aber ihre Mutter holte sie immer wieder heraus und zwang sie zu leben.

Das einzige, was Peina nicht konnte, war tanzen. Aber ihre Schwestern wechselten sich dabei ab, sie zu tragen.

Später heiratete Peina einen entfernten Cousin von Felisberto, bekam viele Kinder und auch einige, die ihr mehr Freude als Trauer bereiteten.

Als sie erwachsen war und schon den Ruf des Alters aus der Erde hörte, diese Stimme, die vielleicht die von Samima war, beschloß sie, etwas zu tun, wovon sie immer geträumt hatte. Aber nur in größter Heimlichkeit.

Sie wollte das Meer sehen, damit es ihr das gäbe, wonach sie sich am meisten von allem gesehnt hatte.

Ihre Familie wunderte sich und war bekümmert, als sie von ihrem Entschluß erzählte. Ihr Mann setzte sich hinter die Hütte und sagte mehrere Tage kein Wort, obwohl er gewöhnlich sehr gesprächig war.

Das Meer lag in weiter Ferne. Wenige aus dem Dorf hatten dieses unendliche Wasser gesehen. Und alle hatten Beine gehabt, auf denen sie gehen konnten.

Die Frage war, wie Peina dorthin kommen sollte.

Als eine Woche vergangen war, trat ihr Mann von der Rückseite der Hütte hervor. Er sah sie mit schweren Augen an.

– Wie willst du da hinkommen? fragte er.

– Ich mache es so, wie ich es immer gemacht habe, sagte Peina.

– Aber du kannst doch nicht gehen?

– Ich kann rutschen.

– Weißt du, wie weit das Meer entfernt ist?

– Ich habe einen kräftigen Hintern.

Ihr Mann schüttelte den Kopf.

– Das Meer will bestimmt keinen Besuch von jemand bekommen, der rutscht.

– Vielleicht. Aber ich werde auf jeden Fall dorthin gelangen. Es wird Zeit brauchen, aber eines Tages werde ich ankommen.

Alle versuchten es ihr auszureden. Aber Peina hatte ihren Entschluß gefaßt. Sie wollte auch niemand dabeihaben. Sie wollte den langen Weg allein kriechen und rutschen.

Eines Morgens war sie weg.

In der Ferne konnte man sie entlang dem staubigen Weg kriechen und rutschen sehen. Da scheuchte ihr Mann alle Kinder hinaus und schloß sich in der Hütte ein. Alles Flehen half nichts, er weigerte sich herauszukommen. Er glaubte, er würde Peina niemals wiedersehen, und er schämte sich dafür, daß er als Mann es nicht geschafft hatte, sie an der Durchführung ihres Entschlusses zu hindern.

Peina brauchte sieben Monate, um zum Meer zu gelangen. In den Nächten schlief sie in den Dörfern, durch die sie kam. Dort gab man ihr Essen, und allen, die neugierige Fragen stellten, erzählte sie dies eine: daß sie das Meer sehen wollte, ehe sie starb.

An einem Nachmittag, als die Sonne gerade unterging, kam sie an. Verzückt saß sie oben auf einer Sandbank und sah dieses glitzernde Wasser, das ihr unendlich erschien. Es war so schön, und sie vergaß darüber völlig, daß fast ihr ganzes kräftiges Hinterteil abgeschabt war und sich in eine offenen Wunde verwandelt hatte.

Mit den Augen versuchte sie den Wellen zu folgen, sie eine nach der anderen einzufangen.

Es war, als müsse all dieses Wasser in ihr Platz haben. Sie saß da und sah die Sonne verschwinden, in ihren Augen standen Tränen, und sie dachte nicht mehr an ihre zerschundenen Knie oder ihren abgeschabten Hintern. Sie war am Meer angekommen, und jetzt hörte sie, wie die Dünung ihr entgegensang.

Die ganze Nacht lang saß sie da im Sand.

Früh in der Dämmerung rutschte sie zum Wasser hinunter, zog alle Kleider aus und kroch in die warmen Wellen hinaus. In dem Fluß, der in der Nähe ihres Dorf floß, hatte sie gelernt, sich treiben zu lassen. Sie hatte keine Angst vor dem Wasser.

Sie kroch so weit hinaus, daß die Wellen sie zu tragen begannen. Und da spürte sie das, wovon sie die ganze Zeit gewußt hatte, daß nur das Meer es ihr geben konnte.

Sie konnte tanzen.

Sie ließ sich den ganzen Tag treiben, und sie tanzte mit

den Wellenkämmen. Die Dünungen waren all die Männer, mit denen sie nie hatte tanzen können. Jetzt kam einer nach dem anderen und forderte sie auf. Sie tanzte mit dem Meer, und sie wußte, daß sie jetzt ein ebenso gutes Leben gelebt hatte wie all die anderen, obwohl sie Peina war, die keine Füße hatte.

Erst in der Abenddämmerung kroch sie aus dem Wasser.

Früh in der Dämmerung des nächsten Tages begann sie nach Hause zu rutschen.

Eines Morgens war sie wieder da. Alle freuten sich, sie zu sehen, verwundert darüber, daß sie überhaupt zurückgekommen war.

– Ich habe das Meer gesehen, sagte sie. Und ich habe getanzt.

Dann sprach sie nie wieder von ihrer langen Reise.

Vielleicht lebt sie immer noch. Aber wenn sie tot ist, ist ihr Geist bestimmt zu den Wellen zurückgekehrt. Dort kann sie ein Leben führen, in dem sie nicht anders sein muß als jeder andere.

27.

Mutundisse hatte einmal zu seinem Entsetzen einen Frauenkopf in einer Mülltonne gefunden.

Da die Mülltonnen ununterbrochen von Scharen hungriger Menschen, die sich ständig zu vermehren schienen, durchsucht wurden, konnte der Kopf nicht lange dagelegen haben, als er ihn entdeckte. Aber trotzdem hatte er schon zu verwesen begonnen. Die Haut war hart und rissig geworden, und die Augen verschwanden allmählich, zogen sich zurück in das Geheimnis, was die Frau als letztes gesehen hatte, bevor sie getötet worden war.

Mutundisse hatte zunächst Angst bekommen. Nicht zuletzt davor, daß die Polizei ihn beschuldigen würde, das Verbrechen begangen zu haben und derjenige zu sein, der die unbekannte Frau getötet hatte. Sein erster Gedanke war, so weit weg von der Mülltonne zu fliehen wie möglich. Aber irgend etwas hatte ihn festgehalten. Das Gesicht der Frau hatte nur Spuren von Schönheit getragen. Und da Mutundisse ein Mann war, der nicht nur davon lebte, was er in Mülltonnen fand, sondern auch von seiner Fähigkeit, Frauen zu verführen, hatte er sich nicht losreißen können. Erst als er in der Ferne ein paar Polizisten ankommen sah, war er geflohen und in der Dunkelheit verschwunden.

Später konnte er diesen Kopf nicht vergessen. Es war eine Erinnerung an den Tod, an all das Unfaßbare, das auch auf ihn warten würde, wenn er eines Tages die letzte Mülltonne durchsucht hätte, die ihm in seinem Leben zugedacht war.

Aber auch auf eine andere Weise berührte das Gesehene ihn peinlich.

Es ging um Ismina und ihren unruhigen Geist.

Als sie eines Tages angekommen war und ihm erzählte hatte, sie sei schwanger, hatte er sie sofort mißtrauisch gefragt, ob sie sicher sei, daß er der Vater wäre. Sie hatte ihm beteuert, daß sie mit keinem anderen zusammengewesen sei, und Mutundisse hatte sich überzeugen lassen, da Ismina zu unschuldig war, um die schwere Kunst des Lügens zu beherrschen. Es klang wie eine einfache und selbstverständliche Wahrheit. Er hatte also zufrieden festgestellt, daß seine Männlichkeit wieder einmal bewiesen war, und ihr dann ohne Umschweife mitgeteilt, daß er nicht die Absicht hätte, die geringste Verantwortung für das Kind zu übernehmen.

Während des kurzen und brutalen Gesprächs, das folgte, hatte er Isminas sämtliche Illusionen zerstört. Er hatte ihr gesagt, wie es war und daß alles, womit er sie früher gelockt hatte, nichts als Lügen gewesen seien. Er lebte auf den Straßen, er gehörte zur Armee des Hungers und der Intrigen. Er hatte schon von früher her Kinder, um die er sich auch nicht kümmerte. Ismina könne mit dem, was jetzt in ihrem Bauch war, machen, was sie wolle. Aber wenn ein Kind geboren werden würde, das sich als erfolgreich erweisen, vielleicht sogar reich werden würde, werde er seinen Anteil fordern, da immerhin er es war, der das Kind gezeugt hatte. Bis dahin aber wollte er weder von Ismina noch von dem Kind, das sie trug, etwas wissen. Ismina hatte stumm gelauscht, und die Tränen waren ihr die Wangen hinuntergelaufen. Aber sie hatte nichts gesagt. Sie hatte geschwiegen, wie nur jemand schweigen kann, der so brutale Lügen erkennt wie die, mit denen Mutundisse sie geködert hatte. Seine Liebe war keine Liebe gewesen, sondern eiskalte Berechnung und

Mutundisses Rache für das Leben, das er selbst zu führen gezwungen war.

Auf dem Grund ihrer Beziehung hatte es kein einziges wahres Wort gegeben. Er hatte sie betrogen, und sie hatte sich selbst betrogen, indem sie an etwas glaubte, von dem sie zuinnerst wußte, daß es nicht wahr war.

Bei ihrem Kennenlernen hatte er sich als Sohn des Schreiners Vasco vorgestellt. Und hatte sie zu einem Schaufenster in den reichen Vierteln der Stadt mitgenommen und ihr ein paar gepolsterte Stühle gezeigt, die dort ausgestellt waren.

– Die habe ich gemacht, erklärte er.

Ismina hatte ihm anfangs nicht recht glauben mögen.

– Bist du also Schreiner wie dein Vater?

– Wir sind in elf Generationen Schreiner gewesen. Einer meiner Vorfahren hat den Königsstuhl für Shaka angefertigt.

Ismina wußte nur vage, wer Shaka war, eine legendenumwobene Gestalt, die vor langer Zeit gelebt hatte.

– Ein Vorfahre von mir hat auch den Sarg für Dingane gemacht. Als Martin Luther King in den USA erschossen wurde, ließ man meinen Vater kommen und hat ihn beauftragt, das Grabkreuz zu zimmern.

Ismina wußte nicht, wer Dingane oder Martin Luther King war. Sie fand es auch merkwürdig, daß Mutundisse, wenn er denn Schreiner war und Stühle machte, die in den beleuchteten Schaufenstern der Reichenviertel ausgestellt waren, in so zerschlissenen Sachen herumlief, wie er es tat, und überdies so schmutzige Füße hatte. Aber sie sagte nichts, ihre Mutter Mutéia hatte sie schweigen gelehrt. Mutundisse, der es gewohnt war, überzeugende Unwahrheiten zu verbreiten, hatte ihre Gedanken bereits durchschaut.

– Ich lebe ganz für meine Stühle, sagte er. Für den wahren Stuhlmeister spielen die Kleider keine Rolle. Lieber als ein neues Hemd kaufe ich mir ein Schnitzmesser oder wechsele den Stiel von meinem Hammer.

Ismina hatte den Preiszettel an dem Stuhl gesehen, der im Schaufenster stand. Mutundisse war ihrem Blick gefolgt.

– Um einen guten Stuhl herzustellen, muß man den richtigen Baum suchen, sagte er. Mein Vater und ich haben Leute, die das Land durchstreifen, um die Bäume zu finden, die wir gebrauchen können. Sie durchsuchen die Wälder des Landes Tag und Nacht, und wir versorgen sie und ihre großen Familien.

Mit besonderem Nachdruck fügte er hinzu:

– Aus irgendeinem sonderbaren Grund haben diese Baumsucher immer große Familien. Deshalb kosten sie auch viel Geld.

Mutundisse hatte keinen Vater, der Vasco hieß und Schreiner war. Er hatte überhaupt keinen Vater. Jedenfalls keinen, den er je getroffen hätte oder dessen Namen er kannte. Mutundisse hatte auch keine Mutter. Als er noch sehr klein war, und das war seine allererste Erinnerung, stand er eingeklemmt auf der Ladefläche eines Autos mit schnurrendem Motor, das auf einer löchrigen Straße entlangholperte. Er war so klein, daß er fast zwischen den anderen erstickt worden wäre, die sich auf dem Lastwagen drängten. Woher er gekommen war und warum er gerade auf diesem Wagen gelandet war, davon hatte er keine Ahnung. Es war, als wäre er gerade da geboren worden. Der holpernde Lastwagen war seine symbolische Mutter, die ihn in ein Leben hinausstieß, um das er nicht gebeten hatte. In seinem ersten Erinnerungsbild also war Mutundisse ein Junge von drei oder vier, eingeklemmt zwischen Flüchtlingen, die unterwegs zu einem Auffanglager waren.

Eine weiße Frau mit einem frischen Lächeln und Plastikhandschuhen hatte dann seinen Bauch betastet und gefragt, wie er hieße und ob seine Eltern tot wären. Obwohl Mutundisse noch so klein war, hatte er begriffen, daß Schweigen keine gute Antwort war. Und was er sagte, würde ohnehin nie kontrolliert werden können.

– Meine Eltern sind tot, sagte er.

Die Frau seufzte.

– Es tut weh zu hören, daß ein so kleines Kind wie du ganz allein auf der Welt ist.

Mutundisse dachte, sie hätte wohl recht. Also versuchte er so leidend wie möglich auszusehen.

– Wie heißt du? fragte sie.

Er hatte einen Namen, aber er dachte, daß er der Frau vielleicht nicht gefiele. Deshalb schüttelte er den Kopf. Auf dem Tisch neben den Papierstapeln stand ein Radio. Und darauf gab es Buchstaben, die er nicht lesen, aber auf die er zeigen konnte.

– Heißt du Philips? fragte sie erstaunt.

Er nickte.

– Hast du keinen Nachnamen?

Er wußte nicht, was das war. Hatten Menschen mehr als einen Namen?

– Ich schreibe Filip Filip, sagte die Frau mit den Plastikhandschuhen. Trotz ihres frischen Lächelns und der beflissenen Geduld war sie bloß ein Mensch, der im Begriff war, von seiner inneren Eile verzehrt zu werden. Hinter ihren mitleidigen Augen lag etwas Strenges und Abgrundtiefes. Und das erschreckte ihn.

Er bekam ein Papier, auf dem stand, daß er jetzt Filip Filip heiße und vier Jahre alt sei. Dann bekam er Kleidungsstücke, unter anderem einen Pullover, der ihm bis zu den Knien reichte, mit der Aufschrift »Lloyds versichert auch die Nasen der Filmstars«. Er aß Maisbrei und schlief auf einer Matratze in einem Zelt.

Später kam er in die Stadt. Als einen in der abgerissenen Menge der Flüchtlinge zog es ihn in die Stadt, ohne daß er wußte, warum und was er dort zu erwarten hätte. Seit diesem Tag, und das war jetzt über fünfzehn Jahre her, hatte er von dem gelebt, was er in den Mülltonnen fand. Er schlief in zerfallenen oder ausgebrannten Häusern, und er hatte sowohl im Gesicht wie an den Beinen Male von Rattenbissen.

Aber schon als er vierzehn war, hatte er erkannt, daß an ihm etwas war, das Frauen seine Nähe suchen ließ. Es fing damit an, daß er im Rinnstein vor einem Haus schlief, das in einem Stadtviertel lag, in dem die Häuser von hohen Zäunen und großen Gärten umgeben waren. Er war aus purer Erschöpfung eingeschlafen, er hatte Fieber und träumte von Ratten groß wie Büffel, als jemand ihn plötzlich berührte. Eine Frau stand vor ihm und sah ihn an, erst mit Abscheu, und dann, als er zu lächeln versuchte, lächelte sie zurück und rief ein paar Männer herbei, die ihn durch das hohe Gartentor trugen. Er wurde in eine Badewanne gelegt, und die Frau wusch ihn selbst, rieb ihn sauber und berührte ihn an den Stellen, an denen der Schmerz sich in puren Genuß verwandelt. Er blieb bei ihr, auch nachdem das Fieber zurückgegangen war. Er durfte im Haus der Bediensteten ganz hinten im Garten wohnen. Aber nachts holte sie ihn zu sich, und er schlief bei ihr, und sie lehrte ihn, was er tun solle. Wäre er nicht eines Tages einfältig genug gewesen, das emaillierte Kästchen zu leeren, in dem sie ihr Geld aufbewahrte, und hätte nicht eines der Dienstmädchen ihn zufällig dabei entdeckt, wäre er vielleicht immer noch bei ihr. Statt dessen wurde er hinausgeworfen, wieder auf die Straße verbannt. Aber von diesem Tag an hatte er immer offene Augen, wenn er auf der Straße eine Frau traf, die seinen Blick einfing. Und er lernte, welches Lächeln er aufsetzen und welche Worte er gebrauchen mußte. Während all der Jahre, die inzwischen vergangen waren, hatte er viele Rollen gespielt, den verstoßenen Sohn eines Ministers oder des Besitzers einer großen Baumwollpflanzung, die abgebrannt war. Und die Frauen waren ihm zugefallen, und er hatte auf eine immer berechnendere Art seine falschen Gewebe um diejenigen gesponnen, die mit Haut und Haar an seinem Lächeln hängengeblieben waren.

Wie viele Kinder er hatte, wußte er nicht.

Und wollte es auch nicht wissen.

Am selben Tag, als er den Frauenkopf in der Mülltonne fand, hatte er erfahren, daß Ismina tot war. Nicht nur das Kind, das sie geboren hatte, sondern auch sie selbst. Das hatte ihn unangenehm berührt. Nicht die Tatsache, daß sie und auch das Kind tot waren, sondern der Gedanke an die Rache, die ihn vielleicht treffen würde. Isminas Geist würde ihn immer verfolgen, und vielleicht war es ja das Bild seines eigenen abgeschlagenen Kopfes, den er da in der Mülltonne gesehen hatte.

Nachdem er die Situation durchdacht hatte, suchte er seinen Freund Leander auf, einen alten Mann, der länger als die meisten in der Welt der Mülltonnen gelebt hatte. Er besaß große Weisheit und konnte für ein paar Gläser selbstgebrannten Schnapses, den die in der Dunkelheit auf dem Trottoir hockenden Frauen verkauften, gute Ratschläge geben. Da Leanders Weisheit um so besser und umfassender wurde, je mehr Gläser Schnaps ihm angeboten wurden, verwandte Mutundisse den Nachmittag darauf, vor einem der großen Kaufhäuser zu betteln. Für gewöhnlich war er sich zu gut zum Betteln. Er hatte nichts dagegen, eine Brieftasche zu stehlen oder einen Wagen aufzubrechen.

Aber öffentlich zu betteln war normalerweise unter seiner Würde. Das tat er nur im äußersten Notfall.

Leander hatte keine Zähne und einen grauen Bart. Einmal, als er jung gewesen war, hatte er glänzende Imitationen von Louis Armstrong zustande gebracht. Aber dann hatte die Frau, die er liebte, ihn wegen eines dicken weißen Mannes aus dem Nachbarland verlassen, und das hatte er nie verwunden. Nicht, daß er wegen eines weißen Mannes, der Geld hatte, sitzengelassen wurde, das betrachtete er als ganz natürlich. Aber die Tatsache, daß der Mann so unglaublich fett gewesen war, hatte ihn schwer gekränkt. Er hatte aufgehört, den heiseren Gesang zu imitieren, hatte seine Besitztümer einem kirchlichen Orden überlassen und angefangen, auf der Straße zu leben.

Leander hörte auf das, was Filip zu sagen hatte. Da der Gestank von Leanders Körper entsetzlich war, er hatte angeblich seit über dreißig Jahren nicht gebadet, hielt sich Filip auf Abstand und brachte seine Klage rufend vor.

– Du solltest mit Samima reden, sagte Leander, als Filip verstummt war.

– Wer ist sie?

– Eine Verwandte.

– Wo treffe ich sie?

– Du triffst sie überhaupt nicht. Sie ist seit 312 Jahren tot. Du mußt mit ihrer Schwester reden.

– Wie kann sie eine Schwester haben, die so alt ist und noch am Leben?

– Es ist eine komische Familie. Ich gehöre ihr selbst an.

– Was meinst du damit, daß sie komisch ist?

Leander leerte den Blechbecher, machte eine Grimasse und drehte ihn danach um, um zu zeigen, daß er leer war. Filip nickte der Frau im Dunkel zu, die ihn schnell wieder füllte. Filip streute ihr ein paar Münzen direkt in die Hand.

– Was meinst du damit, daß sie komisch ist? wiederholte er.

– Deine Fragen sind manchmal außergewöhnlich dumm, sagte Leander. Eine Familie, die ein Mitglied wie mich hat, muß komisch sein.

Filip nickte. Er verstand.

– Es gibt also eine dreihundert Jahre alte Schwester, die ich treffen soll.

– Sie heißt Ndhêzi.

– Warum soll ich sie treffen?

– Weil sie Samimas Schwester ist.

Filip seufzte leise vor sich hin.

– Und sie kann mir helfen?

– Wenn sie es nicht kann, kann es niemand.

– Auf welche Art kann sie mir helfen?

– Sie wird dir einen Rat geben. Und dem sollst du folgen.

– Was für ein Rat ist das?

Leander hatte den Becher schon wieder umgedreht. Filip warf der Frau sein letztes Geld in die Hand.

– Woher soll ich wissen, was für einen Rat sie dir gibt?

– Wo wohnt sie?

– Hinter der Kathedrale.

– Da gibt es doch keine Häuser?

– Es gibt Gras und Büsche und Kloaken.

– Wohnt sie in einer Kloake?

– Nicht darin. Aber darauf.

Das Gespräch endete, da der Schnaps ausgetrunken und das Geld alle war. Filip, der in dieser Periode gerade in einem verrosteten Lastwagen in einer Nebenstraße unten am Hafen wohnte, lag lange wach und dachte nach. Sollte er Leanders Rat befolgen? Als er gegen Morgen endlich einschlief, hatte er seinen Entschluß gefaßt. Isminas Geist konnte gefährlich sein. Und von neugeborenen Kindern wußte man auch nichts Genaues. Vielleicht würde auch das sein Leben vergiften.

In der Morgendämmerung ging er hinunter zum Meer und badete. Von einem Kumpel, der im leeren Maschinenraum eines Lastwagens wohnte, hatte Filip gegen Geld ein sauberes Hemd und ein paar Hosen geliehen, die weniger zerschlissen waren als seine eigenen. Nachdem er sich abgetrocknet und angezogen hatte, ging er zu Ndhêzi.

Leander hatte recht gehabt. Als Filip zur Rückseite der Kathedrale gekommen war, fragte er eine Frau nach dem Weg. Sie zeigte auf ein paar dicke Rohre, die in der Erde vergraben waren, und genau dort, wo die Stadt jäh ins Meer abfiel, lagen ihre Öffnungen.

Ndhêzi war in seinem eigenen Alter. Sie trug ihr schwarzes Haar kunstvoll geflochten, und ihr Körper war sehr mager. Filip wunderte sich, wie es möglich war, daß sie dreihundert Jahre alt sein sollte. Aber er beschloß, sie nicht zu fragen. Ndhêzi saß vor ihrem Schuppen, der aus Holz und rostigen alten Autotüren zusammengesetzt war.

– Ich wußte, daß jemand kommen würde, sagte sie, nachdem er sich vor ihr auf den Boden gesetzt hatte. Ich wußte, daß du kommen würdest, aber ich wußte nicht, wer du sein würdest.

– Ich heiße Filip Filip. Leander hat mir gesagt, ich solle Ndhêzi aufsuchen, die Samimas Schwester ist.

– Und du fragst dich, wie eine Frau, die seit vielen hundert Jahren tot ist, eine Schwester haben kann?

Filip nickte.

– Die Antwort ist, daß ich es selbst nicht weiß. Aber ich bin als Samimas Schwester auf die Welt gekommen. Es ist einfach so.

Ndhêzi rückte den niedrigen Schemel tiefer in den Schatten.

– Erzähl, sagte sie. Erzähl, warum du gekommen bist.

Filip erzählte, wie es war. Er sprach von Ismina und dem toten Kind, und er schaffte es ausnahmsweise, nicht zu lügen.

Ndhêzi saß da und wiegte ihren Körper, während sie zuhörte.

– Du fürchtest also, daß ihr Geist zurückkommen und dir weh tun könnte? fragte sie, als Filip fertig geredet hatte.

– Ja. Ich habe Angst.

Ndhêzi betrachtete ihn eindringlich. Er begann sich unwohl zu fühlen.

– Hier hilft nur eine Sache, sagte sie schließlich. Ich kann deine Geister nicht herauspusten, ich kann sie nicht von deinem Körper abbürsten oder abwaschen. Es gibt nur eins, was du tun kannst.

– Was ist das?

– Du mußt sie besuchen und sagen, daß es nicht deine Absicht war, ihr etwas Böses zu tun.

Filip dachte nach.

– Wie soll ich jemanden treffen können, der tot ist?

– Das ist möglich. Sie kommt zu dir. Und du mußt sie empfangen.

Die Konsultation war zu Ende. Ndhêzi streckte ihre Hand aus und knurrte unzufrieden, als sie die Scheine entgegennahm, die Filip mitgebracht hatte. Da es nicht genug war, durchsuchte er die Taschen und gab ihr die restlichen Münzen, die er finden konnte.

In derselben Nacht zeigte es sich, daß Ndhêzi recht gehabt hatte. Filip lag in dem Lastwagen und war gerade eingeschlafen, als Ismina sich plötzlich an seiner Seite befand. Sofort bekam er Angst.

– Ich habe es nicht böse gemeint, sagte er. Aber wenn man so arm ist wie ich, muß man lügen, um zu überleben.

– Aber ich habe es ausbaden müssen.

– Es ist nicht meine Schuld, daß das Kind starb. Es ist nicht meine Schuld, daß die Operation mißlungen ist.

– Das habe ich auch nicht gesagt.

– Warum bist du dann hierhergekommen?

Ismina war ganz durchscheinend. Filip fragte sich flüchtig, ob es vielleicht möglich war, Frauen zu verführen, die aus dem Totenreich kamen. Aber er beschloß, vorsichtig zu sein.

– Warum bist du hierhergekommen? fragte er noch einmal.

– Um mich zu rächen.

Filip hatte das Gefühl, sein Herz würde stehenbleiben. Isminas Stimme war anders. Nicht mehr so schüchtern und leise. Jetzt sprach sie mit einer Kraft, die ihn erschreckte.

– Dich für was zu rächen?

– Dafür, daß ich nur siebzehn Jahre lang leben durfte.

Filip begriff, daß Ismina es ernst meinte. Er spürte, wie die Angst sich an ihn heranringelte wie eine Schlange.

– Ich habe dich nicht vergewaltigt. Du wolltest es selber.

– Du warst nicht der, der du vorgabst zu sein. Ich habe einen Mann geliebt, der schöne Stühle macht. Nicht einen, der sein Essen aus den Mülltonnen holt.

Filip suchte einen Ausweg. Er glaubte, ihn in einer anderen Lüge zu finden.

– Ich verspreche, daß ich von nun an versuchen werde, ein guter Schreiner zu sein. Die Stühle, die ich noch nicht gemacht habe, kann ich in Zukunft machen.

Ismina schüttelte den Kopf.

– Es ist schon zu spät.

– Was ist zu spät?

– Alles.

Ismina stand jetzt ganz nah bei ihm. Als sie miteinander schliefen, hatte er ihren warmen Atem gespürt. Jetzt war er kalt und ätzend.

– Ich werde dir nicht das Leben rauben, sagte sie. Aber ich werde dir etwas rauben, was viel schlimmer ist.

Als Filip hörte, daß sein Leben nicht bedroht war, kehrte sein Mut zurück.

– Wenn ich mein Leben behalte, habe ich alles, was ich brauche.

Ismina schüttelte den Kopf.

– Ich werde dir den Tod rauben.

Filip zuckte mit den Schultern und hatte schon angefangen, an andere Frauen zu denken.

– Meinetwegen. Niemand will sterben.

Ismina antwortete nicht. Sie war jetzt noch durchscheinender, fast verschwunden. Filip streckte die Hand nach ihr aus. Aber da war sie schon fort.

Filip legte sich in den Lastwagen und zog den alten Weizensack, den er als Decke benutzte, über den Kopf. Er versuchte zu verstehen, was Ismina eigentlich gemeint hatte. Konnte es eine Rache sein, einem Menschen die Fähigkeit des Sterbens zu rauben? Alle hatten Angst vor dem Tod. Niemand wollte eigentlich sterben, alle suchten nach dem ewigen Leben. Ismina ist einfältig, dachte er. Genauso dumm, wie sie im Leben war, ist sie im Tod.

Dann schlief er ein.

Was Ismina gemeint hatte, würde er erst viele Jahre später verstehen, wenn er genauso alt geworden wäre, wie Leander es damals war, als sein Körper müde war und seine Gedanken zerbrechlich und immer undeutlicher wurden. Da erst würde er verstehen, was Ismina damit gemeint hatte, daß der Mensch ein Leben lebt, das einmal zu Ende sein muß. Und daß derjenige, dem der Tod geraubt wird, härter betroffen ist als alle anderen. Die ewige Verdammnis lag genau darin.

Niemals sterben zu dürfen.

28.

Leander hatte sich das Totenreich immer als einen chaotischen Wirrwarr von Schuppen und Gassen, Müllhaufen und kläffenden Hunden vorgestellt. Da es den Menschen schwerfiel, miteinander auszukommen, solange sie lebten, konnte Leander sich keine andere Möglichkeit vorstellen, als daß es noch schlimmer sein würde, wenn sie sich auf der anderen Seite der Grenze wiedertrafen. Mit allen, die es interessierte, führte Leander gern Gespräche darüber, inwiefern das Totenreich – oder das, was manche den Himmel nannten – besser oder schlechter organisiert war als die Gesellschaft, in der sie jetzt lebten. Die meisten waren ablehnend gegenüber dem Thema und wollten sich nicht auf eine sinnlose Diskussion über etwas einlassen, worüber man ohnehin nichts wissen konnte.

Die einzige, die ihn reden ließ, war Lekula Dorotea, die vor einem der Hotels der Stadt Eis verkaufte. Leander pflegte bei ihr Eis zu kaufen, wenn er Geld zusammengebettelt und ein paar Gläser *tontonto* im Körper hatte. Lekula Dorotea war groß und üppig und breitete ihren massiven Körper hinter dem kleinen Tisch aus, auf dem ihre Eiskästen standen. Als erstes fragten sie einander gewöhnlich, nachdem sie sich begrüßt hatten, wer noch die meisten Zähne hatte. Da Leander seinen vorletzten verloren hatte und Lekula noch drei besaß, gab sie ihm ein Eisstück zum reduzierten Preis.

– Bald wirst du zahnlos sein, sagte sie.

– Ich werde ein Gebiß tragen.

– Wie solltest du dir das leisten können?

– Ich kenne einen Mann, der Gebisse aus Holz fertigt. Sie sind sehr billig.

– Du wirst Termiten im Mund bekommen, sagte Lekula und verbarg ihre Zufriedenheit nicht.

– Ich werde Eis von dir kaufen, erwiderte Leander. Nachts, wenn ich die Zähne herausnehme, dürfen sie zwischen deinen Eisstücken schlafen. Das tötet alles Ungeziefer.

– Ich gebe weder dir noch deinen Zähnen Kredit.

– Zahle ich nicht immer pünktlich?

– Wenn ich dir sagen würde, wieviel du mir schuldest, würdest du umfallen. Ich müßte dir ein Eisstück auf die Stirn legen, damit du wieder aufwachst. Und auch dafür würde ich nichts bezahlt bekommen.

Leander versuchte sich vor ihr aufzublähen.

– Du hast viele Wörter in deinem Mund, sagte er. Aber du sprichst mit einem sehr kleinen Verstand.

Nun fingen sie an sich zu streiten, wer von ihnen den kleineren Verstand hätte. Der Streit wurde von Zeit zu Zeit unterbrochen, wenn Lekula eins ihrer Eisstücke verkaufte, und dann ging er weiter. Leander, der bald alle seine Argumente verbraucht hatte, fing statt dessen an, Lekula zu beschimpfen, sie sei zu dick.

– Wie willst du Kinder bekommen, wenn du so dick bist? fragte er.

– Ich habe genug Kinder. Ich brauche keine mehr.

– Aber wenn du Lust darauf bekämst?

– Ich habe genug davon.

– Du kannst es nicht sicher wissen. Die Lust kann angeflogen kommen, ohne daß man weiß, woher sie kommt. Die Lust ist wie ein Heuschreckenschwarm.

– Ich habe tatsächlich noch nie Kinder mit einer Heuschrecke bekommen.

– Du weißt, was ich sagen will. Wie sollst du Kinder bekommen können, wenn du so dick bist?

– Ich verstehe immer noch nicht, was du meinst.

– Ich frage mich nur, wie der Mann beschaffen sein müßte, der sich zwischen all dem losen Fett durchtasten soll, das an deinem Bauch hängt.

Lekula hob ihren Eispickel und schlug nach ihm.

– Du bist nicht nur dumm, du bist auch noch frech! schrie sie.

– Ich sage nur, wie es ist. Männer, die nach Frauen hungern, haben es immer eilig.

– Ich schaffe es schon, ihnen den Weg zu zeigen, wenn es nötig ist.

Der Streit verebbte und hörte auf. Sie saßen still da und starrten auf die gesprungene Fontäne, die mitten auf dem Platz stand.

– Bald werden wir befreit, sagte Lekula nach einer Weile. Oberst Nquila steht kurz vor der Stadt.

– Was tut er da?

– Wartet auf den richtigen Augenblick.

– Welcher Augenblick ist das?

– Woher soll ich das wissen? Vielleicht hat ein *fetiseiro* mit ihm gesprochen.

– Oberst Nquila glaubt angeblich nicht an solche Sachen.

– Wie soll er uns dann befreien können?

Leander zeigte auf das Hotel.

– Haben sie sich davongemacht?

– Wer?

– Dom Estefano und Elvira.

– Dom Estefano ist tot. Er hat sich auf einen Stuhl gesetzt und seinem Herzen befohlen, mit dem Schlagen aufzuhören.

Leander sann für einen Augenblick über die Neuigkeit nach, daß Dom Estefano gestorben war.

– Weiße Menschen sterben oft plötzlich, sagte er. Sie haben es auch beim Sterben eilig.

Lekula nickte. Sie stimmte ihm zu. Weiße Menschen lebten immer so, als stehe ihr letztes Stündlein kurz bevor. Und sie wußte genau wie Leander, daß der Tod, wenn man ihn lockt, um die nächste Straßenecke geschlichen kommt.

– Elvira ist mit einem der großen Schiffe abgereist, sagte sie. Aber ihr Klavier mußte sie am Kai zurücklassen.

– Und Felisberto?

– Er ist nach Hause gegangen. Obwohl er mir noch Geld für Eis schuldet.

– Es passieren sehr merkwürdige Dinge, sagte Leander. Ich selbst grübele darüber nach, wie es an dem Tag werden wird, an dem man tot ist.

– Ich werde weiter Eis verkaufen, antwortete Lekula bestimmt. Menschen werden immer eine Erfrischung brauchen. Ob sie lebendig sind oder tot.

– Es gibt viele, die behaupten, der Tod bedeute, daß alles zu Ende sei. Vielleicht braucht man dann kein Eis mehr? Ich selbst würde unruhig werden, wenn ich nicht eine Flasche *tontonto* mitnehmen könnte.

– Wir haben immer so viel zu tun, antwortete Lekula. Wir schaffen nicht die Hälfte davon, solange wir leben. Ich glaube, der Tod ist dazu da, daß wir in Ruhe mit allem fertig werden, was wir uns vorgenommen haben.

– Man kann sich fragen, sagte Leander. Aber ich persönlich glaube wohl, daß es sehr turbulent wird.

– Vielleicht gibt es auch dort einen Oberst Nquila, sagte Lekula. Der uns befreien wird. Und dann dafür sorgt, daß Ordnung herrscht.

– Und was passiert dann?

Lekula war Leanders Fragen jetzt leid. Es war, als wäre sie von einem wütenden Bienenschwarm umringt.

– Wir werden es rechtzeitig erfahren, sagte sie. Jetzt habe ich genug von deinen Fragen.

Leander stand auf und verließ sie. Wie gewöhnlich hatte das Gespräch mit Lekula ihn angeregt. Er war auch zufrieden damit, klar und deutlich gesagt zu haben, daß sie so dick war, daß ein Mann sich nie zum begehrten Endziel vortasten könnte. Das könnte vielleicht bewirken, daß sie in der nächsten Zeit nicht allzu hartnäckig darüber sprach, wieviel er ihr schuldete. Ohne daß er es vorgehabt hätte, führte ihn seine Wanderung zum Rand der Sadt. Es war später Nachmittag geworden. Menschen kamen mit ihren Bündeln, und alle waren unterwegs nach Hause. Die Sonne stand schon tief am Horizont. Leander spazierte in etwas herum, das plötzlich einem Traum glich. Die Menschen rings um ihn her waren nicht mehr wirklich. Auch die Ziegen nicht, die es mit unnachahmlicher Präzision vermieden, von einem der vielen schwerbeladenen Busse überfahren zu werden, die mit überhöhter Geschwindigkeit vorbeirasten. Es war, als befände er sich auf einmal in einem großen Abstand von sich selbst, wo er nur mit äußerster Schwierigkeit zwischen den Autos und den Menschen und dem wirbelnden Staub erkennen konnte, wer er eigentlich war.

Als er aus dem Traum erwachte, befand er sich schon weit außerhalb der Stadt. Er war an dem alten verfallenen Stadion vorbeigekommen, in dem früher Stierkämpfe stattgefunden hatten. Es war schon dunkel geworden, der Verkehr war spärlich. Nur der eine oder andere Bus mit einem einzigen flackernden Scheinwerferlicht fuhr vorbei. Die Ziegen waren weg, genau wie die Menschen.

Es war, als hätte er eine unsichtbare Grenze überschritten, aus dem Wirrwarr und dem chaotischen Menschengewimmel der Stadt in die pure Wildnis.

Ich muß irgendwohin unterwegs sein, dachte er. Ohne daß ich schon wüßte, wohin.

Er setzte sich auf die Reste eines ausgebrannten Autowracks, das neben der Straße lag. In einer seiner Taschen fand er einen Zigarettenstummel, den er früher am Tag aufgehoben hatte. Jetzt zündete er ihn an und zog den Rauch tief in die Lungen. Aber als er ihn durch die Nasenlöcher heraussickern lassen wollte, merkte er, daß sich der Rauch in Lichtstrahlen verwandelt hatte, als hätte er in seinem Inneren Scheinwerfer angemacht. Seine Nase leuchtete in der Dunkelheit, und dort, auf der anderen Seite der Straße, stand ein grauhaariger Mann in einer dunkelgrünen Uniform mit einem Gewehr über der Schulter. Leander bekam Angst.

Er zog weiteren Rauch in die Lungen und blies ihn durch die Nasenlöcher heraus. Der Mann blieb stehen. Plötzlich kam jemand mit einer Petroleumlampe aus der Dunkelheit, und noch jemand. Bald war die ganze Straße erleuchtet, und Leander sah, daß alle Waffen trugen und in dunklen Uniformen steckten.

Der Mann mit den grauen Haaren kam ihm entgegen. Leander überlegte, ob er sich auf ein Gebiet verirrt hatte, das zu betreten verboten war.

Der grauhaarige Mann blieb vor ihm stehen.

Im selben Moment wußte Leander, wer er war.

Oberst Nquila. Er erkannte ihn jetzt, da er doch Koch beim portugiesischen Sicherheitschef gewesen war und Leander manchmal in Zeitungspapier gewickelte Essensreste gegeben hatte.

– Es ist lange her, sagte Oberst Nquila.

Leander hatte sich von dem Autowrack erhoben und versuchte, etwas anzunehmen, das an eine militärische Haltung erinnerte.

– Alles ist lange her, antwortete Leander. Ich bin sehr froh, daß ihr uns bald befreien werdet.

Oberst Nquila lächelte.

– Wir befreien euch nicht, sagte er. Jeder befreit sich selbst. Wir geben euch nur die Voraussetzungen.

Leander verstand nicht, was Oberst Nquila meinte. Aber er beschloß, nichts zu sagen.

– Was machst du mitten in der Nacht hier? fragte Oberst Nquila.

– Ich ging herum und träumte. Und geriet aus der Stadt hinaus. Ich wollte gerade wieder zurückgehen.

– Hast du geheiratet?

– Dazu ist es nicht gekommen.

– Was treibst du?

– Ich verliere meine letzten Zähne. Und lebe von dem, was ich in verschiedenen Mülltonnen finde.

– Damit soll Schluß sein, sagte Oberst Nquila. Menschen sollen nicht von dem leben müssen, was sie in Mülltonnen finden.

– Ich bin ganz dieser Meinung, sagte Leander.

– Geh jetzt wieder zurück in die Stadt, sagte Oberst Nquila. Nachts kann es hier gefährlich sein. Einer meiner Soldaten könnte dich für einen Feind halten.

– Ich werde sofort verschwinden.

Leander tat ein paar Schritte. Dann hörte er wieder Oberst Nquilas Stimme.

– Du kannst dich natürlich auch entschließen zu bleiben.

– Warum sollte ich das? fragte Leander unsicher.

– Um einer von uns zu werden. Damit du nicht mehr von den Essensresten leben mußt, die du aus den Mülltonnen fischst.

Leander war sofort interessiert.

– Ist das Essen hier besser?

– Es kommt jedenfalls nicht aus der Mülltonne.

– Werde ich auch Waffen tragen dürfen?

– Das liegt ganz bei dir.

Leander fing wieder an zu glauben, er befinde sich tief in einem Traum. Aber Oberst Nquila war lebendig. Er war kein Besuch aus der Unterwelt.

Leander versuchte, einen Entschluß zu fassen. Was hatte er eigentlich zu verlieren? Seine Mülleimer? Und die Gespräche mit Lekula Dorotea? Nichts hinderte ihn daran, sie wieder aufzunehmen, wenn die Situation sich veränderte.

– Ich bleibe, sagte Leander. Ich weiß nicht viel vom Krieg, und ich weiß auch nicht viel von der Freiheit. Aber ich bleibe.

Oberst Nquila lächelte. Seine Zähne glitzerten in der Dunkelheit. Dann begannen sie, in die Dunkelheit hineinzugehen. Und Leander ging als letzter Mann in der langen Kette mit.

29.

Felisberto war ein armer Mann.

Deshalb habe ich ihn auch über sein Leben befragt.

Was heißt es, arm zu sein?

Was heißt es, nichts zu besitzen?

Was heißt es, wenn es einem an allem fehlt?

Und zu wissen, daß das Unerreichbare eben unerreichbar bleiben wird?

Da zeigte er in die Dunkelheit hinaus.

Ich sah einen Pfad, den ich zuvor nicht bemerkt hatte. Ich stand auf und begann, ihm zu folgen. Er schlängelte sich tief hinein zwischen Busch und Felsen, der rote Staub wirbelte auf, plötzlich war es schon Tag. Eine andere Welt, ein Pfad, der auch eine Erzählung war, auf dem alle Fußtritte unter meinen Füßen flüsterten und lachten.

An einer Stelle, wo sich der Pfad teilte, saß eine Eidechse auf einem Stein. Aber als ich ihr ganz nah gekommen war, entdeckte ich, daß es eine alte Frau war.

Ich fragte sie, in welche Richtung ich gehen sollte.

– Den Weg, den du wählst.

Dann fragte ich, wann ich ankommen würde.

– Wenn du nicht mehr kannst.

So ging ich weiter durch diese trockene Landschaft, wo ein Tier sich zum erstenmal aufrichtete, auf zwei Beinen lief und sich langsam entschied, zum Menschen zu werden.

Als ich so weit gegangen war, wie meine Beine es schafften, bemerkte ich einen Mann, der mir entgegenkam. Da war ich in eine verbrannte und öde Landschaft gekommen, in der seit vielen Jahren der Krieg getobt hatte. Ich konnte sehen, daß alles verbrannt und verheert war. Entlang dem Pfad lagen viele nachlässig ausgehobene Gräber. Da wußte ich, daß ich mich in der Landschaft des Hungers befand.

Denn nur einer, der es nicht schafft, hebt ein schlechtes Grab für den aus, der stirbt.

Der Mann blieb stehen. Er war dürr, in Lumpen gekleidet, in denen die Löcher zahlreicher waren als die Stoffreste.

Da erblickte ich seine Füße. Und ich verstand, warum die Alte mich gerade auf diesen Pfad geschickt hatte.

Ich sah seine Füße. Mitten in seinem Elend, seinem Hunger, der Armut, hatte er Schuhe auf seine Füße gemalt. Mit Erdfarben hatte er mit Hilfe der Phantasie diese Schuhe gemalt und seine Würde behalten, als alles verloren schien. Da sah ich an diesem Mann, wie das Gesicht der Armut unser aller Gesicht gleicht. Bis ins letzte verteidigen wir unsere Würde. Der Spiegel des Menschen ist das Bild der Unbeugsamkeit.

Als ich mich umsah, befand ich mich wieder am Feuer. Der Alte, der zu schlafen schien, zuckte zusammen und wandte sich zu mir hin.

Er fragte, ob ich jetzt die Armut gesehen hätte.

Und ich sagte ja.

Dann fragte er, ob ich auch den Reichtum gesehen hätte.

Und ich sagte ja.

Samimas Mal

30.

Es kam vor, daß Samima es leid war, tot zu sein. Es gab Morgen, an denen sie aufwachte und einen intensiven Überdruß gegenüber dem neuen Tag empfand, der sie erwartete und den sie irgendwie überstehen mußte. Dieses Gefühl kannte sie aus der Zeit, als sie gelebt hatte. Besonders die letzten hundert Jahre, als sie immer mehr darunter litt, daß sie nie zur Ruhe kommen durfte, nie auf eine Weise sterben durfte, wie sie unter alten Menschen üblich war. Aber die Tatsache, daß sie es manchmal leid war, tot zu sein, bedeutete nicht, daß sie sich nach dem Leben zurücksehnte. An manchen Tagen war es so, ihr fehlten die Düfte eines brennenden Feuers und die ungezwungenen Gespräche mit den anderen Frauen im Dorf. Aber genausooft konnte sie Verwunderung darüber empfinden, daß es nach dem Tod nichts anderes gab. War das alles? konnte sie denken. Erst leben und dann tot sein. Gibt es nicht noch etwas? Sie hatte hin und wieder versucht, mit all den Priestern zu sprechen, die jetzt ihre Zeit im Todesreich verbrachten. Priester, die in ihrem Leben mit großer Kraft gepredigt hatten, daß es nach dem Tod ein Paradies geben würde oder wenigstens ein ewiges Leben. Wenn Samima jetzt versuchte, über diese Frage zu diskutieren, bekam sie meistens nur ein mürrisches Schweigen zur Antwort. Die toten Priester schienen all ihre Macht und Energie verloren zu haben, als sie die erste Grenze überschritten.

Aber es muß noch eine geben, überlegte Samima. Noch

eine Grenze. Etwas, von dem ich noch nicht verstehe, was es ist.

Samima war keine grüblerische Natur. Auf die gleiche Weise, wie sie gelebt hatte, schätzte sie auch jetzt eine lustige oder freche Geschichte. Sie verbrachte ihre Tage damit, ihr kleines Fleckchen Erde zu bebauen und mit all den Verwandten zu reden, die sich um sie versammelt hatten. Ihre Familie war jetzt größer als je zu ihren Lebzeiten. Die letzten Neuankömmlinge waren Ismina, ihr totes Kind und Lukas, der nach seiner verwirrten Reise nach Europa endlich an den rechten Platz gekommen war. Samima sprach auch oft mit Dom Estefano, der in seinem neuen Dasein völlig hilflos schien. Er klagte ständig darüber, daß der Morgenkaffee zu spät kam, und er sehnte sich sehr nach Felisberto. Oft ermüdete sie sein Nörgeln, aber zugleich verstand sie ihn. Seine Hilflosigkeit hätte ihre eigene sein können.

Samima dachte oft auch an ihr Mal. Das weiße Band, das sich von ihrer Stirn bis hinunter zur Fessel des linken Fußes erstreckte. Es war jetzt lange her, seit sie einem Kind erlaubt hatte, mit ihrem Mal geboren zu werden. Solange eine so große Unruhe in der Welt herrschte, hatte sie ihr Mal für sich behalten wollen. Sie hatte natürlich durchschaut, daß die Frauen, die jetzt in rasendem Takt Kinder gebaren, erwarteten, daß gerade ihr Kind die große Gabe von ihr bekommen würde.

Während der letzten Jahre hatte sie jedoch daran zu zweifeln begonnen, ob sie richtig handelte. Vielleicht war die Zeit gekommen, da sie sich in Erinnerung bringen sollte? Um sich Rat zu holen, ging sie eines Abends zu Sakina und Legendo nach Hause. Sie waren jetzt wieder vereint und schienen glücklicher zusammen als je zuvor. Jeden Morgen, das wußte Samima, versorgte Sakina die Wunde, die

Legendo von einem Elefantenfuß abbekommen hatte, als er in dem Grab lag, das seine Kinder aus reiner Leichtfertigkeit zu flach gegraben hatten. Legendo hatte damals beschlossen, böse Mächte auf die faulen Söhne loszulassen. Aber jetzt, da Sakina zurückgekehrt war, fühlte er seinen Zorn besänftigt.

Samima kam am Abend. Legendo lag in der Hütte und schlief. Sakina aber war immer noch wach und bereitete das Essen vor, das für den nächsten Tag bestimmt war. Sie war freudig überrascht, als sie Samima entdeckte, die aus der Dunkelheit auftauchte.

– Du kommst viel zu selten zu Besuch, sagte Sakina.

– Viel zu selten, erwiderte Samima. Aber weder du noch Legendo besucht mich besonders oft.

– Er hat seine Wunde von dem Elefantenfuß. Außerdem ist er ein wenig faul geworden, seit er starb.

Samima hatte sich ans Feuer gesetzt. Legendos Schnarchen kam aus der Hütte gerollt. Samima brachte ihr Anliegen vor. Sakina hörte schweigend zu.

– Vielleicht mache ich einen Fehler, endete Samima. Vielleicht hätte ich schon längst einem der Kinder, die geboren werden, mein Mal geben sollen.

– Wichtiger ist wohl, welchem der Kinder du es gibst.

Samima sah ein, daß Sakina recht hatte. Zusammen gingen sie alle Frauen durch, die gerade schwanger waren. Sie wogen das Für und Wider ab, diskutierten über die Männer, die Väter werden sollten, wanderten in der Geschichte der Familien hin und her und wurden sich schließlich einig.

Mulalene hatte nämlich endlich die Nervosität überwunden, die ihn befallen hatte, als er bei dem verrückten und ständig rasenden Pater Raul arbeitete. Er hatte jetzt eine Frau in einem Nachbardorf gefunden, die Rosa hieß und schwanger war.

– Rosa hat eine gute Mutter, sagte Sakina. Und Rosas Vater ist auch nicht übel. Einmal hat er einen Leoparden fast bis ans Ende der Welt gejagt. Er kam mit dem Fell zurück und schlief dann ununterbrochen neun Tage lang. Das deutet auf einen Mann mit einem starken Willen.

– Mulalene kenne ich gut, sagte Samima. Er arbeitet vielleicht nicht so viel, wie er sollte. Aber er ist lieb und wird seine Frau bestimmt nicht schlagen.

– Mulalenes Vater spielt zuviel Karten, sagte Sakina, das spricht dagegen.

– Schlimmer ist wohl, daß er dauernd verliert. Er ist sehr leicht zu überlisten. Das Risiko ist natürlich, daß sein Enkel genauso wird.

– Wenn es ein Sohn wird, sagte Samima nachdenklich. Es kann ja tatsächlich auch eine Tochter werden.

Legendo war von dem Gespräch der Frauen aufgewacht und kam schlaftrunken aus der Hütte.

– Samima, sagte er. Das ist lange her.

– Wie geht es mit der Wunde vom Elefanten?

– Jedesmal, wenn ich sie spüre, bekomme ich eine Wut auf meine Söhne. Aber jetzt beginnt es zu verheilen. Als Sakina endlich so klug war zu kommen, war es, als würde der Schmerz gelindert.

– Sterben ist keine Frage von Klugheit, antwortete Sakina irritiert. Es geht darum, zu wissen, wann für einen die Zeit gekommen ist.

Legendo antwortete nicht. Er wußte, daß er in einer Diskussion mit Sakina den Kürzeren ziehen würde. Aber das machte ihm nichts mehr aus. Das wichtigste war, daß Sakina gekommen war und daß er nicht mehr allein schlafen mußte.

Legendo ging zurück in die Hütte.

– Ich habe einen Mann, der viel schläft, sagte Sakina.

Wenn er wach ist, ißt er oder sitzt im Schatten eines Baums und redet mit den anderen Männern über alles, was er, wenn ihm danach ist, eines Tages machen wird. Er hilft mir sehr selten beim Holzsammeln. Dieser Gedanke kommt ihm gar nicht.

– Männer sind meistens so, sagte Samima. Als die Götter den Menschen schufen, gaben sie sich mit den Männern nicht viel Mühe.

Sie redeten weiter über das Kind, das Rosa gebären würde, bis es sehr spät wurde und Sakina zu gähnen begann. Schließlich war Samima jedoch davon überzeugt, daß es gerade Rosas und Mulalenes Kind war, das ihr Mal bekommen sollte. Als sie sich von Sakina verabschiedet hatte und auf dem Heimweg war, blieb sie stehen und schaute zu den Sternen auf. Sie erkannte jetzt mit all der Kraft und der Erfahrung, die sie besaß, daß die Frage, ob es ein Land jenseits des Todes gäbe, nicht zu beantworten sei.

Hier befand sie sich. Hier würde sie bleiben. Umgeben von all den flüsternden Stimmen, die von den Lebenden wie den Toten kamen. Und gab es noch eine Grenze, würde sie sie entdecken, wenn der Augenblick gekommen wäre.

EPILOG

Zu Felisbertos Feuer kamen in dieser Nacht viele Menschen, um sich auszuruhen. Zwei Frauen, alt und müde, setzten sich dazu. Sie sahen mich nicht und sprachen eine Sprache, die ich nicht verstand. Der alte Mann schien nur ganz zerstreut zu lauschen. Aber später, als die Frauen wieder in der Nacht verschwunden waren, erzählte er, worüber sie gesprochen hatten.

Sie hatten über eine Tote gesprochen, eine Freundin, eine andere alte Frau, die gerade verstorben war.

– Ich habe sie einmal getroffen, sagte die eine Frau, die eine weiße Narbe hatte, welche sich an einer ihrer Wangen herabschlängelte. Da begann sie, mir eine bemerkenswerte Geschichte zu erzählen, von einer Reise, die sie zu einem Tal unternommen hatte, in dem nachts Elefanten wandern und Löwen kurz vor der Morgendämmerung brüllen. Sie war gereist, um den Platz zu sehen, an dem sie geboren worden war. Es war eine gute Geschichte, die sie erzählte. Aber sie war lang. Es wurde Abend, und sie war genauso müde wie ich. Da beschlossen wir, daß sie ihre Geschichte am nächsten Tag zu Ende erzählen sollte. Doch als ich kam, um das Ende zu hören, war sie schon tot.

Die andere Frau saß lange schweigend da und dachte nach, ehe sie antwortete. Dann sagte sie langsam:

– Das ist keine gute Art zu sterben. Bevor man seine Geschichte zu Ende erzählt hat.

– Wir alle gehören zu der großen Geschichte, die keinen Anfang und auch kein Ende hat. Jedes Leben ist ein Abenteuer, eine Landschaft, in der viele Flüsse fließen und die Berge aus dem Dunst des fernen Horizonts hervortreten. Jeder Mensch ist ein Teil dieser unendlichen Geschichte, der großen Chronik des Menschen über sich selbst. Einem Teil von uns ist es nicht gegönnt, seine Geschichte zu Ende zu erzählen. Vielleicht gibt es deshalb soviel Schmerz in diesem Leben? Aber noch mehr Freude? Denn der Schmerz entfernt sich immer von sich selbst, während die Freude sich festklammert. Vielleicht ist das der Grund, warum die Geister weitererzählen? Ihre Stimmen flüstern in der Nacht, Worte, die auf zerbrechlichen Flügeln über unseren Köpfen schweben.

Die Erzählung hat kein Ende. Die Erzählung von Menschen, die ständig wie Wrackteile angespült werden, an den unendlichen Strand der Zeit.

INHALT